真《さな》田《だ》十《じゅう》勇《ゆう》士《し》

時《とき》海《うみ》結《ゆ》以《い》／作《さく》　睦《む》月《つき》ムンク／絵《え》

講談社 青い鳥文庫

◇もくじ◇

◇おもな登《とう》場《じょう》人《じん》物《ぶつ》◇

猿飛《さるとび》 佐助《さすけ》

この物語《ものがたり》の主人公《しゅじんこう》。甲《こう》賀《が》流《りゅう》の忍術使《にんじゅつつか》い。明《あか》るく、運動神経《うんどうしんけい》ばつぐん。

霧隠《きりがくれ》 才蔵《さいぞう》

伊賀流《いがりゅう》の忍術使《にんじゅつつか》い。クールな美青年《びせいねん》で、落《お》ち着《つ》いている。

真田《さなだ》 幸村《ゆきむら》

信州《しんしゅう》小県《ちいさがた》の領主《りょうしゅ》・真田《さなだ》昌幸《まさゆき》の次男《じなん》。親子《おやこ》ともに戦上手《いくさじょうず》で知《し》られ、強《つよ》く、すぐれた家来《けらい》が集《あつ》まっていた。

楓《かえで》

海野六郎《うんのろくろう》のいとこ。佐《さ》助《すけ》に、和歌《わか》の詠《よ》みかたを教《おし》えることに。

十勇士《じゅうゆうし》

海野《うんの》 六郎《ろくろう》

真田幸村《さなだゆきむら》の補佐役《ほさやく》でみんなのまとめ役《やく》。頭《あたま》が良《よ》く、慎重《しんちょう》。

三好《みよし》 伊三入道《いさにゅうどう》

清海《せいかい》の弟《おとうと》。にぎやかで、兄《あに》が大好《だいす》き。兄弟《きょうだい》とも、もとは武士《ぶし》。

三好《みよし》 清海入道《せいかいにゅうどう》

豪快《ごうかい》で陽気《ようき》、気《き》のいい力持《ちからも》ち。武器《ぶき》は棍棒《こんぼう》のみで、刀《かたな》は使《つか》わない。

望月《もちづき》 六郎《ろくろう》

爆薬作《ばくやくづく》りの達人《たつじん》。新《あたら》しい武器《ぶき》を発明《はつめい》するのがとくい。

穴山《あなやま》 小助《こすけ》

弓矢《ゆみや》、槍《やり》など武術《ぶじゅつ》にすぐれた勇士《ゆうし》。幸村《ゆきむら》に忠《ちゅう》実《じつ》で意志《いし》が強《つよ》い。

根津《ねづ》 甚八《じんぱち》

父《ちち》は真田家《さなだけ》に仕《つか》えた絵師《えし》。海賊《かいぞく》をしていて、佐助《さすけ》たちに出会《であ》う。

由利《ゆり》 鎌之助《かまのすけ》

山賊《さんぞく》の首領《しゅりょう》をしていて、佐助《さすけ》たちと対決《たいけつ》。鎖鎌《くさりがま》が武器《ぶき》。

筧《かけい》 十蔵《じゅうぞう》

鉄砲《てっぽう》の名手《めいしゅ》。群《む》れるのがきらいで、無口《むくち》だが腕《うで》はたしか。

一　猿飛佐助《さるとびさすけ》の忍術修行《にんじゅつしゅぎょう》

身軽《みがる》な少年《しょうねん》

四百数十年《よんひゃくすうじゅうねん》のむかし、戦国時代《せんごくじだい》も終《お》わりに近《ちか》づきつつあったころの話《はなし》である。

＊信州小県《しんしゅうちいさがた》にある＊真田《さなだ》の郷《さと》の東《ひがし》の山奥《やまおく》、＊上州《じょうしゅう》との境《さかい》に、鳥居峠《とりいとうげ》という山越《やまご》えの道《みち》があった。

初夏《しょか》のある日《ひ》、この山道《やまみち》を峠《とうげ》のてっぺんめざして、十二歳《さい》の少年《しょうねん》が元気《げんき》な足《あし》どりでかけのぼってゆく。こしには手作《てづく》りの木刀《ぼくとう》を一本《ぽん》さし、髪《かみ》はくせっ毛《け》で、赤《あか》いほっぺた、丸《まる》い目《め》をした少年《しょうねん》の名前《なまえ》は、佐助《さすけ》といった。

「やあ、きょうもいい天気《てんき》だなあ。刀《かたな》のけいこをしたら、いいかんじに腹《はら》がへりそうだ。」

のんきな口《くち》ぶりで言《い》いつつ、ぴょんぴょん飛《と》びはねるようにして森《もり》のなかの道《みち》を登《のぼ》っていたかと思《おも》ったら、とつぜん、ぱっとすがたを消《け》した。

そのとたん、道《みち》のかたわらの大《おお》きな木《き》の、二階《かい》の屋根《やね》より高《たか》い枝《えだ》にぶらさがり、いきおいをつけて、となりの木《き》の枝《えだ》へと飛《と》びうつる。

目《め》にもとまらないほどすばやく枝《えだ》をわたる佐助《さすけ》を、猿《さる》の群《む》れがあきれてながめている。

鳥《とり》がおどろいて、ばさばさとはばたいて飛《と》び立《た》っていった。

「おっと、ごめんごめん。おどろかしちゃったな。」

佐助《さすけ》は笑《わら》い、さらに山奥《やまおく》をめざす。

たきぎを拾《ひろ》っていた村人《むらびと》たちが佐助《さすけ》を見送《みおく》り、ささやきあった。

「鷲塚《わしづか》さまの佐助坊《さすけぼっ》ちゃんほど、身《み》の軽《かる》い人《ひと》を見《み》たことがないなあ。」

「木《き》によじのぼるんじゃなくて、ひょいっと飛《と》びあがるだけで、高《たか》い枝《えだ》にのるんだから。」

「飛《と》びあがるだけじゃないぞ、*三間《けん》、四間《けん》の高《たか》さから平気《へいき》で飛《と》びおり、宙《ちゅう》でくるくるっと三回《かい》転《てん》くらいして、ケガひとつなく地面《じめん》に立《た》つ。」

*信州小県《しんしゅうちいさがた》　現在《げんざい》の長野県上田市《ながのけんうえだし》と小県郡《ちいさがたぐん》。　*真田《さなだ》の郷《さと》　現在《げんざい》の長野県上田市真田町《ながのけんうえだしさなだまち》。
*上州《じょうしゅう》　上野国《こうずけのくに》。現在《げんざい》の群馬県《ぐんまけん》。　*三間《けん》　一間《けん》は約《やく》一・八メートルなので、約《やく》五・四メートル。

「鹿《しか》もいやがる目《め》もくらむような急《きゅう》ながけだって、まるで平《たい》らな道《みち》みたいに走《はし》りまわるんだもんな。」

「二年《ねん》くらい前《まえ》までは、ただ走《はし》りまわるだけだったけど、今《いま》は熱心《ねっしん》に刀《かたな》のけいこをしているそうじゃないか。」

「やっぱり、お侍《さむらい》の子《こ》だねえ。」

村人《むらびと》たちの言《い》うとおり、峠《とうげ》のてっぺんで佐助《さすけ》は、立《た》ち木《き》を相手《あいて》に木刀《ぼくとう》で斬《き》りつけるけいこを、毎日夢中《まいにちむちゅう》になってしていた。

「えいっ、やあっ。」

さんざんまわりの木《き》に斬《き》りつけ、あきると木刀《ぼくとう》を投《な》げすてて木《き》にだきつき、取《と》っ組《く》みあいのけいこをする。

「やっ、うーんんん、とうっ。」

めりめりっと音《おと》を立《た》てて、木《き》の根《ね》がうき、枝《えだ》ががさがさと大《おお》きく鳴《な》る。

「まだぬけないかっ、うーんんんんんんっ。」

佐助《さすけ》が顔《かお》を真《ま》っ赤《か》にして力《りき》んだ、そのときだった。

「うわははははっ。」

どこからか、大笑《おおわら》いする太《ふと》い声《こえ》がひびいてきた。佐助《さすけ》は、むっとした。

「やい、だれだ。おれがいっしょうけんめい、武術《ぶじゅつ》のけいこをしてるのに、げらげら笑《わら》うなんて。出《で》てこい！」

どなって、ひょいとふりむくと、雪《ゆき》のように真《ま》っ白《しろ》な長《なが》い髪《かみ》をした老人《ろうじん》が、いつのまにか立《た》っていた。佐助《さすけ》と目《め》が合《あ》うと、老人《ろうじん》は、にこにこする。えたいが知《し》れないが、こわいかんじは受《う》けない。

「おやっ、今笑《いまわら》ったのって、じいさん？」

佐助《さすけ》はこわいもの知《し》らずで人《ひと》なつっこいので、むっとしたのもわすれて、笑顔《えがお》で話《はな》しかけた。

「うむ、そうだ。」

「なんで、にこにこしてるのさ。」

「坊《ぼう》やは、なかなか見《み》どころがあると思《おも》ってなあ。」

「おっ、そうか？　おれ、強《つよ》い？」

うんうん、と老人《ろうじん》はうなずいた。そして、まじめな顔《かお》になる。

「だがな坊《ぼう》や、いくら立《た》ち木《き》を相手《あいて》にけいこしても、それは死《し》んだものを敵《てき》にしているのもおなじだよ。動《うご》く人《ひと》を相手《あいて》にしなければ、これ以上《いじょう》、上達《じょうたつ》することはない。」

「え……本当《ほんとう》？　おれ、武術《ぶじゅつ》の極意《ごくい》ってのおぼえたいんだけどな。」

すると老人《ろうじん》のまなざしはするどく変《か》わり、佐助《さすけ》を射《い》るように見《み》すえた。佐助《さすけ》の背《せ》すじが、ぞくりとふるえた。

（このじいさん……ただものじゃない？）

「坊《ぼう》や、武術《ぶじゅつ》をきわめて、どうするつもりか？」

「おれは、腕前《うでまえ》も心《こころ》もすぐれた人間《にんげん》になって、この戦《いくさ》ばかりの世《よ》に、人《ひと》のために働《はたら》きたいと考《かんが》えてるん……考《かんが》えています。」

「だれかにそう言《い》われたのか？」

「いいえ……二年前《ねんまえ》に、じぶんで考《かんが》えました。

おれは佐助《さすけ》、おれの父《ちち》は鷲塚佐太夫《わしづかさだゆう》という武士《ぶし》です。仕《つか》える殿《との》さまを戦《いくさ》で亡《な》くし、今《いま》はこの真田《さなだ》の郷《さと》のかたすみで田畑《たはた》を耕《たがや》しながら、殿《との》さまから学《まな》んだことを村《むら》の人《ひと》たちに教《おし》えています。父《ちち》が殿《との》さまのためにどれほどけんめいに働《はたら》いたか、母《はは》から話《はなし》を聞《き》きました。村《むら》の人《ひと》たちのために、どれほど心《こころ》をくだいているかも、見《み》て育《そだ》ちました。

おれも、そういう『人《ひと》のためになる人間《にんげん》』になりたいんです。」

「えらい！　気《き》にいった。これからはわしが武術《ぶじゅつ》を教《おし》えよう。」

「じいさ……師匠《ししょう》、ありがとうございます！　よろしくお願《ねが》いいたします！」

佐助《さすけ》は、がばっと平伏《ひれふ》し、老人《ろうじん》にふかく頭《あたま》を下《さ》げた。

「……でも師匠《ししょう》、あなたはいったい……？」

本当《ほんとう》にこの老人《ろうじん》、武術《ぶじゅつ》の極意《ごくい》とやらを知《し》っているのだろうか。頭《あたま》を下《さ》げてしまってから、あれ？　と佐助《さすけ》は考《かんが》えた。

（何《なに》も証拠《しょうこ》を見《み》せてもらってないし。）

「ははは、うたがうのも無理《むり》はない。どうだ、わしには、すきがあるか？」

佐助《さすけ》は顔《かお》をおこし、老人《ろうじん》をじっと見《み》た。ふらりと立《た》っている老人《ろうじん》は、ぜんぜん強《つよ》そうではない。さっき、ぞくりとしたのは、気《き》のせいだったようだ。

「……すきだらけです。」

「だったら、その木刀《ぼくとう》で打《う》ってみなさい。」

「いいんですか？　っていうか、本当《ほんとう》にだいじょうぶ？」

「よいとも。」

「じゃあ……あたったら、ごめんっ。」

木刀《ぼくとう》を拾《ひろ》うと、佐助《さすけ》は手《て》かげんして、そっとふりおろした。

すると、どうしたことか、老人《ろうじん》のすがたは、すっと消《き》えてしまった。

「えぇっ!?　どこ行《い》った??」

佐助《さすけ》があせってきょろきょろあたりを見回《みまわ》していると、いきなり後《うし》ろから足《あし》をすくわれて、ばったりと地面《じめん》にたおれてしまった。

ぱっと、老人《ろうじん》が佐助《さすけ》の前《まえ》にあらわれ、にこにこ笑《わら》う。

「それ見《み》なさい。人《ひと》は動《うご》くのだ。じぶんの後《うし》ろを守《まも》らなくてどうする。」

「……は……あ……。」

佐助《さすけ》がぼうぜんとしていると、老人《ろうじん》は告《つ》げた。

「これから毎日《まいにち》、ここへ来《き》なさい。」

そしてまた、すっと消《き》えてしまった。

「……なんだったんだ。変《へん》なじいさん……。うっかり昼寝《ひるね》して、夢《ゆめ》でも見《み》たのかな。」

地面《じめん》にねころがったまま、佐助《さすけ》は首《くび》をかしげた。

もしかして、キツネかタヌキに化《ば》かされたのかなと思《おも》った佐助《さすけ》だった。しかし、もともとのんきな性格《せいかく》なので、「まあいいや、化《ば》かされるのもおもしろいかも。」と考《かんが》えなおし、次《つぎ》の日《ひ》も峠《とうげ》へと登《のぼ》った。

すると老人《ろうじん》が待《ま》っていて、刀《かたな》のけいこの相手《あいて》をしてくれた。

それが、とんでもなく強《つよ》い。どんなに斬《き》りつけても佐助《さすけ》の木刀《ぼくとう》は、老人《ろうじん》の体《からだ》も、老人《ろうじん》が持《も》つ枝《えだ》の先《さき》さえも、かすめもしない。

毎日《まいにち》へとへとになったけれど、どんどん強《つよ》くなるのがわかっておもしろくなってきた佐助《さすけ》は、雨《あめ》の日《ひ》も風《かぜ》の日《ひ》も峠《とうげ》に通《かよ》い、けいこをつけてもらった。

その時間《じかん》はだんだん長《なが》くなり、夜明《よあ》けから日《ひ》がしずむまで、一日中《いちにちじゅう》になった。そうしているうち、つかれはてて、家《いえ》に帰《かえ》るのもめんどうくさくなってきた。

いったん家《いえ》に帰《かえ》ったとき、まとめて四、五日分《にちぶん》の食料《しょくりょう》を持《も》ってくると、山奥《やまおく》の道《みち》ばたにあるお堂《どう》にとまり、食料《しょくりょう》がなくなるまでは帰《かえ》らなくなった。

夏《なつ》がすぎるころのある晩《ばん》、佐助《さすけ》がお堂《どう》でぐっすりとねむっていると、真夜中《まよなか》に、とつぜん老人《ろうじん》にどなられた。

「こりゃ、佐助《さすけ》！　なぜ、だらしなくねむりこんでいるのだ。わしが来《き》た気配《けはい》も、声《こえ》をかけられなければわからないのかっ。」

「……じいさ……し、師匠《ししょう》……？」

佐助《さすけ》は目《め》をこすりながらおきあがってすわりなおすと、ぼそぼそと言《い》いわけをした。

「だって、昼間《ひるま》のけいこで体《からだ》がへなへなになっちまって、つかれてぐっすり……。」

「だまれっ。武術《ぶじゅつ》を学《まな》ぶものが、気配《けはい》にも気《き》づけないほどねこんでしまう、ということがあってはならぬ。それでは、夜中《よなか》に敵《てき》がしのびこんできたとき、だれも守《まも》れないぞ。敵《てき》はいつなんどき、おそってくるか、わからないのだ。ゆだん大敵《たいてき》！」

「え〜っ。」

「文句《もんく》を言《い》うな。今度《こんど》わしが夜中《よなか》に来《き》たとき、ねていたら、ぶんなぐるからな。」

「えええ〜っ。」

佐助《さすけ》が口《くち》をとがらせるよりも早《はや》く、老人《ろうじん》のすがたは消《き》えてしまった。


それからは、つかれきっていても、ぐっすりねむれない。いつ老人《ろうじん》が来《き》てぶんなぐられるか、わからないからだ。事実《じじつ》、なんどかなぐられた。

のんきな佐助《さすけ》も、さすがに夜中《よなか》までおきていると、ぶつぶつぐちをこぼしてしまう。

「あぁ、ねむいよぉ……ねむい、ねむいねむい。けいこをしてもらうのはありがたいけど、これじゃ体《からだ》がもたないや。あのじいさんに寝不足《ねぶそく》で殺《ころ》されるかも……いや、だめだ、こんな弱音《よわね》をはいていたら、またしかられる。がんばらなきゃ……。」

ぶるるっ、と頭《あたま》をふり、目《め》を覚《さ》まそうとしたけれどさっぱりききめはなくて、ついうとうと……がんっ、とこしをけられて飛《と》びおきた。

「このばかもの！　わしが敵《てき》だったらどうする！　おまえはとっくに死《し》んでいるぞ。」

老人《ろうじん》は小言《こごと》を言《い》うなり、また消《き》えてしまう。

「ひえぇ、じいさん、いつのまに来《き》たんだろう……。これじゃ本当《ほんとう》にたまらない、どうしよう。」

佐助《さすけ》は必死《ひっし》に考《かんが》えた。

「そうか、一度《いちど》、夜中《よなか》に来《き》たじいさんをびっくりさせてやれば、おれをみとめてくれるんじゃないかな。よーし、明日《あした》は何《なに》がなんでもねないぞ。」

次《つぎ》の夜《よる》、佐助《さすけ》はふとんのなかに小枝《こえだ》や葉《は》をつめて、まどからの月明《つきあ》かりに人《ひと》がねているように見《み》せかけると、じぶんはお堂《どう》のかたすみの暗《くら》がりにうずくまった。

真夜中《まよなか》になって、音《おと》もなくとびらが開《ひら》き、さしこむ月《つき》の光《ひかり》のなかに老人《ろうじん》があらわれた。

(来《き》たぞ、来《き》たぞ。ふとんのところへ行《い》って、おれがねていると思《おも》って、けっとばすにちがいない。そしたら、そこを後《うし》ろからつき飛《と》ばしてやる。)

ところが老人《ろうじん》は、お堂《どう》へ数歩《すうほ》入《はい》ったところで立《た》ちどまり、くるりと佐助《さすけ》のほうをむいた。

「はははは、佐助《さすけ》、今夜《こんや》はわしをだまそうとして、そこにかくれているな。」

佐助《さすけ》は、ぎょっとした。

(じいさん、ネコみたいに夜《よる》でも目《め》が見《み》えるのか。)

「わしが来《き》た足音《あしおと》が聞《き》こえたか?」

「……い、いいえ……。」

佐助《さすけ》は降参《こうさん》して、月明《つきあ》かりの下《した》へ出《で》ていった。

「ぜんぜん聞《き》こえませんでした。せっかく師匠《ししょう》をおどかそうと思《おも》ったのに。」

「まだまだ修行《しゅぎょう》が足《た》りぬな。明日《あした》も気《き》をつけろよ。」

そしてまたまた、老人《ろうじん》は消《き》えてしまった。

さらに次《つぎ》の晩《ばん》も、佐助《さすけ》はものすごく気《き》をつけていた。静《しず》かにすわっていて、気配《けはい》にふりむいたとたん、「えいっ。」と肩《かた》を枝《えだ》で打《う》たれた。老人《ろうじん》は冷《つめ》たく言《い》う。

「佐助《さすけ》、おまえ、背中《せなか》に目《め》がないのか。不便《ふべん》なやつだ。」

（あるわけないし。）

佐助《さすけ》が、むっとすると、老人《ろうじん》は静《しず》かにさとした。

「顔《かお》の前《まえ》に目《め》がある人間《にんげん》は、世《よ》の中《なか》にたくさんいる。顔《かお》の横《よこ》に耳《みみ》がある人間《にんげん》もだ。勝《か》とうと思《おも》ったら、四方八方《しほうはっぽう》に目《め》や耳《みみ》がないと、だれよりも強《つよ》くはなれない。」

老人《ろうじん》がいなくなると、佐助《さすけ》は腕組《うでぐ》みして考《かんが》えた。

「本当《ほんとう》に変《へん》なことを言《い》うじいさんだな。背中《せなか》に目《め》や耳《みみ》があったら、化《ば》けものだよ。」

よく考《かんが》えてみたけれど、どうやったら背中《せなか》に目《め》や耳《みみ》ができるのか、わからない。

「ようするに、今《いま》ある目《め》と耳《みみ》でも、ゆだんしなきゃいいんだろ？　めんどくさい言《い》いかたするなよな、もうっ。」

師匠《ししょう》との別《わか》れ

そんなわけで、きびしい修行《しゅぎょう》が昼夜《ちゅうや》を問《と》わずに三年間《ねんかん》続《つづ》いた。

佐助《さすけ》は今《いま》や、夜中《よなか》におそわれてもすぐに相手《あいて》をうちのめし、老人《ろうじん》がどこからかかってきても、かならず攻撃《こうげき》をかわして、逆《ぎゃく》にとどめをさせるようになった。

さらに佐助《さすけ》は、夜中《よなか》に老人《ろうじん》がやってくるのを、かならずおきてむかえられるようになった二年《ねん》前《まえ》から、忍術《にんじゅつ》も教《おし》えてもらえるようになった。

武術《ぶじゅつ》は相手《あいて》をたおすためのもの。

だからじぶんも死《し》ぬ覚悟《かくご》で戦《たたか》わなくてはならない。

しかし忍術《にんじゅつ》は、じぶんがかならず生《い》きのびるためのもので、相手《あいて》の生死《せいし》にはこだわらない。忍術使《にんじゅつつか》いは、生《い》きて帰《かえ》り、敵《てき》の情報《じょうほう》を味方《みかた》に知《し》らせるのが役目《やくめ》だ。相手《あいて》をたおしても、じぶんが死《し》んでしまってはなんの役《やく》にも立《た》たない。

忍術《にんじゅつ》とは、相手《あいて》の目《め》をまどわせる術《じゅつ》、身《み》をかくす術《じゅつ》、または身《み》を守《まも》るため、炎《ほのお》や水《みず》や風《かぜ》や動物《どうぶつ》を自由《じゆう》にあやつる術《じゅつ》などだ。

こうして佐助《さすけ》は、武術《ぶじゅつ》の極意《ごくい》を学《まな》んだだけでなく、忍術《にんじゅつ》の達人《たつじん》となった。

老人《ろうじん》と出会《であ》って、ちょうど三年目《ねんめ》の夜明《よあ》け。

けいこ場《ば》としている峠《とうげ》の森《もり》へ、枝《えだ》から枝《えだ》へ飛《と》びうつりながら佐助《さすけ》が行《い》ってみると、いつもはすがたをかくしている老人《ろうじん》が、待《ま》ちかねたように立《た》っていた。

「佐助《さすけ》、お別《わか》れだ。」

「ええーっ、ちょっと待《ま》ってください、師匠《ししょう》。いきなりそんな。」

老人《ろうじん》はにっこりとした。

「もう、おまえに教《おし》えることはない。あとはひとりで学《まな》んでもだいじょうぶだ。忍術《にんじゅつ》の極意《ごくい》が書《か》かれたこの巻物《まきもの》をあげよう。」

老人《ろうじん》は、目《め》の前《まえ》の地面《じめん》に飛《と》びおりた佐助《さすけ》に、一巻《かん》の巻物《まきもの》をさしだした。

「ここに書《か》いてあることをけっしてわすれずに守《まも》れば、どんな相手《あいて》だろうと、負《ま》けることはない。一生《いっしょう》たいせつにするのだぞ。」

「はいっ、師匠《ししょう》！　ぜったいに教《おし》えはわすれません。この巻物《まきもの》を一生《いっしょう》たいせつにします。」

「では、さらばだ。」

ぱっと消《き》えようとした老人《ろうじん》だったが、佐助《さすけ》はにがさなかった。しっかりとそでをつかまえる。

「おお……佐助《さすけ》、みごと。」

「師匠《ししょう》、本当《ほんとう》にお別《わか》れなら、ひとつお願《ねが》いがあります。」

「何《なに》か？」

「どうか、お名前《なまえ》を教《おし》えてください。おれ、こんなにお世話《せわ》になったのに、師匠《ししょう》のお名前《なまえ》を知《し》りません！」

老人《ろうじん》は大笑《おおわら》いした。

「おお、それもそうだった。まず武術《ぶじゅつ》と忍術《にんじゅつ》を教《おし》えるのに夢中《むちゅう》で、名前《なまえ》のことなどわすれていた。……というか、これまで聞《き》くのをわすれていたおまえも、夢中《むちゅう》だったのだな。」

「はいっ。」

「わしの名《な》は、戸沢白雲斎《とざわはくうんさい》。*摂州《せっしゅう》の出《で》で、息子《むすこ》はそこでわしのあとをついで、ある城《しろ》を守《まも》っている。

わしの家《いえ》には先祖代々《せんぞだいだい》、忍術《にんじゅつ》が伝《つた》わっておってな。命《いのち》を粗末《そまつ》にしないすぐれた術《じゅつ》だ。息子《むすこ》や家《け》来《らい》の何人《なんにん》かに極意《ごくい》を教《おし》えたが、せっかくのすぐれた術《じゅつ》、*日《ひ》の本諸州《もとしょしゅう》をすみからすみまで回《まわ》り、身分《みぶん》を問《と》わず見《み》どころのある少年《しょうねん》に教《おし》えたいと考《かんが》えたのだ。

佐助《さすけ》、おまえに出会《であ》えて、まことにうれしかったぞ。天下《てんか》と民《たみ》のためを思《おも》うよき武将《ぶしょう》に仕《つか》えて、人《ひと》のためにこの術《じゅつ》をいかせよ。」

「はいっ、白雲斎《はくうんさい》さま、かならずそうすると、約束《やくそく》します。ご恩《おん》はわすれません、ありがとうご

*摂州《せっしゅう》　摂津国《せっつのくに》。現在《げんざい》の大阪府《おおさかふ》北中部《ほくちゅうぶ》と兵庫県《ひょうごけん》南東部《なんとうぶ》。

*日《ひ》の本諸州《もとしょしゅう》　日本全国《にっぽんぜんこく》。

ざいました。」

ふかぶかと頭《あたま》を下《さ》げた佐助《さすけ》が、顔《かお》を上《あ》げると老人《ろうじん》のすがたはどこにもなかった。ただ、静《しず》かな森《もり》に、鳥《とり》のさえずりがひびきわたってゆくだけだ。

「師匠《ししょう》……。あれ？　なんだ？　目《め》から水《みず》が出《で》てくるぞ？　これも術《じゅつ》なのかなあ。」

佐助《さすけ》は目《め》をこすりながら、しばらくの間《あいだ》、新緑《しんりょく》のこずえごしに、明《あ》けてゆく空《そら》を見《み》あげていた。

きれいな目《め》をした若殿《わかとの》

師匠《ししょう》との別《わか》れからさらに一年間《ねんかん》、佐助《さすけ》は鳥居峠《とりいとうげ》の森《もり》に通《かよ》っては、ひとりで忍術《にんじゅつ》の修行《しゅぎょう》にはげんだ。

十六歳《さい》になった佐助《さすけ》が、ある夜《よ》、森《もり》から家《いえ》に帰《かえ》ってくると、村長《むらおさ》がちょうどやってくるところだった。

「ああ、佐助坊《さすけぼっ》ちゃん、よいところで会《あ》った。明日《あした》、真田《さなだ》の郷《さと》の若殿《わかとの》さまが、鳥居峠《とりいとうげ》の森《もり》で狩《か》りをなさるとの知《し》らせが、お城《しろ》から来《き》てね。失礼《しつれい》があってはいけないから、村《むら》の者《もの》は明日《あした》、山《やま》や森《もり》には入《はい》らないようにとのことだ。坊《ぼっ》ちゃんもですぞ、いいかね？」

「はーい、わかったよ。」

佐助《さすけ》は軽《かる》い気持《きも》ちで返事《へんじ》をしたものの、ねようとしてふとんに入《はい》ったら、なんだかつまらなくなってきた。

(明日《あした》は家《いえ》で、ひまつぶしをしなくちゃいけないのか。つまんないなあ……。真田《さなだ》の若殿《わかとの》さまって、どんな人《ひと》だろう。どうせおれのほうが強《つよ》いんだろうな。……よーし、村《むら》長《おさ》にはないしょで、狩《か》りの見物《けんぶつ》に行《い》ってみよう。ばれなきゃいいんだよな。)


ものごとを深《ふか》く考《かんが》えない佐助《さすけ》は、次《つぎ》の日《ひ》も朝早《あさはや》くから鳥居峠《とりいとうげ》の森《もり》へ行《い》った。

高《たか》い木《き》のこずえに飛《と》びのり、感覚《かんかく》をとぎすませると、遠《とお》くから人《ひと》の気配《けはい》がしてくる。

(一、二、三、四……七人《にん》いるぞ。そのうちふたりはかなりの大男《おおおとこ》だな、足音《あしおと》が荒《あら》っぽい。ひとりは鉄砲《てっぽう》を持《も》っているみたいだ、火薬《かやく》のにおいがかすかにする……。)

気配《けはい》のするほうへと、佐助《さすけ》は音《おと》もなく木《き》から木《き》へ枝《えだ》をわたっていった。そよ風《かぜ》が枝《えだ》をゆらすよりも静《しず》かに、狩《か》りをする一行《いっこう》の上《うえ》に近《ちか》づく。

そこには、りっぱな身《み》なりをした三十歳《さい》くらいの殿《との》さまと、六人《にん》の若者《わかもの》がいた。なかでも若《わか》そうなふたりはよく似《に》た大男《おおおとこ》で、どちらも武士《ぶし》というよりはお坊《ぼう》さんみたいなかっこうをしている。ほかの四人《にん》は武士《ぶし》で、二十歳代前半《さいだいぜんはん》くらいから半《なか》ばすぎに見《み》えた。

遠《とお》くに大《おお》きなイノシシがいた。ふつうの弓《ゆみ》ではとどかない。

ところが、若者《わかもの》のひとりが矢《や》を放《はな》つと、イノシシの背中《せなか》に当《あ》たる。若者《わかもの》がにやりとした。

「穴山小助《あなやまこすけ》、一番矢《いちばんや》！」

イノシシがびくりとして、矢《や》の出所《でどころ》をさがしはじめる。

「よし、わたしも負《ま》けないぞ。」

若殿《わかとの》さまが二の矢《や》を放《はな》つと、これもまたイノシシの首根《くびね》っこに命中《めいちゅう》した。

「さすが、若殿《わかとの》！」

（……すげえ、あの距離《きょり》を当《あ》てるなんて。）

佐助《さすけ》は夢中《むちゅう》になって見物《けんぶつ》した。

しかし、おこったイノシシは、どしどしとものすごい地《じ》ひびきを立《た》てて、こちらにむかって突進《とっしん》してくる。

（うわ、あぶない、にげなよっ。）

木《き》の上《うえ》で佐助《さすけ》がそう思《おも》っても、だれもにげなかった。

「ねらいどおりですね。そろそろかな。」

小《こ》がらな若者《わかもの》が言《い》うと、とたんに、どかんっとイノシシの足《あし》もとが爆発《ばくはつ》した！　土《つち》けむりがもうもうと立《た》ちこめる。

大《おお》きな音《おと》にびっくりした佐助《さすけ》が、つい枝《えだ》をゆらしてしまうと、若者《わかもの》たちのなかでいちばん年上《としうえ》に見《み》える、するどいまなざしの若者《わかもの》が、佐助《さすけ》のほうを見《み》あげる。

「おや、若《わか》さま、大《おお》きな猿《さる》がおります。ごらんなさいませ。」

佐助《さすけ》は急《いそ》いで、木《き》になりきって気配《けはい》を消《け》した。けれど、若者《わかもの》はじっと見《み》ている。

「海野《うんの》、いいものを見《み》つけた。あれも獲物《えもの》にしよう。筧《かけい》、ねらえ。」

殿《との》さまから命《めい》じられて、鉄砲《てっぽう》を肩《かた》にかついでいた無表情《むひょうじょう》な若者《わかもの》が、無言《むごん》で佐助《さすけ》に銃身《じゅうしん》をむけ、ぴたりと止《と》めた。

(まずいっ。)

土《つち》けむりにまぎれて佐助《さすけ》はにげようとした……が、けむりが晴《は》れてくると、手負《てお》いのイノシシがすぐそこにせまっていた。

鉄砲《てっぽう》をかまえた男《おとこ》は、佐助《さすけ》を撃《う》つ、と見《み》せてすばやく身《み》をひるがえし、イノシシの目《め》と目《め》の間《あいだ》を、だんっ、と撃《う》った。

それでも突進《とっしん》してくるイノシシに、右《みぎ》と左《ひだり》からお坊《ぼう》さんのすがたのふたりが飛《と》びかかり、たちまちなぐりたおしてまった。

「とどめだっ。」

イノシシにむけて、太《ふと》い樫《かし》の棍棒《こんぼう》に鉄《てつ》の鋲《びょう》をたくさん打《う》ちこんだ武器《ぶき》を、ひとりがふりおろし
——その棍棒《こんぼう》は、イノシシではなく佐助《さすけ》ののっていた木《き》の幹《みき》に、いきなりぶち当《あ》てられた。

(ゆだんした!)

たまらず、佐助《さすけ》はくるくるっと宙《ちゅう》で回転《かいてん》しながら飛《と》びおりた。そこへ飛《と》んできた矢《や》を、顔《かお》のわきでぱっと受《う》け止《と》める。

矢《や》を放《はな》ったのは若殿《わかとの》さまだった。棍棒《こんぼう》をどすん、と地面《じめん》について、お坊《ぼう》さんがどなりつけた。

「若《わか》さまの矢《や》を受《う》け止《と》めるとは、すばしっこい猿《さる》だ。人間《にんげん》のかっこうなんぞしやがって。おい、伊三《いさ》、つかまえな。」

「はいよ、兄上《あにうえ》。朝飯前《あさめしまえ》だ。」

言《い》うが早《はや》いか、もうひとりのお坊《ぼう》さんが佐助《さすけ》に飛《と》びかかってきた。佐助《さすけ》はつかみかかってくるうでをつかみ返《かえ》し、いきおいを借《か》りて逆《ぎゃく》に投《な》げ飛《と》ばしてしまう。

「こいつめっ。」

そのまま佐助《さすけ》とお坊《ぼう》さんは、上《うえ》になり下《した》になり、取《と》っ組《く》みあっていたが、佐助《さすけ》は教《おそ》わった忍術《にんじゅつ》

を思《おも》いだした。

（こいつをやっつけるのは簡単《かんたん》だ。でもそれじゃ、にくまれて、ずっと追《お》いかけられるぞ。ここはびっくりさせてにげるが勝《か》ちだ。）

「えいっ。」

大声《おおごえ》とともに佐助《さすけ》は地面《じめん》をたたき、おどろいたお坊《ぼう》さんがいっしゅん手《て》をゆるめたすきに、木《き》の上《うえ》へとすがたをかくす。

「ややっ、はて……どこへ消《き》えたっ。」

きょろきょろしているお坊《ぼう》さんにむけ、風《かぜ》をおこして巻《ま》きあげた草《くさ》や木《こ》の葉《は》をぶつけ、前《まえ》を見《み》えなくしてしまう。このすきににげるのだ。

けれど足《あし》もとの地面《じめん》に矢《や》がつき立《た》ち、鉄砲玉《てっぽうだま》もはじけ、飛《と》びおりたとたんに爆薬《ばくやく》を投《な》げつけられて、佐助《さすけ》はにげようなく、おそってきた六人《にん》と戦《たたか》うはめになった。

忍術《にんじゅつ》は、まずわが身《み》を守《まも》るのが極意《ごくい》。身《み》を守《まも》れるなら、なるべく相手《あいて》を傷《きず》つけないようにする。

佐助《さすけ》はひらりひらりと木《き》から木《き》へ飛《と》びまわり、つかまらないようにしながら、すきを見《み》てはひとりずつ足《あし》につる草《くさ》をからませて転《ころ》ばせたり、顔《かお》を葉《は》でおおってしまったり、茂《しげ》みにからみつかせたり、と足止《あしど》めしてゆく。

六人《にん》が身動《みうご》きかなわなくなったところで、若殿《わかとの》さまが笑《わら》いながら告《つ》げる。

「もうよい。少年《しょうねん》、気《き》に入《い》った。ゆるすので、にげずに出《で》てまいれ。みなもどうだ？」

「いやはや、感心《かんしん》いたしました。なかなかの者《もの》にございます。」

年上《としうえ》のひとりがそう答《こた》え、合図《あいず》をすると、六人《にん》はしばりを解《と》いて、若殿《わかとの》さまのわきにならんでひかえる。

（わざと、おれのうでを試《ため》した……のか？）

にげかけていた佐助《さすけ》が、木《き》の枝《えだ》ごしにちらっとふりかえると、笑顔《えがお》の若殿《わかとの》さまと目《め》が合《あ》った。

とてもすんだひとみをしている人《ひと》だった。

（まっすぐおれを見《み》ている……にげられるものじゃない。すごい若殿《わかとの》さまだ。）

佐助《さすけ》は観念《かんねん》し、若殿《わかとの》さまの前《まえ》に飛《と》びおりて、地《ち》に平伏《ひれふ》した。

「少年《しょうねん》、うわさには聞《き》いていたが、みごとな腕前《うでまえ》だ。わたしは、この地《ち》を治《おさ》める真田安房守昌幸《さなだあわのかみまさゆき》の子《こ》、真田幸村《さなだゆきむら》。どうだ、わたしの家来《けらい》にならないか？」

若殿《わかとの》さまのことを佐助《さすけ》はくわしく知《し》らなかったが、大殿《おおとの》の真田昌幸《さなだまさゆき》さまの話《はなし》は、父《ちち》がときどきしてくれた。

真田家《さなだけ》は大殿《おおとの》さまのさらに父上《ちちうえ》の代《だい》から、今《いま》は亡《な》き＊甲州《こうしゅう》の武田信玄《たけだしんげん》さまという、とてつもなくりっぱな武将《ぶしょう》にお仕《つか》えしていたこと。

武田家《たけだけ》が織田信長公《おだのぶながこう》によってほろぼされ、真田昌幸《さなだまさゆき》さまと幸村《ゆきむら》さま、幸村《ゆきむら》さまの兄《あに》の信幸《のぶゆき》さまは、まわりの徳川家《とくがわけ》や北条家《ほうじょうけ》などの有力武将《ゆうりょくぶしょう》から、この信州小県《しんしゅうちいさがた》と＊上州《じょうしゅう》の領地《りょうち》を守《まも》るために、すぐれた家来《けらい》を集《あつ》め、民《たみ》をたいせつにしてがんばっていることなどだ。

——『天下《てんか》と民《たみ》のためを思《おも》うよき武将《ぶしょう》に仕《つか》えて、人《ひと》のためにこの術《じゅつ》をいかせよ。』

佐助《さすけ》は師匠《ししょう》との約束《やくそく》を思《おも》った。

(真田《さなだ》の若殿《わかとの》さまは、きっとよい武将《ぶしょう》だ。あんなにきれいな目《め》をした武士《ぶし》を、おれは見《み》たことがない。)

幼《おさな》いころ、父《ちち》がまだ戦《たたか》っていたときには、佐助《さすけ》もおおぜいの武士《ぶし》を見《み》た。みんな、じぶんが生《い》きるため、じぶんの野望《やぼう》のためには、だれが死《し》んでもかまわないというような暗《くら》い目《め》をしていた。あるいは、あきらめきった生気《せいき》のない目《め》だった。

(このおかたなら、師匠《ししょう》もみとめてくださるにちがいない。)

「かしこまりました。おれは鷲塚佐太夫《わしづかさだゆう》の子《こ》で佐助《さすけ》といいます。戸沢白雲斎師《とざわはくうんさいし》に武術《ぶじゅつ》と忍術《にんじゅつ》を教《おそ》わった者《もの》です。真田《さなだ》の若殿《わかとの》さまにお仕《つか》えいたします。」

「戸沢白雲斎《とざわはくうんさい》どのとは、甲賀流忍術《こうがりゅうにんじゅつ》を極《きわ》めた者《もの》で、日《ひ》の本一《もといち》の忍術《にんじゅつ》の師《し》と聞《き》きます。」

年上《としうえ》の若者《わかもの》が言《い》うと、若殿《わかとの》さまもうなずいた。

「では佐助《さすけ》、そのみごとな術《じゅつ》により、猿飛《さるとび》と名《な》のるがよい。猿飛佐助《さるとびさすけ》、ただ今《いま》からわたしの家来《けらい》だ。これからは、上田《うえだ》の城《しろ》で働《はたら》くように。」

「はい。」

それから若殿《わかとの》さまは、六人《にん》を紹介《しょうかい》するよう、年上《としうえ》の若者《わかもの》に命《めい》じた。

「では。爆薬《ばくやく》を使《つか》うのが、望月六郎《もちづきろくろう》。弓矢《ゆみや》に剣術《けんじゅつ》、武勇《ぶゆう》の穴山小助《あなやまこすけ》。鉄砲《てっぽう》が得意《とくい》な筧十蔵《かけいじゅうぞう》。僧形《そうぎょう》の大男《おおおとこ》ふたりは兄弟《きょうだい》で、このなかではとくに若《わか》い。棍棒《こんぼう》を持《も》つ兄《あに》が三好清海入道《みよしせいかいにゅうどう》、弟《おとうと》が三好伊《みよしい》三入道《さにゅうどう》。そしてわたしはまとめ役《やく》で、若《わか》さまの補佐役《ほさやく》でもある海野六郎《うんのろくろう》だ。」

「よろしくたのみます。」

佐助《さすけ》が頭《あたま》を下《さ》げると、三好兄弟《みよしきょうだい》が笑《わら》いながら近《ちか》づいてきて、兄《あに》のほうが、がしっと佐助《さすけ》の肩《かた》をだいた。

「おまえ、強《つよ》いな。よろしく！」

＊甲州《こうしゅう》　甲斐国《かいのくに》。現在《げんざい》の山梨県《やまなしけん》。

＊上州《じょうしゅう》の領地《りょうち》　現在《げんざい》の群馬県沼田市《ぐんまけんぬまたし》・東吾妻郡《ひがしあがつまぐん》など。

「いてっ、バカ力《ぢから》だなあ。」

「兄上《あにうえ》は、だれよりも力《ちから》が強《つよ》いのだ。」

ぐりぐりと佐助《さすけ》をこづきながら、
弟《おとうと》のほうがじまんする。

「わははっ、そんなにほめるな、伊三《いさ》。」

「だって、本当《ほんとう》じゃないか、兄上《あにうえ》。」

「わははははっ、じゃあ、もっと言《い》え。」

「兄上《あにうえ》、強《つよ》い！　いちばん強《つよ》い！」

「がっはっはっはっはっはっ。」

（この兄弟《きょうだい》、ゆかいなやつらだなあ……

いて、いててっ。）

ふたりに手荒《てあら》くこづきまわされながら、
佐助《さすけ》も笑《わら》ったのだった。

二 真田家《さなだけ》の勇士《ゆうし》たち

佐助《さすけ》のいたずら

こうして佐助《さすけ》は実家《じっか》を出《で》て、千曲川《ちくまがわ》のほとりの上田《うえだ》にある真田《さなだ》の城《しろ》に部屋《へや》をもらい、若殿《わかとの》さま幸村《ゆきむら》のそばで働《はたら》くことになった。

明《あか》るくてすなお、身軽《みがる》な佐助《さすけ》を、幸村《ゆきむら》はとても気《き》に入《い》った。

「佐助《さすけ》、あの屋根《やね》の上《うえ》にハトがいる。つかまえてまいれ、伝書《でんしょ》バトに育《そだ》てよう。」

「はいっ。」

返事《へんじ》をすると同時《どうじ》に佐助《さすけ》のすがたが消《き》え、まばたきひとつするうちに、きょとんとしているハトをそっとつかんで、幸村《ゆきむら》の前《まえ》にかしこまっている。

「佐助《さすけ》、あの高《たか》い松《まつ》のこずえに、民《たみ》の干《ほ》していた洗《せん》たく物《もの》が、風《かぜ》で飛《と》ばされてひっかかっている。取《と》ってやれ。」

「すぐに。」

この命令《めいれい》も、たちまちかたづける。

これまで、幸村《ゆきむら》の一番《いちばん》のお気《き》に入《い》りは三好兄弟《みよしきょうだい》だった。けれど佐助《さすけ》が取《と》って代《か》わったので、単《たん》純《じゅん》な性格《せいかく》のふたりはおもしろくない。

とくに、兄上大好《あにうえだいす》きな弟《おとうと》伊三《いさ》は、腹《はら》が立《た》ってしかたがなかった。夜中《よなか》、じぶんたちの部屋《へや》でふとんに入《はい》って、兄弟《きょうだい》は話《はなし》をした。

「こうなるってわかっていたら、佐助《さすけ》を仲間《なかま》にするとき、反対《はんたい》するんだった。兄上《あにうえ》がいちばん強《つよ》くて、いちばん若殿《わかとの》さまのお役《やく》に立《た》たなきゃ、おかしい。」

「なんだ伊三《いさ》、おまえも『佐助《さすけ》、強《つよ》いな。』と笑《わら》っていたじゃないか。」

「兄上《あにうえ》はくやしくないのかよ。おれたち、いなくてもいい、みたいなかんじになっちまってるんだぜ？」

「おれは、佐助《さすけ》がくだらない仕事《しごと》までやってくれるから、楽《らく》になったと思《おも》ってるぞ。」

「えー、そうか？」

伊三《いさ》がむくれると、兄《あに》の清海《せいかい》も舌《した》うちした。

「だがな、これぞ、というりっぱな仕事《しごと》まで、あいつに取《と》られるのは、ぜったいにゆるせない。」

「だろう？　兄上《あにうえ》。」

身《み》をのりだした伊三《いさ》に、佐助《さすけ》には、清海《せいかい》は顔《かお》を近《ちか》づけてささやいた。

「どっちがえらいか、よーくわからせておかないとな。」

「そうだそうだ、一度《いちど》がつんとやっつけて、へこませてやろうぜ。……でも兄上《あにうえ》、どうするんだ？」

「おれにまかせておけ、いい作戦《さくせん》がある。」

清海《せいかい》が、にやりとする。

「さすが兄上《あにうえ》、かっこいい！　たよりになるぅ。」


ところが。となりの部屋《へや》でくらしている佐助《さすけ》が、この会話《かいわ》を全部《ぜんぶ》聞《き》いていた。師匠《ししょう》の白雲斎《はくうんさい》にきたえられたので、佐助《さすけ》はねていても、すぐに気配《けはい》に気《き》がつくのだ。

（なになに？　明日《あした》の晩《ばん》、おれがねている間《あいだ》に、ふとんでぐるぐる巻《ま》きにして、若殿《わかとの》さまのお部《へ》屋《や》にほうりこめば、無礼《ぶれい》なやつとしかられるだって？　へへっ、おもしろい、逆《ぎゃく》に清海《せいかい》をぐるぐる巻《ま》きにして、『やーい。』って笑《わら》ってやれ。)

次《つぎ》の夜《よる》、真《ま》っ暗《くら》な部屋《へや》でふとんを頭《あたま》からかぶって、佐助《さすけ》はねたふりをしていた。

真夜中《まよなか》、清海《せいかい》がそっとふすまを開《あ》け、小《ちい》さな灯《あか》りを手《て》に部屋《へや》に入《はい》ってきた。ふとんをめくり、佐助《さすけ》がねているのをたしかめる。

「よしよし、よくねている。」

清海《せいかい》がふすまの外《そと》で見張《みは》っている伊三《いさ》をふりむき、うなずいたそのしゅんかん、佐助《さすけ》はふとんからぬけでて灯《あか》りをうばい、音《おと》もなく清海《せいかい》を飛《と》びこすと背後《はいご》に立《た》った。

ばっと清海《せいかい》の着物《きもの》をはがし、同時《どうじ》にふとんへけりたおして、ふとんの下《した》に用意《ようい》しておいたひもでぐるぐる巻《ま》きにしばりあげてしまう。

忍術《にんじゅつ》で使《つか》う特別《とくべつ》なひもとしばりかただから、どんなに力持《ちからも》ちの清海《せいかい》でも、じたばたするばかりで、ひもはほどけない。

「兄上《あにうえ》、うまくいったか?」

伊三《いさ》が気配《けはい》に気《き》づいて、聞《き》いてきたので、佐助《さすけ》は伊三《いさ》からはかげになる暗《くら》がりに身《み》をひそめ、清海《せいかい》の声《こえ》まねをした。ものまね——とくに声《こえ》まねも、忍術《にんじゅつ》のひとつだ。

「うまくいったぞ。佐助《さすけ》のやつめ、ふとんのなかで泣《な》いておるわ。伊三《いさ》、早《はや》くかついでいけ。」

「さすが兄上《あにうえ》！」

佐助《さすけ》は清海《せいかい》の着物《きもの》をかぶり、呪文《じゅもん》をとなえると、清海《せいかい》に化《ば》けた。伊三《いさ》にふとんの前《まえ》をかつがせ、じぶんは後《うし》ろをかついで、幸村《ゆきむら》の部屋《へや》へ行《い》く。

「伊三《いさ》、あとはおれがやっておくから、先《さき》に部屋《へや》へ帰《かえ》ってねろ。」

「はいよ、兄上《あにうえ》。」

佐助《さすけ》はぐるぐる巻《ま》きのふとんを、部屋《へや》の床《とこ》の間《ま》にかざりもののように立《た》てて置《お》くと、伊三《いさ》がねむったのをたしかめてから、じぶんもねた。


朝《あさ》になった。

「なんだ、これは。」

目《め》を覚《さ》ましておどろいた幸村《ゆきむら》が、「だれかいるか。」と、いつものように家来《けらい》たちをよびよせた。床《とこ》の間《ま》に立《た》てかけられた、ぐるぐる巻《ま》きのふとんを示《しめ》す。

「だれがこんなものを、わたしの部屋《へや》に持《も》ちこんだのだ？　海野《うんの》は知《し》っているか？」

「いいえ、ぞんじません。……ふとんに見《み》えますが、敵《てき》のしかけたわなかも。」

「望月《もちづき》はどうだ。」

「ぞんじません。あぶないものだといけませんから、お庭《にわ》に出《だ》して、どかーんっと爆破《ばくは》しましょう。」

すぐにふところから爆薬《ばくやく》を取《と》りだそうとする望月《もちづき》を、海野《うんの》が止《と》める。

「いや、望月《もちづき》、焼《や》けただれるような毒《どく》が入《はい》っていて、あたりの人《ひと》たちに飛《と》びちったらこまる。」

「では、わたしが新《あたら》しい刀《かたな》の試《ため》し切《ぎ》り用《よう》に、いただきたく。」

わくわくした顔《かお》でそう言《い》う穴山《あなやま》を、筧《かけい》が押《お》しのけて、ぼそっと無表情《むひょうじょう》につぶやいた。

「……鉄砲《てっぽう》の的《まと》だ……。」

「ふむ、では筧《かけい》と穴山《あなやま》、腕相撲《うでずもう》をして、勝《か》ったほうが好《す》きにせよ。」

幸村《ゆきむら》が真顔《まがお》で言《い》うので、ふたりが頭《あたま》を下《さ》げた。

「はっ。」

すると、ぐるぐる巻《ま》きのふとんのなかで、むううう、とうなり声《ごえ》がするのに、みんなが気《き》がついた。幸村《ゆきむら》が命《めい》じる。

「なかで何《なに》かがうなっているようだ。海野《うんの》、ひもをほどいてみよ。」

「……いや、わたしは……かみつかれでもしたら……穴山《あなやま》、筧《かけい》、そなたたちがいただいたのだから、なんとかしなさい。」

慎重《しんちょう》といおうか、心配性《しんぱいしょう》といおうか……の海野《うんの》に、いつものことだと、ほかの三人《にん》が顔《かお》を見《み》あわせて苦笑《くしょう》した。そこへ佐助《さすけ》があらわれた。

じつは佐助《さすけ》は、ふすまの外《そと》から、おもしろがってずっとようすを見《み》ていたのだ。

「おはようございます。あれれ、なんですか、それ。」

すっとぼける佐助《さすけ》に、幸村《ゆきむら》がにこにこして言《い》った。

「猿飛《さるとび》か。心配《しんぱい》はいらぬ。だれかのいたずらだ、あやしい物《もの》ではない。」

「……若《わか》さま、そのような気楽《きらく》なことを。もっとご用心《ようじん》なさいませ。」

海野《うんの》の小言《こごと》に、幸村《ゆきむら》が応《こた》える。

「まことに敵《てき》であれば、わたしがのんきに部屋《へや》へ入《い》れるものか。」

「おそれいりましてございます。」

海野《うんの》があやまり、佐助《さすけ》は本当《ほんとう》におかしくてたまらない。笑《わら》いたいのをぐっとがまんして、こう言《い》った。

「ただひもをほどいたのでは、おもしろくありません。いかがでしょう、ひとりずつ、中身《なかみ》が何《なに》かを言《い》ってみてから、ほどくのは。」

幸村《ゆきむら》がうなずき、五人《にん》を見回《みまわ》した。

「よし、おもしろい。では当《あ》てた者《もの》には、ほうびをやろう。海野《うんの》、なんだと思《おも》う？」

みんなおもしろがっているので、敵《てき》のわなだと、まだうたがっているらしい海野《うんの》が、しぶしぶ答《こた》える。

「……猿《さる》が入《はい》っていると思《おも》います。」

「猿《さる》か。次《つぎ》は、穴山《あなやま》。」

「わたしは、ネコではあるまいかと。」

「ふむ。望月《もちづき》。」

「タヌキではないでしょうか。」

「筧《かけい》はどうだ？」

「……犬《いぬ》だ……。」

幸村《ゆきむら》は、にこにこした。

「猿《さる》にネコにタヌキに犬《いぬ》か。猿飛《さるとび》はどう思《おも》う？」

しめしめ、来《き》たぞ、と佐助《さすけ》は得意《とくい》になって答《こた》えた。

「おれは、動物《どうぶつ》ではないと思《おも》います。」

「すると、人間《にんげん》か？」

「はい。その中身《なかみ》は、三好清海入道《みよしせいかいにゅうどう》です！」

四人《にん》の家来《けらい》が「えっ。」という顔《かお》をするなか、幸村《ゆきむら》が大笑《おおわら》いした。

「そうか、じつはわたしもそうだと思《おも》っているのだ。佐助《さすけ》、ほどいてみよ。」

「はいっ。」


佐助《さすけ》がすばやくひもをほどくと、なかから、赤《あか》いふんどしをつけているだけで、はだかの清海《せいかい》がむっくりとおきあがった。

「ぶはーっ、死《し》ぬかと思《おも》った。」

ふとんに蒸《む》されて全身真《ぜんしんま》っ赤《か》、ゆでたタコみたいだ。

「あはははは。」と、全員大笑《ぜんいんおおわら》いする。

清海《せいかい》は、幸村《ゆきむら》の前《まえ》ではだかということに、いまさら気《き》がついたらしい。佐助《さすけ》がすばやすぎて、着物《きもの》をうばわれたのがわからなかったのだ。ますます真《ま》っ赤《か》っかになる。

「こ、これはご無礼《ぶれい》いたしました。」

全部見《ぜんぶみ》られて、いまさらだまってにげるわけにもいかず、清海《せいかい》はやけになったようにどなった。

「本日《ほんじつ》は、三好清海入道《みよしせいかいにゅうどう》、秘技《ひぎ》はだかタコおどりを、ごらんにいれます！」

くねくねと全身《ぜんしん》をくねらせて、おかしな身《み》ぶり手《て》ぶりでおどるので、みんなお腹《なか》をかかえて大《おお》笑《わら》いした。

兄《あに》におこしてもらえなかったので寝坊《ねぼう》した伊三《いさ》もかけつけてきて、とたんにつられて大笑《おおわら》いする。

「若《わか》さま、なぜ中身《なかみ》が清海《せいかい》と、おわかりになっておられたのですか？」

みんなが笑《わら》い転《ころ》げているすきに、そっと海野《うんの》がたずねると、幸村《ゆきむら》は笑《わら》いながら答《こた》えた。

「いや、わからぬ。」

「は??」

「わからぬが、このひものしばりかたは、甲賀《こうが》の忍術使《にんじゅつつか》い独特《どくとく》のもの。ほかの者《もの》には、ほどけない。この城《しろ》に、甲賀《こうが》の忍術使《にんじゅつつか》いは猿飛《さるとび》だけだ。なので、しかけたのは猿飛《さるとび》とわかった。

わたしは猿飛《さるとび》を信用《しんよう》している。このようにすみきった目《め》の持《も》ち主《ぬし》は、そうそういない。何《なに》も心《こころ》にかくしてはいない男《おとこ》だ。それで、ただのいたずらだろう、とな。」

「……なるほど。それで猿飛《さるとび》にひもをほどかせ、考《かんが》えが正《ただ》しいとたしかめたのでございますか。しかけた本人《ほんにん》なら、中身《なかみ》も知《し》っていて当然《とうぜん》ですね。」

「そうだ。――清海《せいかい》、猿飛《さるとび》、こちらへ。」

幸村《ゆきむら》によばれ、いよいよごほうびがもらえるぞ、と佐助《さすけ》はわくわくしながら前《まえ》に進《すす》みでた。伊《い》三《さ》が持《も》ってきた着物《きもの》を着《き》て、清海《せいかい》もひかえる。

「さて、ふたりは、なぜこのようないたずらをしたのか？　正直《しょうじき》に答《こた》えよ。」

一転《いってん》してきびしい声《こえ》で幸村《ゆきむら》からたずねられ、佐助《さすけ》はふるえあがった。

（ばれてたっ。）

ごほうびどころではない。どんなおしかりを受《う》けるか……いや、罰《ばつ》をあたえられ、もしかしたら家来《けらい》もやめさせられてしまうかもしれない。

（調子《ちょうし》にのりすぎた……せっかく家来《けらい》にしていただいたというのに。さすがは真田《さなだ》の若殿《わかとの》さま、おれのしたことなんて、みんなお見通《みとお》しだったんだ。）

こんなにもかしこい殿《との》さまなら、ずっとお仕《つか》えしたいのに……でも、悪《わる》いのはふざけすぎたじぶんだ。正直《しょうじき》に言《い》えと命令《めいれい》されたら、正直《しょうじき》に言《い》うだけだ。

「じつは──。」

言《い》いかけた佐助《さすけ》よりも早《はや》く、清海《せいかい》が佐助《さすけ》にむかって土下座《どげざ》してわびた。

「佐助《さすけ》、おまえは悪《わる》くない！　おれが考《かんが》えたことだ、まきこんですまんっ。」

「え、いや、ちがうだろ。あやまるのはおれだ、清海《せいかい》に恥《はじ》をかかせようとしたんだから。」

「おれがしようとしたことを、まねて、やり返《かえ》しただけだ。考《かんが》えたのはおれ。」

「そうだ、兄上《あにうえ》が考《かんが》えたんだ、兄上《あにうえ》の策《さく》はすごいんだ。」

伊三《いさ》までわりこんでくる。

「こんなにうまくいく策《さく》だ、佐助《さすけ》もいい気分《きぶん》だったろう。なあ、伊三《いさ》。」

「もちろん、兄上《あにうえ》。」

（あれ？　なんか清海《せいかい》の考《かんが》えがすごいってことになってる？）

佐助《さすけ》が首《くび》をかしげると、幸村《ゆきむら》が「これっ。」と三好兄弟《みよしきょうだい》をたしなめて苦笑《くしょう》した。

「じぶんたちのほうが猿飛《さるとび》よりも上《うえ》だと、わたしに思《おも》ってほしいだけであるな？　猿飛《さるとび》に本気《ほんき》であやまっているのか？」

三好兄弟《みよしきょうだい》は真《ま》っ赤《か》になって平伏《ひれふ》した。

「わかっていればよい。新参《しんざん》の猿飛《さるとび》ばかり、おもしろがって使《つか》ったわたしにも、落《お》ち度《ど》はあろう。」

「……若《わか》さま、甘《あま》すぎます。」

さっそく海野《うんの》が幸村《ゆきむら》に小言《こごと》を言《い》う。

「いたずらに対《たい》して罰《ばつ》をあたえない、とは言《い》っておらぬぞ。三好兄弟《みよしきょうだい》と猿飛《さるとび》、そなたたちの苦手《にがて》なことを、いやでもやってもらおう。泣《な》き言《ごと》を言《い》ってもゆるさぬから、最後《さいご》までやれ。」

「ひっ……ひえぇ……はい……。」

幸村《ゆきむら》のあたえた罰《ばつ》

佐助《さすけ》と三好兄弟《みよしきょうだい》にあたえられた罰《ばつ》とは、月《つき》に一度開《どひら》かれている「城内歌合《じょうないうたあ》わせの会《かい》」で、和歌《わか》を作《つく》って詠《よ》め、というものだった。次《つぎ》の会《かい》は十日後《とおかご》。佐助《さすけ》は初《はじ》めての参加《さんか》だ。

「ええええっ。」

清海《せいかい》が頭《あたま》をかかえる。

「それだけは、ごかんべんを……。」

「兄上《あにうえ》、どうしよう。」

望月《もちづき》と穴山《あなやま》が兄弟《きょうだい》をからかった。

「ははは、おまえたち、せっかく城《しろ》の奥《おく》で働《はたら》く娘《むすめ》たちと、楽《たの》しく話《はなし》ができる会《かい》だっていうのに、いろいろと言《い》い訳《わけ》して来《こ》ないからな。」

「ふだんは、いそがしいうえに働《はたら》く場所《ばしょ》がちがって、娘《むすめ》たちとゆっくり話《はなし》もできないのに、もったいないな。」

「……かわいい娘《むすめ》ぞろいというのに。」

海野《うんの》もつぶやき、筧《かけい》までもが無表情《むひょうじょう》のまま小《ちい》さくうなずく。

「なんだい、みんなだって、武術《ぶじゅつ》ほどは和歌《わか》がうまいわけじゃないだろうがっ。」

清海《せいかい》が言《い》い返《かえ》すと、幸村《ゆきむら》がしかった。

「武術《ぶじゅつ》が得意《とくい》なだけでは、りっぱな人間《にんげん》とはいえないぞ。たしかな教養《きょうよう》と、礼儀《れいぎ》、社交術《しゃこうじゅつ》を身《み》につけねばならぬ。」

「あの……和歌《わか》ってなんですか？」

佐助《さすけ》がたずねたら、家来《けらい》たちがそろって脱力《だつりょく》した。

「猿飛《さるとび》は、そこからか！」

和歌《わか》というのは、五七五七七の三十一《みそひと》文字《もじ》で、じぶんの気持《きも》ちや心《こころ》を打《う》つような風景《ふうけい》を表《あらわ》し、言葉《ことば》のたくみさや美《うつく》しさを、みんなで競《きそ》うものらしい。

海野《うんの》が説明《せつめい》してくれたが、佐助《さすけ》にはさっぱりだ。

（まいったなあ、わけがわかんないや。こりゃ、かなりの罰《ばつ》だ。えらい恥《はじ》をかかされるぞ。）

とはいえ、なんとかしないと、本当《ほんとう》に家来《けらい》をやめさせられてしまうかもしれない。

「海野《うんの》どの、どうしよう……ねえ、もっとちゃんと教《おし》えてくださいよう、ねえねえ！」

佐助《さすけ》が青《あお》くなってすがりつくと、海野《うんの》がしぶい顔《かお》で言《い》った。

「……しかたがない。歌合《うたあ》わせの会《かい》で、いつもじょうずな和歌《わか》を詠《よ》み、ほうびをいただいている者《もの》がいる。紹介《しょうかい》してやるから、その者《もの》に習《なら》いなさい。」

「海野《うんの》どの、じぶんだってそんなに得意《とくい》ではないからな。」

望月《もちづき》がからかうのを無視《むし》して、海野《うんの》は佐助《さすけ》を城《しろ》の奥《おく》に近《ちか》い中庭《なかにわ》につれてゆき、待《ま》たせた。

まもなく、ひとりの娘《むすめ》をともなって、もどってくる。娘《むすめ》は縁側《えんがわ》にすわった。

（うわっ、すごい美人《びじん》！　でも、なんか、きげん悪《わる》そうだな。）

「猿飛《さるとび》、これはわたしの叔父上《おじうえ》の娘《むすめ》、つまりわたしのいとこで、楓《かえで》という。若《わか》さまの奥方《おくがた》さま——千代姫《ちよひめ》さまのお世話《せわ》をしている者《もの》だ。楓《かえで》、猿飛佐助《さるとびさすけ》という新参《しんざん》の家来《けらい》だ。」

佐助《さすけ》は娘《むすめ》に礼《れい》をしたが、娘《むすめ》は知《し》らん顔《かお》をして、海野《うんの》にむかってたずねる。

「……六郎《ろくろう》さま、なぜわたしが、このような猿《さる》みたいな男《おとこ》の相手《あいて》をしないとならないの？」

「そう言《い》うな。若《わか》さまのお気《き》に入《い》りで、見《み》どころのある者《もの》だ。仲《なか》よくなっておくと、いいことがあるかもしれない。」

楓《かえで》という娘《むすめ》は、ちょっとだけ佐助《さすけ》を見《み》て、つん、と横《よこ》をむいた。

「六郎《ろくろう》さまのめんどうごとを、おしつけられるのはごめんです。だいたい、いいことってなんなのです？」

「えっと……それは……いざというときに、守《まも》ってもらえるとか……。」

「わたしにも護身術《ごしんじゅつ》の心得《こころえ》くらいあります。男《おとこ》の人《ひと》にたよろうとかあまえようとか、思《おも》っていませんので。」

（なんだ、この人《ひと》……。）

楓《かえで》のきつい言《い》いかたに、佐助《さすけ》がめんくらっていると、海野《うんの》がこまり顔《がお》でささやいた。

「見《み》てわかるように美人《びじん》だろう？　わが海野一族《うんのいちぞく》のじまんの娘《むすめ》なのだが、美人《びじん》すぎて、見《み》た目《め》だけをちやほやするろくでもない男《おとこ》ばかりが、よってたかって告白《こくはく》してくる。なので、すっかり男《おとこ》ぎらいになってしまったのだ。」

「男《おとこ》ぎらいって……なんで、そんな人《ひと》に、男《おとこ》のおれが和歌《わか》を教《おそ》わらなくちゃならないんです？」

「これでも、わたしもおまえを見《み》こんでいるのだ。楓《かえで》に男《おとこ》のいいところを見《み》せてやってくれ。たのんだぞ。」

「えっ、ちょっと、おれは和歌《わか》を教《おそ》わるだけで、何《なに》かを教《おし》えるんじゃないですよね？」

佐助《さすけ》が言《い》うのも聞《き》かず、さっさと海野《うんの》はいなくなってしまった。

（めんどうなことが増《ふ》えただけかよ……。）

弱《よわ》りながらも佐助《さすけ》は、「あの……和歌《わか》の作《つく》りかたを……教《おし》えてください……。」と、楓《かえで》に頭《あたま》を下《さ》げてたのんでみた。この問題《もんだい》がまず解決《かいけつ》しないと、どうにもならない。

「お願《ねが》いしますっ、ほかにたよれる人《ひと》がいないんですっ。」

ふかぶかと二度《ど》三度《ど》頭《あたま》を下《さ》げる。すると、楓《かえで》がそっぽをむいたまま、言《い》った。

「……思《おも》ったとおりに詠《よ》めばいいのよ。三十一文字《みそひともじ》になっていれば、なんだって和歌《わか》よ。」

「そんな適当《てきとう》なものなんですか？」

楓《かえで》はちらっと佐助《さすけ》を見《み》て、冷《つめ》たく言《い》う。

「あなたにそれ以上説明《いじょうせつめい》しても、わかるとも思《おも》えないもの。ようは、『考《かんが》えるな、感《かん》じろ。』なのよ。じゃあ、わたし、仕事《しごと》があるので失礼《しつれい》。」

かなり失礼《しつれい》な態度《たいど》なのだが、佐助《さすけ》はぜんぜん気《き》にしなかった。ごちゃごちゃりくつを言《い》われず、ずばりひとことだったのがわかりやすくて、うれしかったのだ。

「考《かんが》えるより感《かん》じろか！　ずばっと極意《ごくい》を教《おし》えてくれるなんて、親切《しんせつ》にありがとうございます！　それなら、なんとなくわかった気《き》がする、武術《ぶじゅつ》で体《からだ》を動《うご》かすのも、頭《あたま》で考《かんが》えていたらおくれをとるから、感覚《かんかく》をするどくするのがたいせつだし。楓《かえで》どの、さすがです！」

「……なんなの？」

あきれた顔《かお》でもう一度《いちど》ちらっと佐助《さすけ》を見《み》ると、楓《かえで》は建物《たてもの》の奥《おく》へ行《い》ってしまった。

佐助《さすけ》はさっそく、思《おも》ったそのままを、指《ゆび》おり数《かぞ》えながら言《い》ってみる。

「ええと。楓《かえで》どの、ご親切《しんせつ》に、ありがとう、おれもこれなら、和歌《わか》が詠《よ》めそう……っと、できた。これでいいのか！　簡単《かんたん》だな。」

やったぁ、と佐助《さすけ》はつぎつぎに和歌《わか》（？）を詠《よ》んだ。

「これでもう、家来《けらい》をやめずに、すむのかな、もしもそうなら、助《たす》かっちゃう。

そうなれば、楓《かえで》どのには、心《こころ》から、お礼《れい》を言《い》わなきゃ、恩人《おんじん》だもの。

楓《かえで》どの、本当《ほんと》にあなたは、いい人《ひと》だ、おれにできること、なんでも言《い》って。

お礼《れい》には、何《なに》がほしいか、教《おし》えてよ、ごほうびもらって、山分《やまわ》けしよう。

これならば、歌合《うたあ》わせでは、おれこそが、いちばんうまく、和歌《わか》が詠《よ》めるし。

うひゃっ、いっぱいできた！　どれがいちばんいいか、楓《かえで》どのに聞《き》いてみようっと。」

佐助《さすけ》は「楓《かえで》どのーっ、どこですかーっ。」と、建物《たてもの》に入《はい》ってさがしはじめた。

するとわたりろうかのむこうから、いい香《かお》りがしてくる。

(楓《かえで》どのの香《こう》のにおいだ。こっちだな……ん？)

あやしい気配《けはい》を感《かん》じ、佐助《さすけ》はさっと音《おと》もなく飛《と》びあがり、天井《てんじょう》にはりついた。

「楓《かえで》、ひどいじゃないか、こんなにも手紙《てがみ》を書《か》いたのに、返事《へんじ》をひとつもくれないなんてさあ。」

廊下《ろうか》をにげるようにして楓《かえで》がやってくる。その後《あと》を追《お》いかけてくるのは、見《み》るからにすけべそうな、鼻《はな》の下《した》をのばした男《おとこ》だ。

「二十七通《つう》だぜ？　贈《おく》り物《もの》だってしただろ。なのに、オレさまを無視《むし》するなんてさあ。」

男《おとこ》は楓《かえで》に追《お》いつくと、そでをつかまえた。

「放《はな》しなさい！」

楓《かえで》は男《おとこ》の手首《てくび》をつかんではらいのけようとしたが、逆《ぎゃく》にかかえこまれてしまう。

「なあ、この五郎三郎《ごろさぶろう》をなめんなよ、美人《びじん》だと思《おも》っていい気《き》になりやがって。男《おとこ》をバカにすんな、力《ちから》ずくで言《い》うこと聞《き》かしてやろうか。」

いやそうにくちびるをかんだ楓《かえで》は、男《おとこ》にひじ鉄砲《でっぽう》をくらわせたが、かえって男《おとこ》はおこり、口《くち》をおさえようとしてきた。声《こえ》をあげさせずに、さらおうとしているのだ。

その手《て》にかみついて、楓《かえで》は男《おとこ》を投《な》げ飛《と》ばす。すると「この女《あま》っ。」と男《おとこ》が刀《かたな》をぬき——その刀《かたな》は、枯《か》れ枝《えだ》だった。

「おい、そこまでだっ。」

佐助《さすけ》は男《おとこ》の背後《はいご》にそっとおりると、男《おとこ》の刀《かたな》を枯《か》れ枝《えだ》にすり替《か》えたのだ。はっ、と佐助《さすけ》が気合《きあい》を発《はっ》すると、枯《か》れ枝《えだ》はこなごなにくだけてしまった。

「……なっ、何《なに》いっ。」

「武器《ぶき》ってのは、男《おとこ》と男《おとこ》の命《いのち》がけの戦《たたか》いに使《つか》うものだろ。女《おんな》の人《ひと》をおどすものじゃない。情《なさ》けないって刀《かたな》が泣《な》くよ。」

「てめえっ。」

ふりかえった男《おとこ》は、佐助《さすけ》に飛《と》びかかった。だが、つかんだはずの佐助《さすけ》が、陣羽織《じんばおり》だけを残《のこ》して消《き》える。

「え？」

「こっちだ、こっち。」

佐助《さすけ》は楓《かえで》を背中《せなか》にかばうと、男《おとこ》に目《め》くらましの玉《たま》を投《な》げつけ、土《つち》けむりがもうもうと立《た》つすきに、楓《かえで》を胸《むね》にかかえあげて、ふわりと屋根《やね》の上《うえ》に飛《と》んだ。

目《め》くらましの玉《たま》のなかには、細《こま》かな土《つち》とトウガラシの粉《こな》が混《ま》ぜてあるから、くしゃみは出《で》るし、目《め》に入《はい》ると痛《いた》くてたまらない。わたりろうかから庭《にわ》へ転《ころ》げ落《お》ちた男《おとこ》は、顔《かお》をおおって地面《じめん》を転《ころ》げまわっている。

「もうだいじょうぶだ。楓《かえで》どの、どちらにお送《おく》りしましょうか。」

楓《かえで》は佐助《さすけ》に姫君《ひめぎみ》だっこされたまま、真《ま》っ赤《か》になっている。

「お、おろして。おろしてったら！」

なんだかおこっているみたいだ。

「あ、あなたが助《たす》けてくれなくたって、わたし、ひとりでだいじょうぶなのにっ。」

「そうだったのか、ごめん、早《はや》とちりしたな。」

つんつんしている楓《かえで》に佐助《さすけ》があやまると、庭《にわ》から、顔《かお》をなみだと鼻水《はなみず》でぐしゃぐしゃにした男《おとこ》がわめいた。

「やいっ、猿《さる》みたいなやろうっ、その女《おんな》はオレさまのだっ。手《て》ぇ出《だ》したら、てめえをぎったんぎったんに、たたきのめしてやるっ。」

「え？　そうなんだ？　楓《かえで》どのの彼氏《かれし》で、ちょっとけんかしてただけ？」

すなおな佐助《さすけ》が信《しん》じて聞《き》き返《かえ》すと、楓《かえで》はますますおこった。

「もう放《はな》してったらっ。わたし、あなたのことなんかっ。」

「……すみませんでした。よけいなことしたみたいで、せっかくの恩人《おんじん》に。ごめんなさい。」

まだトウガラシ入《い》りの土《つち》けむりがもうもうとしている庭《にわ》をさけ、佐助《さすけ》は楓《かえで》を建物《たてもの》の反対側《はんたいがわ》の庭《にわ》へそっとおろすと、二度《ど》三度《ど》とあやまってから、すばやく立《た》ち去《さ》った。

楓《かえで》からの手紙《てがみ》

ところが、翌日《よくじつ》のこと。

夕方《ゆうがた》、部屋《へや》にもどった佐助《さすけ》をたずねてきた娘《むすめ》がいた。楓《かえで》ではない。知《し》らない人《ひと》だ。

娘《むすめ》は無言《むごん》で手紙《てがみ》をつきだした。

「あの、どなたでしょうか。おれをだれかと、まちがえてませんか?」

「手紙《てがみ》を読《よ》めばわかるわよ。」

見《み》ると、たたんだ手紙《てがみ》の表《おもて》には『佐助《さすけ》どの　楓《かえで》より』と書《か》いてある。じょうずな字《じ》だ。

「ありがとう……でも、なんだろう……あっ、まだおこってるんだ。これ、抗議《こうぎ》の手紙《てがみ》だ、きっと。」

佐助《さすけ》が首《くび》をすくめて受《う》けとると、娘《むすめ》はだまって片手《かたて》を出《だ》した。佐助《さすけ》には、出《だ》された片手《かたて》の意味《いみ》がわからない。

「へ？」

「手数料《てすうりょう》。」

「はぁ??」

「当《あ》たり前《まえ》でしょう、でなければ、やってられないわよ。楓《かえで》はじぶんで行《い》くのは、ぜったいにいやだって言《い》うし、でも手紙《てがみ》はわたしたくて、しかたがないみたいだし。」

「そういうときは、楓《かえで》どのから、手数料《てすうりょう》をもらえば……。」

「何《なに》言《い》ってんの、けちな男《おとこ》はきらわれるわよ。こういうのは、男《おとこ》がさりげなーく、はらっておくものなのっ。」

まくしたてられ、そうかなあと思《おも》いながら、佐助《さすけ》は財布《さいふ》から小銭《こぜに》を出《だ》して娘《むすめ》にわたした。娘《むすめ》はにっこりする。

「あたしは、楓《かえで》の友《とも》だちで奈良菊《ならぎく》っていうの。手紙《てがみ》の使《つか》いとか、用《よう》があったらよろしくね。お得意《とくい》さんになってくれたら、手数料《てすうりょう》お安《やす》くしておくわ。」

（タダじゃないのかよっ。）

奈良菊《ならぎく》が出《で》ていき、佐助《さすけ》の手《て》には楓《かえで》からの手紙《てがみ》が残《のこ》った。

「抗議《こうぎ》の手紙《てがみ》だよな……読《よ》んだら、へこみそう。」

封《ふう》を開《あ》けようとして、ためらう。

「……そうだ、楓《かえで》どのは、あの五郎三郎《ごろさぶろう》とかいう変《か》わった名前《なまえ》の男《おとこ》の彼女《かのじょ》だったっけ。おれが楓《かえで》どのと関《かか》わるのは、まずいよな。」

と言《い》い訳《わけ》して、佐助《さすけ》は手紙《てがみ》を読《よ》まずに、箱《はこ》のなかへしまいこんでしまった。

楓《かえで》が五郎三郎《ごろさぶろう》の彼女《かのじょ》、というのは、もちろん佐助《さすけ》の誤解《ごかい》だ。


三日後《みっかご》、日《ひ》がしずみかけたころ。

佐助《さすけ》の部屋《へや》からようやくもどってきた奈良菊《ならぎく》に、いらいらして待《ま》っていた楓《かえで》は、飛《と》びつくようにしてたずねた。

「お返事《へんじ》はっ。」

奈良菊《ならぎく》が首《くび》を横《よこ》にふる。

「楓《かえで》、あの男《おとこ》は見《み》こみなしだわ、やめときなさいよ。」

「べっ、べつに、わたしは、そういうつもりじゃないのよっ。ただ、助《たす》けられておいて、ちゃんとお礼《れい》が言《い》えなかったなんて、このわたしともあろう者《もの》がみっともないから、お礼《れい》を伝《つた》えたいだけ。」

「だったら、なんでそんなに、何《なに》も手《て》につかないようすで、お返事《へんじ》を待《ま》ってるの？」

奈良菊《ならぎく》に横目《よこめ》でにらまれ、楓《かえで》が真《ま》っ赤《か》になって口《くち》をとがらせる。

「だっ、だって、奈良菊《ならぎく》が、一度《ど》や二度《ど》であきらめずに手紙《てがみ》を出《だ》せって……。」

「でないと手数料《てすうりょう》がもらえな……じゃなくて、なんであたしのせいなのよ。あたしが言《い》ったのはね、五郎三郎《ごろさぶろう》さまは、楓《かえで》からお返事《へんじ》がもらえなくても、あきらめずに二十七通《つう》もお手紙《てがみ》をくれたのに、楓《かえで》は一度《ど》や二度《ど》であきらめるの？　ってこと。」

奈良菊《ならぎく》が、五郎三郎《ごろさぶろう》をあれこれとうまく言《い》いくるめて二十七通《つう》も手紙《てがみ》を書《か》かせ、そのたびに手《て》数料《すうりょう》をふんだくっていたとは、楓《かえで》は知《し》らない。今度《こんど》は佐助《さすけ》が、奈良菊《ならぎく》にねらわれかけていたのだが、それも知《し》らなかった。

ひどい……いや、まあ、ちゃっかりした「友人《ゆうじん》」である。

奈良菊《ならぎく》につめよられ、けいべつされた目《め》で見《み》られて、楓《かえで》はつい意地《いじ》をはってしまった。

「わ、わかったわ！　こうなったら、わたし、佐助《さすけ》が『まいりました。』っていう返事《へんじ》を書《か》きたくなるまで、すっごい感動的《かんどうてき》な名文《めいぶん》をじゃんじゃん送《おく》りつけてやるんだから！　城一番《しろいちばん》の和歌《わか》詠《よ》み名人《めいじん》の名誉《めいよ》にかけて！」

奈良菊《ならぎく》がかげでにんまりと笑《わら》ったのは、言《い》うまでもない。

楓《かえで》はずっとなやんでいた。

(……なんで、あんな猿《さる》みたいな男《おとこ》が、頭《あたま》のなかから消《き》えてくれないのよっ。そうよ、ちゃんとお礼《れい》を言《い》いそびれちゃったから、気《き》になって。だって、あの人《ひと》、いきなり屋根《やね》の上《うえ》とかに、びょーんって飛《と》ぶのよ、びっくりしちゃって……。)

そこにびっくりしたのではなく、佐助《さすけ》のやさしくてすなおな言葉《ことば》と笑顔《えがお》にびっくりした——そのことに、かしこい楓《かえで》は気《き》がついていた。

でも、どうしてもみとめたくなかった。みとめたら、胸《むね》が苦《くる》しくて息《いき》ができなくなりそうで。

おなじ日《ひ》の夜《よる》、佐助《さすけ》の部屋《へや》には、穴山《あなやま》と清海《せいかい》が遊《あそ》びに来《き》ていた。ふざけていて、たなの上《うえ》にあった箱《はこ》を落《お》としてしまう。

なかから手紙《てがみ》が三通《つう》、飛《と》びだした。

「なんだ?」

穴山《あなやま》が拾《ひろ》い、清海《せいかい》がのぞきこむ。

「『楓《かえで》より』……って、まさか、海野《うんの》のいとこの、あの楓《かえで》どのか？」

穴山《あなやま》が言《い》うと、清海《せいかい》がさっそく佐助《さすけ》を手荒《てあら》くこづいて、からかった。

「やいやいやい、新参者《しんざんもの》のくせに、もう美人《びじん》と仲《なか》よくなって手紙《てがみ》のやりとりとは、ずうずうしいやろうだ、うらやましすぎる！」

「ま、待《ま》て！　誤解《ごかい》だって。」

「何《なに》が誤解《ごかい》だっ、このこのこのこのっ。」

清海《せいかい》にさんざんこづかれてから、佐助《さすけ》はようやく言《い》えた。

「おれ、楓《かえで》どのに失礼《しつれい》なことして、おこらせちまったみたいなんだ。それで抗議《こうぎ》の手紙《てがみ》が来《き》て……でも、読《よ》むのがこわくて、封《ふう》を開《あ》けてない。」

「うそつくな……って、本当《ほんとう》だな、封《ふう》が開《あ》いてない。」

清海《せいかい》が手紙《てがみ》をたしかめる。

「じゃあ、代《か》わりにおれが開《あ》けて――。」

「わあっ、待《ま》て待《ま》て待《ま》てっ、楓《かえで》どのに関《かか》わってはまずいっ。」

ふたりがもみあっていると、穴山《あなやま》がひょいと手紙《てがみ》を取《と》りあげ、にやにやして佐助《さすけ》を見《み》た。

「猿飛《さるとび》、ちゃんと全部話《ぜんぶはな》してみろ。」

「……じつは……。」

佐助《さすけ》の話《はなし》を聞《き》くと、穴山《あなやま》はあきれた顔《かお》でこう言《い》った。

「鈍感《どんかん》。なんにもわかっちゃいないんだなぁ。おまえはバカか？」

「……どうせバカだよ。恩人《おんじん》の楓《かえで》どのに、失礼《しつれい》をしちまったもの。」

「だから、鈍感《どんかん》なんだって。五郎三郎《ごろさぶろう》ってのは、女好《おんなず》きで自分勝手《じぶんかって》なことで有名《ゆうめい》なやつだ。おまえがしたことは、正《ただ》しいんだよ。ただ、いきなり屋根《やね》の上《うえ》とかに飛《と》ぶから、楓《かえで》どのをおどろかせてしまっただけで、きっとこれはお礼《れい》の手紙《てがみ》だ。おまえが気《き》に入《い》ったんだ。」

「まさか……。」

穴山《あなやま》に言《い》われるままに、佐助《さすけ》は手紙《てがみ》を開《あ》けてみる。

一通目《つうめ》はたしかに、かた苦《くる》しいお礼《れい》の手紙《てがみ》だった。きちんとお礼《れい》が言《い》えなくて、失礼《しつれい》をいたしました、と書《か》いてある。

「ほーら見《み》ろ、猿飛《さるとび》。」

本当《ほんとう》だ、と佐助《さすけ》は安心《あんしん》して、二通目《つうめ》を開《あ》けた。

『こちらからは、きちんとお礼《れい》とおわびを伝《つた》えたのに、お返事《へんじ》をくれないなんて、あなたっていったいどこまで失礼《しつれい》な人《ひと》なの?』

というような文句《もんく》が書《か》きつらねてある。

「やっぱりおこってる! 穴山《あなやま》どの、楓《かえで》どのは、すごくおこってるって。」

あせる佐助《さすけ》に、穴山《あなやま》は大笑《おおわら》いした。

「こりゃ、思《おも》った以上《いじょう》だ。猿飛《さるとび》、次《つぎ》も読《よ》んでみろ、びっくりするぞ。」

「えーっ。」

しぶしぶ三通目《つうめ》を開《あ》けて読《よ》む。

『この前《まえ》の手紙《てがみ》では、ごめんなさい。きっと、おこってしまったことでしょう。わたしのことを、きらいになってしまったでしょうね。もしも、もしもおこっていないのなら、どうか、そうお返事《へんじ》をください。どうかわたしを、おゆるしください。』

清海《せいかい》がなぜか、ぽろりとなみだをこぼした。

「本当《ほんとう》にバカやろうだな、おまえは。これは感動的《かんどうてき》な恋《こい》の告白《こくはく》じゃないか。これを無視《むし》して読《よ》まず、返事《へんじ》も書《か》かないとは、今《いま》ごろ楓《かえで》どのはどんなに苦《くる》しんでいるか。おれだったら、すぐにでも飛《と》んでいってなぐさめて、『つきあおう。』って言《い》うぞ。」

「告白《こくはく》って、どこがぁ!?」

清海《せいかい》は妄想《もうそう》の気《け》があるな、と佐助《さすけ》はあきれ、穴山《あなやま》をうかがう。しかし穴山《あなやま》もうなずいていた。

「やはり。楓《かえで》どのは不器用《ぶきよう》なお人《ひと》だ。口《くち》や態度《たいど》では、すなおに伝《つた》えられないのだ。和歌《わか》や文字《もじ》ならば、心《こころ》の美《うつく》しさやまっすぐなところ、やさしい気持《きも》ちや思《おも》いやりを表《あらわ》せる。だから、和歌詠《わかよ》みの名人《めいじん》なのだよ。……まあ、当《とう》のご本人《ほんにん》は、そこらに気《き》がついていないから、誤解《ごかい》されやすくてこまったものだと、海野《うんの》が言《い》っていたがな。」

（めんどうくさい人《ひと》ってことじゃないか、ようするに。）

それに楓《かえで》どのは五郎三郎《ごろさぶろう》どのの彼女《かのじょ》なんだから、どう考《かんが》えても、この手紙《てがみ》が告白《こくはく》とは思《おも》えない、と佐助《さすけ》が首《くび》をかしげたとき。

「お願《ねが》い、助《たす》けてっ。」

奈良菊《ならぎく》が部屋《へや》にかけこんできた。

「楓《かえで》が、おこった五郎三郎《ごろさぶろう》さまに、むりやりさらわれてっ。」

「なんだって!?」

「あたしが悪《わる》いの……っ。」

わあわあ泣《な》きだす奈良菊《ならぎく》を見《み》て、佐助《さすけ》は楓《かえで》が「ひとりでだいじょうぶ。」なんかじゃないと、直感《ちょっかん》でさとった。

「穴山《あなやま》どの、海野《うんの》どのをよんでくださいっ。おれ、助《たす》けにいきます。」

「わかった。ふたりで加勢《かせい》しよう。」

「清海《せいかい》、おれについてきて、楓《かえで》どのの居場所《いばしょ》がわかったら、それを穴山《あなやま》どのに知《し》らせに走《はし》ってくれ。」

「なんだ、あばれるんじゃないのか。おぉい、伊三《いさ》、ついてこい。」

清海《せいかい》が弟《おとうと》をよんでいる間《あいだ》に、もう佐助《さすけ》は屋根《やね》の上《うえ》を、軽《かろ》やかにかけぬけていた。鼻《はな》は、夜風《よかぜ》にのった楓《かえで》の香《こう》の甘《あま》いにおいをとらえていた。

(あっちだな、まだそんなに遠《とお》くには行《い》っていない。)

五郎三郎《ごろさぶろう》は数人《すうにん》の手下《てした》に手伝《てつだ》わせ、楓《かえで》をしばりあげて駕籠《かご》におしこむと、かついで城《しろ》の裏口《うらぐち》へむかった。門番《もんばん》には、たずねてきた母親《ははおや》を駕籠《かご》で送《おく》りとどけるところだ、とうそをつく。

そして、城下町《じょうかまち》にあるじぶんの実家《じっか》の屋敷《やしき》へと、にげこんでいた。

物置部屋《ものおきべや》に楓《かえで》をおしこみ、刀《かたな》をつきつけて、おどかす。

「やいっ。よくもオレさまに恥《はじ》をかかせやがったな！

あの猿《さる》みたいなやろうのせいで、中庭《なかにわ》とわたりろうかが目《め》くらましのけむりだらけになって、けっきょく、おまえにちょっかい出《だ》していたのが、おまえの父親《ちちおや》の侍大将海野太郎左衛門《さむらいだいしょううんのたろうざえもん》さまに、ばれちまったじゃないか。えらくお怒《いか》りだって聞《き》いた。

おまえ、初《はじ》めから、猿《さる》と手《て》を組《く》んでいただろう？」

楓《かえで》はこわさをふりはらうように、大声《おおごえ》を出《だ》して答《こた》えた。

「佐助《さすけ》は関係《かんけい》ないわよ！　わたしだって、あのとき初《はじ》めて会《あ》ったんだから。」

「うそつけっ。きのうもきょうも、奈良菊《ならぎく》がおまえの部屋《へや》から猿《さる》の部屋《へや》へ、手紙《てがみ》を持《も》っていくのを見《み》たぞ。だからさっき、奈良菊《ならぎく》をつかまえて『どういうことだ。』って責《せ》め立《た》ててみれば、おまえと猿《さる》がつきあっていて、だからオレにはあきらめろって言《い》うじゃないかっ。どうりで、二十七通《つう》の手紙《てがみ》に贈《おく》り物《もの》までしても、返事《へんじ》がないわけだ。

楓《かえで》、おまえ、男《おとこ》がいるくせに！　よくもオレさまをバカにしやがったな！　オレさまの手紙《てがみ》を見《み》て、大笑《おおわら》いしてたんだろっ。」

「そんなこと……ないっ。奈良菊《ならぎく》には、『もう五郎三郎《ごろさぶろう》さまにはもうしわけないから、はっきりおことわりする。じぶんできちんと伝《つた》える。』とは、話《はな》したわ。でも、それが、佐助《さすけ》とつきあっているとか、つきあうとか……じゃない……。」

どうしてか、楓《かえで》は言葉《ことば》が出《で》なくなってしまい、代《か》わりになみだがあふれた。

（佐助《さすけ》……どうして、あなたの顔《かお》をまた思《おも》いだすのよ、こんなときに。）

奈良菊《ならぎく》にそう言《い》ったときに、佐助《さすけ》のことがなぜか思《おも》いうかんだ。それが、不思議《ふしぎ》にも奈良菊《ならぎく》にはわかってしまっていたらしい。それで奈良菊《ならぎく》が気《き》をきかせて、楓《かえで》の想《おも》いを五郎三郎《ごろさぶろう》に伝《つた》えてしまったから……このままでは、佐助《さすけ》まで、まきこんでしまう。

「とにかく、佐助《さすけ》は関係《かんけい》ないのっ。」

「うるせえ、男《おとこ》をかばいだてするとは、ますます気《き》に入《い》らねえ。そのきれいな顔《かお》に、傷《きず》をつけてやる。猿《さる》にもきらわれるくらい、ひどい傷《きず》をな。」

けとばされて床《ゆか》に転《ころ》がされ、楓《かえで》はふるえあがった。なわできつくしばりあげられていて、背中《せなか》をふまれて身動《みうご》きできない。呼吸《こきゅう》も苦《くる》しい。

「た……助《たす》けて……さ――。」

もうすこしで、佐助《さすけ》の名前《なまえ》をよびそうになった。でもそんなことをしたら、もっと五郎三郎《ごろさぶろう》をおこらせてしまい、佐助《さすけ》にめいわくがかかる、と寸前《すんぜん》で思《おも》いとどまる。

ただ心《こころ》のなかで、もうためらいなく佐助《さすけ》をよんでいた。

（佐助《さすけ》、助《たす》けてっ、佐助《さすけ》！）

「さて、まずは高《たか》い鼻《はな》を低《ひく》くけずってやろうか。」

暗《くら》いなか、楓《かえで》はせめても、強《つよ》いひとみで五郎三郎《ごろさぶろう》をにらみつけた。目《め》をつぶったら、完全《かんぜん》に負《ま》けだと思《おも》った。ぎゅっと奥歯《おくば》をかみ、くやしさにたえる。

(佐助《さすけ》……っ。)

「それとも、ほっぺたに十字《じゅうじ》の傷《きず》――。」

「情《なさ》けないって、言《い》ってんだろっ。」

その声《こえ》と同時《どうじ》に、五郎三郎《ごろさぶろう》がなぐりとばされる音《おと》がした。

「楓《かえで》どの、無事《ぶじ》か？　本当《ほんとう》に、武器《ぶき》の正《ただ》しい使《つか》いかたを知《し》らないやつだな。」

佐助《さすけ》がすばやく楓《かえで》をおこして、しばってあるなわを切《き》った。体《からだ》が楽《らく》になる。

「佐助《さすけ》……なんで、来《き》たの？　あぶないのに。」

つい楓《かえで》は、そんな言葉《ことば》を口走《くちばし》ってしまう。そして、とても後悔《こうかい》した。

(どうして、ありがとうって、言《い》えないんだろう。

佐助《さすけ》なら強《つよ》いって信《しん》じたから、名前《なまえ》をよんだんじゃないの？

来《き》てくれる……ううん、来《き》てほしいって思《おも》ったから、よんだ。)

「ひとりでだいじょうぶって、楓《かえで》どの、言《い》ってたけど。じゃまはしないからさ、おれにも助太刀《すけだち》させてくれよ。」

「……うん……お願《ねが》い……。」

明《あ》かり取《と》りのまどから細《ほそ》くさしこむ月明《つきあ》かりの下《した》で、楓《かえで》と佐助《さすけ》の目《め》が合《あ》った。

「よし、まかせろ！」

佐助《さすけ》は五郎三郎《ごろさぶろう》の首根《くびね》っこをつかむと、「ここじゃせまくて、おまえがじぶんの手《て》を斬《き》っちまうぜ。外《そと》でやろう。」と、引《ひ》きずりだしていった。

外《そと》には、五郎三郎《ごろさぶろう》の手下《てした》たちが見張《みは》っていた。楓《かえで》の気《き》の強《つよ》さは有名《ゆうめい》だったので、屋敷《やしき》からにげたときにそなえてだ。

そこへ、佐助《さすけ》が五郎三郎《ごろさぶろう》をつかまえて飛《と》びこんできた。

「おいっ、者《もの》ども、猿《さる》をやっちまえ！」

五郎三郎《ごろさぶろう》の命令《めいれい》に、大乱闘《だいらんとう》になる。

けれど、たちまち佐助《さすけ》が、全員《ぜんいん》まとめて気絶《きぜつ》させてしまった。ぽかん、とつっ立《た》っているのは、五郎三郎《ごろさぶろう》だけだ。

「さて。おまえは楓《かえで》どのの彼氏《かれし》だって聞《き》くけど、あんなことばかりするのは、ちょっとどうかと思《おも》うな。もっとやさしくしてあげなよ。」

「はあ？　楓《かえで》の彼氏《かれし》は、おまえだろ？」

「おれが？　まさか。おまえこそ、じぶんでそう言《い》ったじゃないか。」

ふたりが、あれれ？　となったところへ楓《かえで》がかけつけてきた。

「わたしが返事《へんじ》をしなかったから！　佐助《さすけ》から返事《へんじ》をもらえなくなってみて、わかったわ。五郎《ごろ》三郎《さぶろう》さま、ごめんなさい！　わたし、好《す》きな人《ひと》がいます。」

「やっぱり！」

怒《いか》りに燃《も》えて佐助《さすけ》に斬《き》りかかってきた五郎三郎《ごろさぶろう》の刃《やいば》の前《まえ》に、楓《かえで》が身《み》を投《な》げだした。

「楓《かえで》どのっ。」

佐助《さすけ》はとっさに楓《かえで》をかばい、地面《じめん》にふせる。

同時《どうじ》に、鉄砲《てっぽう》の弾《たま》が五郎三郎《ごろさぶろう》の刀《かたな》を弾《はじ》きとばし、うわっと声《こえ》をあげた大男《おおおとこ》がふたり、五郎三郎《ごろさぶろう》を押《お》しつぶした。

「ここで合《あ》っていたな。」

「まにあってよかった。」

「ということだ、あきらめろ、五郎三郎《ごろさぶろう》。」

清海《せいかい》と穴山《あなやま》、海野《うんの》の声《こえ》が同時《どうじ》にした。

佐助《さすけ》が楓《かえで》を助《たす》けおこしながら立《た》ちあがると、五郎三郎《ごろさぶろう》の上《うえ》には三好兄弟《みよしきょうだい》がのしかかっている。海野《うんの》と穴山《あなやま》だけでなく、望月《もちづき》と筧《かけい》もいた。

「今度《こんど》楓《かえで》に手出《てだ》ししたら、この六人《にん》がゆるさん！」

海野《うんの》が宣言《せんげん》した。五郎三郎《ごろさぶろう》はがっくりとなって、力《ちから》なくうなずいた。

「あれぇ、全員《ぜんいん》来《き》たんだ。」と、佐助《さすけ》がびっくりしていると、

「というか、猿飛《さるとび》、おまえ速《はや》すぎて、どこ行《い》ったのか、わからなかったぞ、まったく。」

清海《せいかい》が文句《もんく》を言《い》う。海野《うんの》が続《つづ》けた。

「見失《みうしな》ったと、三好兄弟《みよしきょうだい》がわたしのところへ来《き》た。おそらくこの屋敷《やしき》だろうと考《かんが》えて、来《き》てみたのだ。五郎三郎《ごろさぶろう》は手下《てした》をおおぜいつれているから、こちらも多《おお》いほうがいいかと思《おも》って。それに、もしもここでなかった場合《ばあい》、手分《てわ》けしてさがせるように。」

「さすが海野《うんの》どの、若《わか》さまの知恵袋《ちえぶくろ》だな。」

望月《もちづき》が感心《かんしん》し、一方《いっぽう》、穴山《あなやま》が海野《うんの》に聞《き》く。

「それで、このふたり、どうする？　つきあってもいいのか？　われら勇士《ゆうし》の仲間《なかま》は恋愛禁止《れんあいきんし》とか、決《き》まってないよな？」

「そういえば、初《はじ》めてだな、こういう話《はなし》が具体的《ぐたいてき》になったのは。」

「ええと、何《なん》の話《はなし》ですか？」

顔《かお》を見《み》あわせている三人《にん》の先輩《せんぱい》たちに、意味《いみ》のわからない佐助《さすけ》がたずねると、三人《にん》はあきれ顔《がお》になった。

「おまえたちだよ、猿飛《さるとび》と楓《かえで》。」

「……へ?? いや、だってそれは……楓《かえで》どのの気持《きも》ちも聞《き》いてないのに、勝手《かって》に決《き》めたら、失礼《しつれい》で、またおこらせる——。」

「これ読《よ》んでっ。」

楓《かえで》がふところから出《だ》した手紙《てがみ》を、佐助《さすけ》に押《お》しつけてそっぽをむく。真《ま》っ赤《か》になっていた。開《あ》けてみると『恋《こい》すてふ《ちょう》　胸《むね》の想《おも》ひ《い》の　苦《くる》しさは　未来《みらい》でゆるせ　末《すえ》の契《ちぎ》りを』と書《か》いてある。

「わ……和歌《わか》？　思《おも》ったとおりのことだっけ？」

楓《かえで》はさらに赤《あか》くなって、そっぽをむいたままうなずいた。

「……ごめん、むずかしくて、わからない……。」

佐助《さすけ》があやまると、勇士《ゆうし》六人《にん》ともが大笑《おおわら》いした。穴山《あなやま》が教《おし》えてくれる。

「大好《だいす》きです、将来《しょうらい》は結婚《けっこん》してくださいって意味《いみ》だ。」

「けっけけけけけけっ、こん？」

「さあ猿飛《さるとび》、女《おんな》の人《ひと》にここまで言《い》わせてしまって、まさか、ことわったりしないだろうな。」

「責任《せきにん》取《と》れよ。」

「おまえのせいだ、この色男《いろおとこ》っ。」

海野《うんの》、穴山《あなやま》、望月《もちづき》、と三人《にん》の先輩《せんぱい》にせまられ、佐助《さすけ》は真《ま》っ赤《か》になって大《おお》きくうなずいた。

「もちろん、おれ、楓《かえで》どのなら……いや、楓《かえで》どのがいいです。きれいな和歌《わか》になってたから、おれが慣《な》れてなかっただけで、えっと、こんなにわかりやすく言《い》ってくれる人《ひと》なら、大好《だいす》きです。」

「よく言《い》った！」

手荒《てあら》く祝福《しゅくふく》され、むりやり楓《かえで》と手《て》をつながされながら、佐助《さすけ》は考《かんが》えていた。

（あれ……でも、めんどうくさい人《ひと》だったような……。）

ちらっと楓《かえで》をうかがう。すると、はずかしそうだけれどうれしそうに、ぎゅっと佐助《さすけ》の手《て》をにぎってくる楓《かえで》に、佐助《さすけ》はそんなこと、どうでもよくなった。

（おれが助太刀《すけだち》するって言《い》ったとき、おれの目《め》を見《み》て、お願《ねが》いって言《い》ってくれた。それだけで、十分《じゅうぶん》わかりあえる。いい人《ひと》だ。）

佐助《さすけ》も手《て》をにぎり返《かえ》した。それを見《み》て、海野《うんの》が腕組《うでぐ》みする。

「ささて、叔父上《おじうえ》はおそろしいかただ。娘《むすめ》さんと結婚《けっこん》させてください、と言《い》ったら、きっと猿《さる》飛《とび》をぼこぼこになるまで、とことん、ぶんなぐる。」

「ええええーっ！　そんなぁ。」

けっきょく、楓本人《かえでほんにん》も父親《ちちおや》をおそれていたので、海野《うんの》たちが幸村《ゆきむら》に仲立《なかだ》ちをたのみ、楓《かえで》の父親《ちちおや》を説得《せっとく》してくれた。

なので佐助《さすけ》は、二十五歳《さい》になってりっぱな大人《おとな》とみとめられたら、ひとつ年下《としした》の楓《かえで》と結婚《けっこん》してもいい、と楓《かえで》の父親《ちちおや》と幸村《ゆきむら》にゆるしをもらい、婚約《こんやく》したのだった。

三 もうひとりの忍術使《にんじゅつつか》い

忍術《にんじゅつ》 対《たい》 忍術《にんじゅつ》

楓《かえで》と婚約《こんやく》したからには、仕事《しごと》で活躍《かつやく》して、佐助《さすけ》も早《はや》く一人前《いちにんまえ》にならなくてはいけない。そこで幸村《ゆきむら》が、役目《やくめ》を命《めい》じた。

「今《いま》は太閤《たいこう》・豊臣秀吉殿下《とよとみひでよしでんか》のおかげて、世《よ》の中《なか》は落《お》ち着《つ》いている。しかし、太閤殿下《たいこうでんか》の世《よ》をおもしろく思《おも》わない武将《ぶしょう》もいるようだ。じぶんが天下《てんか》を治《おさ》めたいのだろう。

猿飛《さるとび》、*西国各地《さいごくかくち》を旅《たび》して、そのように不満《ふまん》を持《も》っている者《もの》のようすを、さぐってまいれ。三《み》

＊西国《さいごく》　この場合《ばあい》、関西地方《かんさいちほう》よりも西《にし》の地域《ちいき》。

好兄弟《よしきょうだい》、いっしょについていってやれ。」

「かしこまりました。」

幸村《ゆきむら》が以前《いぜん》、太閤殿下《たいこうでんか》のおそばで働《はたら》いていたことは、佐助《さすけ》も海野《うんの》から教《おし》えられた。太閤殿下《たいこうでんか》は、とても魅力的《みりょくてき》なおかただという。佐助《さすけ》が幸村《ゆきむら》をりっぱなかただと尊敬《そんけい》しているように、幸村《ゆきむら》も太閤殿下《たいこうでんか》を敬《うやま》い、慕《した》っておられるのだ。


上田《うえだ》の城《しろ》を発《た》って、街道《かいどう》を西《にし》へ西《にし》へと進《すす》み、三人《にん》はやがて*江州《ごうしゅう》にやってきた。山道《やまみち》から見《み》下《お》ろすと、向《む》こう岸《ぎし》がかすむほど広《ひろ》い水面《すいめん》が、きらきらと初秋《しょしゅう》の日《ひ》ざしを照《て》り返《かえ》している。

「でかいなあ、あれが海《うみ》ってやつか？」

佐助《さすけ》がつぶやくと、清海《せいかい》が大笑《おおわら》いした。

「わっはっは、あれは湖《みずうみ》、琵琶湖《びわこ》だ。そういえばここまで、海《うみ》を見《み》ずに来《き》たな。この山育《やまそだ》ちめ、さては海《うみ》を知《し》らないのか。」

「そうだそうだ、兄上《あにうえ》の言《い》うとおり。」と、伊三《いさ》も笑《わら》う。

「なんだい、おまえらは海《うみ》を見《み》たことがあるのかよ。」

「あるとも。そもそもわれらは*羽州《うしゅう》の出《で》だ。羽州《うしゅう》には海《うみ》がある。」

「へえ。北《きた》のほうの海《うみ》……だよな？」

「そうさ。」

清海《せいかい》は＊十八貫《かん》あるという棍棒《こんぼう》で、どしん、と地面《じめん》をついた。

「二年前《ねんまえ》までわれら兄弟《きょうだい》は、武士《ぶし》だったのだ。父《ちち》が戦《いくさ》で亡《な》くなり、父《ちち》が守《まも》っていたとある小《ちい》さな城《しろ》を、せめとられないようにするのでせいいっぱいだった。

主《あるじ》を失《うしな》った城《しろ》は、敵《てき》の武将《ぶしょう》たちがたちまち奪《うば》いあう。せめこまれたとき、守《まも》りのために城内《じょうない》に残《のこ》っていた味方《みかた》は八百、敵《てき》はその何倍《なんばい》もいた。当時《とうじ》、十八歳《さい》だったおれと、十六歳《さい》だった弟《おとうと》は必死《ひっし》に戦《たたか》った。

しかし味方《みかた》はつぎつぎとたおれ、決死《けっし》の覚悟《かくご》でわれら兄弟《きょうだい》は城《しろ》の外《そと》へ討《う》って出《で》た。」

「あのときは……つらかったな、兄上《あにうえ》。」

三好兄弟《みよしきょうだい》は見《み》つめあう。

そのまま、ふたりがだまってしまったので、佐助《さすけ》はおそるおそるたずねた。

「それで……どうなったんだ？」

＊江州《ごうしゅう》　近江国《おうみのくに》。現在《げんざい》の滋賀県《しがけん》。
＊羽州《うしゅう》　出羽国《でわのくに》。現在《げんざい》の山形県《やまがたけん》と秋田県《あきたけん》。
＊十八貫《かん》　約《やく》六十七・五キログラム。

「……敵《てき》の城近《しろちか》くまで、主力部隊《しゅりょくぶたい》を押《お》し返《かえ》し、おおぜいを斬《き》った。しかし……われら兄弟《きょうだい》は若《わか》すぎて、おろかだった。われらが城《しろ》を空《あ》けたために、敵《てき》の別働隊《べつどうたい》によって、わが三好家《みよしけ》の城《しろ》は落《お》ち、味方《みかた》は全滅《ぜんめつ》、生《い》きながらえたのは、ほぼわれらだけだった。

われらが通《とお》ってきた道《みち》には、敵《てき》も味方《みかた》もおおぜいが死《し》んでいた。そのなかには、われらよりも年下《としした》の子《こ》どもが、何人《なんにん》もいたのだ……。取《と》り返《かえ》しのつかない罪深《つみぶか》い過《あやま》ちを犯《おか》してしまった、いつも力《ちから》をじまんしていたくせに、子《こ》どもを守《まも》ることもできなかった。」

「というわけで、兄上《あにうえ》とふたり、寺《てら》に入《はい》って坊《ぼう》さんになったんだ。兄上《あにうえ》……落《お》ちこんでたから。それで、兄上《あにうえ》は刀《かたな》を持《も》たない。その棍棒《こんぼう》だけが武器《ぶき》だ。弟《おとうと》のじぶんも、兄上《あにうえ》が槍《やり》や刀《かたな》を持《も》たないのなら、持《も》たない。」

「そうだったんだ……。」

ゆかいな兄弟《きょうだい》だと思《おも》っていたのに、意外《いがい》にもつらい過去《かこ》があって、佐助《さすけ》は胸《むね》を打《う》たれた。三好《みよし》兄弟《きょうだい》は、清海《せいかい》が四つ、伊三《いさ》がふたつ、佐助《さすけ》より年上《としうえ》らしい。

「でも、坊《ぼう》さんになったのに、なんでまた城《しろ》で働《はたら》いてるんだ？」

「ああ、それはな。」と、兄弟《きょうだい》は苦笑《にがわら》いした。清海《せいかい》が説明《せつめい》する。

「われら兄弟《きょうだい》、亡《な》くなった者《もの》たちのために、寺《てら》でお経《きょう》を読《よ》んで生《い》きるつもりだったが、残念《ざんねん》なことにまったく性《しょう》に合《あ》わなくてな。体《からだ》がむずむず、いらいらしてしかたがなく、修行《しゅぎょう》の旅《たび》に出《で》た。われらを育《そだ》ててくれて戦《いくさ》で亡《な》くなった家来《けらい》が、『万一何《まんいちなに》かあったら、わが友《とも》がくらす信州《しんしゅう》へ行《い》きなさい。』と言《い》っていたのを思《おも》いだし、海沿《うみぞ》いに*越後《えちご》へ行《い》き、そこから*信濃川《しなのがわ》の上流《じょうりゅう》をめざした。

そのご友人《ゆうじん》というのが、真田《さなだ》の大殿《おおとの》・昌幸《まさゆき》さまのご家来《けらい》でな。道中《どうちゅう》、*鳥海山《ちょうかいさん》で山賊《さんぞく》を退治《たいじ》して人《ひと》を助《たす》けたり、越後《えちご》の領主上杉《りょうしゅうえすぎ》さまの領内《りょうない》で、相撲《すもう》の名人《めいじん》と相撲《すもう》をとって負《ま》かしたり、という旅《たび》の話《はなし》をおもしろがってくれた。

『やはり三好兄弟《みよしきょうだい》には、坊《ぼう》さんは合《あ》わないだろう。』と、上田《うえだ》の城《しろ》で働《はたら》けるようにしてくださり、一年《ねん》ほど前《まえ》から世話《せわ》になっているのだ。」

伊三《いさ》がうなずいて、後《あと》を続《つづ》ける。

「それでも兄上《あにうえ》は、みんなの*供養《くよう》のため、すがただけでも坊《ぼう》さんのまま、武士《ぶし》にはもどらないんだ。兄上《あにうえ》の心《こころ》がけはすばらしいと思《おも》うから、弟《おとうと》のじぶんも見習《みなら》っている。」

「……うまく言《い》えないけど……なんか、おまえら、いいやつだな。」

*越後《えちご》　現在《げんざい》の新潟県《にいがたけん》。　*信濃川《しなのがわ》　長野県《ながのけん》から新潟県《にいがたけん》へ流《なが》れる川《かわ》。　*鳥海山《ちょうかいさん》　山形県《やまがたけん》と秋田県《あきたけん》にまたがる山《やま》。

*供養《くよう》　亡《な》くなった人《ひと》の魂《たましい》が、あの世《よ》で幸《しあわ》せであるよう願《ねが》って、生《い》きている人《ひと》がする行《おこな》い。

佐助《さすけ》がほほえむと、三好兄弟《みよしきょうだい》も小《ちい》さくほほえんだ。今《いま》ではもう、佐助《さすけ》と三好兄弟《みよしきょうだい》はとても仲《なか》のよい三人組《にんぐみ》になっていた。

「さて、景色《けしき》のいいここで、もうすこし休《やす》んでいくか。」

佐助《さすけ》はかたわらにあった、コケだらけで大《おお》きめの石《いし》にこしを下《お》ろした。

「弁当食《べんとうく》おうぜ。」

まもなくそこへ、道《みち》のむこうから背《せ》の高《たか》い若者《わかもの》がひとり、やってきた。三好兄弟《みよしきょうだい》ほどの高《たか》さではないが、それでも＊六尺近《しゃくちか》い。涼《すず》やかな顔立《かおだ》ちで、頭《あたま》の後《うし》ろで束《たば》ねた長《なが》い黒髪《くろかみ》が、風《かぜ》にゆれている。

「さて、このあたりと聞《き》いてきたが、思《おも》ったよりも荒《あ》れている。」

ひとりごとをつぶやき、若者《わかもの》はあたりをするどいまなざしでうかがっていたけれど、むしゃむしゃ弁当《べんとう》を食《た》べている佐助《さすけ》が、こしかけている石《いし》に目《め》をとめた。

とたんに、顔色《かおいろ》を変《か》える。

「おい、そこの猿《さる》みたいなやつ、おまえがこしかけているのは、オレの両親《りょうしん》の墓《はか》だ。まこと無礼《ぶれい》なやつだ、なぜ墓石《はかいし》にこしかける。」

むぐむぐ……とおにぎりをひとつ、全部口《ぜんぶくち》におしこんでから、佐助《さすけ》はもごもごと言《い》い返《かえ》した。

「えっ、墓石《はかいし》になんて見《み》えなかったんだけど。なあ、清海《せいかい》、伊三《いさ》。」

「言《い》いわけするな。どけ。」

若者《わかもの》はつかつかと歩《あゆ》みより、佐助《さすけ》の手首《てくび》をつかんでひねりあげた。

「いててっ、いきなりなんだよっ。」

「早《はや》くどけ、無礼者《ぶれいもの》。」

若者《わかもの》は静《しず》かな口調《くちょう》だが、目《め》がものすごくおこっている。

「まあまあ、このにぎり飯《めし》をひとつ分《わ》けるから、おまえも食《く》っていけ。」

清海《せいかい》がのんきに、人《ひと》の頭《あたま》ほどもある巨大《きょだい》なおにぎりを若者《わかもの》にさしだした。すると若者《わかもの》は無言《むごん》で、何《なに》かをきらっと、手《て》の内《うち》でひらめかせた。

そのしゅんかん、おにぎりは、きっちり八等分《とうぶん》されて地面《じめん》に落《お》ち、若者《わかもの》のすがたは消《き》えていた。

「あれ、消《き》えた……って、もったいない！」

拾《ひろ》おうとかがんだ清海《せいかい》を、

＊六尺《しゃく》　約《やく》百八十二センチメートル。

「あぶないっ。」

と佐助《さすけ》は突《つ》き飛《と》ばした。

たたたたたっと軽《かる》い音《おと》を立《た》てて、投《な》げつけて使《つか》う小《ちい》さな刃物《はもの》が、清海《せいかい》のいたあたりに突《つ》き立《た》つ。

「ひっ。」

「まだ来《く》る！」

佐助《さすけ》は宙《ちゅう》へ、食《た》べかけのおにぎりを投《な》げつけた。それは宙《ちゅう》でくだけ、いくつかの刃物《はもの》をたたきおとした。さらにおにぎりのなかからあらわれた小石《こいし》が、かちんっ、と飛《と》んできた短刀《たんとう》を弾《はじ》く。

すばやく忍《しの》び刀《がたな》を背中《せなか》からぬいた佐助《さすけ》は、すきなく身《み》がまえた。

「相手《あいて》も忍術使《にんじゅつつか》いだ！　ふたりはかくれてろ。速《はや》さと身軽《みがる》さじゃかなわない。」

「お、おう、猿飛《さるとび》、まかせた。行《い》くぞ、伊三《いさ》。」

「はいよ、兄上《あにうえ》。」

にげる三好兄弟《みよしきょうだい》を背《せ》でかばいながら、佐助《さすけ》は名《な》のりを上《あ》げた。

「おれは信州上田《しんしゅううえだ》の城主真田家《じょうしゅさなだけ》に仕《つか》える、猿飛佐助《さるとびさすけ》だ。かなりの使《つか》い手《て》とお見受《みう》けする。名《な》のりあって、正々堂々《せいせいどうどう》と戦《たたか》おうぜ。」

山道《やまみち》のわき、森《もり》のなかから、どこからともなく若者《わかもの》の声《こえ》がひびいてくる。

「……甲賀流忍術《こうがりゅうにんじゅつ》の師《し》・戸沢白雲斎《とざわはくうんさい》さまの、人生最後《じんせいさいご》の弟子《でし》が信州《しんしゅう》にいると、風《かぜ》のうわさに聞《き》いた。すると、おまえか。おもしろい、よい相手《あいて》だ。」

「え、待《ま》って、人生最後《じんせいさいご》って……。」

佐助《さすけ》はあせった。

「先日《せんじつ》、摂州《せっしゅう》の城《しろ》で亡《な》くなられたそうだ。もう命《いのち》のかぎりをごぞんじだったのだろう、残《のこ》る力《ちから》のすべてをかけて極意《ごくい》を伝《つた》え、門外不出《もんがいふしゅつ》で秘伝《ひでん》の巻物《まきもの》もあたえて、思《おも》い残《のこ》すことはないとおっしゃっていたらしい。」

「う……うそだっ。そうか、うそで相手《あいて》を動揺《どうよう》させるのも、忍術《にんじゅつ》だ。」

「残念《ざんねん》ながら、これは術《じゅつ》ではない。おまえの正体《しょうたい》をたしかめているだけだ。」

「信《しん》じるものかっ。こっちが名《な》のったんだから、おまえも名《な》のれっ。」

佐助《さすけ》が腹《はら》を立《た》ててどなると、相手《あいて》は静《しず》かに答《こた》えた。

「よかろう。伊賀流忍術《いがりゅうにんじゅつ》の使《つか》い手《て》、霧隠才蔵《きりがくれさいぞう》。」

霧隠才蔵《きりがくれさいぞう》と名《な》のった若者《わかもの》が、小声《こごえ》で何《なに》やら呪文《じゅもん》をとなえると、佐助《さすけ》の頭上《ずじょう》に、大《おお》きなワシがばさばさと羽音《はおと》を立《た》ててあらわれた。はばたきで風《かぜ》が巻《ま》きおこる。

高《たか》い木《き》のこずえから、ワシの背中《せなか》に、ひらりと才蔵《さいぞう》が飛《と》びのる。後《うし》ろのほうで、三好兄弟《みよしきょうだい》がおどろいた声《こえ》をあげている。

「そこにいたかっ。」

忍術《にんじゅつ》のまやかしとわかっているので、大《おお》きなワシにはおどろくことなく、佐助《さすけ》は手裏剣《しゅりけん》を才蔵《さいぞう》に投《な》げつけた。

才蔵《さいぞう》はワシをあやつって、どんどん投《な》げつけられる手裏剣《しゅりけん》を左右《さゆう》にかわし、逆《ぎゃく》に短刀《たんとう》や手裏剣《しゅりけん》を投《な》げてくる。

何本《なんぼん》もの短刀《たんとう》や手裏剣《しゅりけん》を、佐助《さすけ》は、ぱぱぱっと指《ゆび》にはさんで受《う》け止《と》め、おなじく呪文《じゅもん》をとなえた。

「これでどうだっ。」

佐助《さすけ》も大《おお》きなワシに乗《の》ったので、三好兄弟《みよしきょうだい》がますますおどろきの声《こえ》をあげる。

「体当《たいあ》たりだっ。」

ワシとワシがめまぐるしく宙《ちゅう》を舞《ま》い、おたがいをけおとそうと上《うえ》へ下《した》へと急旋回《きゅうせんかい》する。もうれつな風《かぜ》に、あたりの木《き》の枝《えだ》がみしみしと音《おと》を立《た》ててしない、ちぎれた小枝《こえだ》が飛《と》びちる。道《みち》のわきの草《くさ》も引《ひ》きちぎれて、みだれ舞《ま》う。

とうとう、墓石《はかいし》までもが、ぐらぐらと動《うご》きだした。

それでも宙《ちゅう》で争《あらそ》うふたりは止《と》まらない。

「とうっ。」

「やあっ。」

ぶつかりあい、ワシの羽《は》根《ね》がはらはらと舞《ま》い散《ち》り……。

ついに、佐助《さすけ》のワシが才蔵《さいぞう》のワシを弾《はじ》きとばし、ワシは天高《てんたか》く飛《と》び去《さ》って消《き》える。

才蔵《さいぞう》が、宙《ちゅう》で回転《かいてん》して墓石《はかいし》の前《まえ》に降《お》り立《た》った——とたんに、佐助《さすけ》とワシも消《き》え、風《かぜ》はやみ、墓《はか》石《いし》のすぐそばには、佐助《さすけ》がにこにこして立《た》っていた。

「うわあ、すっげえおもしろかったな！　はい、手裏剣《しゅりけん》と短刀《たんとう》、返《かえ》すよ。」

佐助《さすけ》が、才蔵《さいぞう》の投《な》げた刃物《はもの》をまとめてさしだしたので、才蔵《さいぞう》はあきれた顔《かお》になった。

「全部《ぜんぶ》受《う》け止《と》めていたのか……無傷《むきず》で。」

「だって、もったいないだろ。おにぎりだって、ほら、無事《ぶじ》だ。」

八等分《とうぶん》されたはずの巨大《きょだい》なおにぎりが、土《つち》よごれもないまま、丸《まる》ごと才蔵《さいぞう》にさしだされる。

いつのまにか佐助《さすけ》はもう片手《かたて》で、投《な》げてくだけたはずのおにぎりを持《も》っていて、むしゃむしゃとほおばりだした。

「おまえ……おそろしい腕前《うでまえ》だ。」

「そう？　へへへ、じつはおにぎりが八等分《とうぶん》になるの、防《ふせ》げなかったんだよ。だから、にぎりおした。それだけは失敗《しっぱい》。」

あきれはてていた才蔵《さいぞう》だったが、すっと、地面《じめん》にかたひざをつき、佐助《さすけ》に頭《あたま》を下《さ》げた。

「オレの負《ま》けだ。おまえの投《な》げた手裏剣《しゅりけん》を、よけただけで、受《う》け止《と》められていない。」

「ああ、気《き》にしなくていいよ。どこに行《い》ったか、だいたいわかってるから、じぶんで拾《ひろ》っておく。」

「おいおい、今《いま》の大《おお》きなワシ、なんだったんだ。」

「どうして、にぎり飯《めし》が無事《ぶじ》なんだ？」

ようすを見守《みまも》っていたらしい三好兄弟《みよしきょうだい》が、決着《けっちゃく》がついたと判断《はんだん》してかけよってきた。

「あれが忍術《にんじゅつ》だよ。相手《あいて》の目《め》をまどわせて、基本《きほん》、にげるだけ。ただおれたちは、にげるのを、おたがい空中《くうちゅう》に飛《と》んでは、じゃましあっていたんだ。清海《せいかい》たちの目《め》はまどわされて、大《おお》きな何《なに》かが見《み》えたかもだけどね。」

「戦《たたか》っていた……のではなく？」

「そうだな、どっちかというと、術比《じゅつくら》べ？　だよな、霧隠《きりがくれ》どの。」

才蔵《さいぞう》も、うむ、とうなずく。そして佐助《さすけ》にむかってひざまずいたまま、とても真剣《しんけん》な顔《かお》になった。

「猿飛《さるとび》どの、もしゆるしてもらえるなら、これからはふたりで競《きそ》いあい、腕《うで》をみがきたいと願《ねが》う。そなたほどの忍術使《にんじゅつつか》いは、師匠《ししょう》のほかに会《あ》ったことがない。さすが、白雲斎師《はくうんさいし》が巻物《まきもの》をわたしただけのことはある。」

「いいぜー、おもしろそうだ。」

あっさりと軽《かる》い調子《ちょうし》で言《い》われたので、才蔵《さいぞう》がとまどった顔《かお》になる。

「おれも、師匠以外《ししょういがい》で、こんなにすごいやつ、初《はじ》めてだっ。あ……でも……。」

おにぎりを食《た》べ終《お》え、佐助《さすけ》が腕組《うでぐ》みして考《かんが》えこんだので、才蔵《さいぞう》がじっと見《み》つめる。

「何《なに》か問題《もんだい》でも？」

「うん。おれ、真田家《さなだけ》で働《はたら》いていて、今《いま》はご命令《めいれい》で旅《たび》をしてるけど、いつもは勝手《かって》に出歩《である》けないんだよな。よばれたら、すぐかけつけないと。

だから、霧隠《きりがくれ》どの……いや、もう友《とも》だちだから才蔵《さいぞう》でいいよな、才蔵《さいぞう》、信州上田《しんしゅううえだ》まで来《こ》られるか？」

才蔵《さいぞう》の顔《かお》が明《あか》るくなった。

「もちろん。オレも忍術修行《にんじゅつしゅぎょう》を終《お》え、働《はたら》く場所《ばしょ》をさがして、この故郷《こきょう》から旅《たび》に出《で》ようとしていたのだ。その前《まえ》に、両親《りょうしん》にしばしの別《わか》れを告《つ》げていこうと、ここに立《た》ちよった。

猿飛《さるとび》どのに会《あ》えたのも、亡《な》き両親《りょうしん》がとりはからってくれたにちがいない。どこへでも行《い》こう。」

「よし、決《き》まり。おれのことも、猿飛《さるとび》か佐助《さすけ》でいいよ。」

佐助《さすけ》と才蔵《さいぞう》、ふたりが手《て》を取《と》りあったところで、清海《せいかい》が、ぽん、と手《て》を打《う》った。

「じゃあ猿飛《さるとび》、おれが若殿《わかとの》さまに紹介状《しょうかいじょう》を書《か》こう。おれたちがもどるまで、霧隠《きりがくれ》どのが上田《うえだ》の城《しろ》で働《はたら》きながら、待《ま》っていられるように。」

「おおう、さすが兄上《あにうえ》！　名案《めいあん》だ！」

「清海《せいかい》、ありがとう！　あ、才蔵《さいぞう》、このふたりは三好兄弟《みよしきょうだい》といって、おれとおなじ、上田《うえだ》の城《しろ》で働《はたら》く仲間《なかま》だ。」

「先輩《せんぱい》だ。」と言葉《ことば》をかぶせてから、清海《せいかい》と伊三《いさ》も自己紹介《じこしょうかい》した。

こうして霧隠才蔵《きりがくれさいぞう》は、三好清海入道《みよしせいかいにゅうどう》の書《か》いた紹介状《しょうかいじょう》を持《も》ち、その足《あし》で信州上田《しんしゅううえだ》へとむかった。

才蔵《さいぞう》の孤独《こどく》

やがて、上田《うえだ》の近《ちか》くにある、*望月《もちづき》という宿場町《しゅくばまち》まで才蔵《さいぞう》はやってきた。あたりはもう真《ま》っ暗《くら》だ。

＊望月《もちづき》　現在《げんざい》の長野県佐久市望月《ながのけんさくしもちづき》。

「あとすこしで、上田《うえだ》の城下《じょうか》に着《つ》くはずなのだが……すっかり日《ひ》が暮《く》れてしまったか。」

暗《くら》くなってから城《しろ》をたずねても、みんなねてしまっているだろう。今夜《こんや》はここでとまり、明日《あした》城《しろ》をたずねようと決《き》めて、才蔵《さいぞう》は目《め》についた宿屋《やどや》へ入《はい》った。

おふろに入《はい》って、じぶんの部屋《へや》でひとり夕《ゆう》ご飯《はん》を食《た》べはじめると、となりの部屋《へや》がにぎやかだ。どうやら、四人《にん》くらいの武士《ぶし》がとまっているらしい。酒《さけ》を飲《の》んでいるのか、大声《おおごえ》で楽《たの》しそうに話《はなし》をしている。

あまりににぎやかなので、才蔵《さいぞう》は夕《ゆう》ご飯《はん》のかたづけにきた仲居《なかい》さんに聞《き》いた。

「となりは、どちらに仕《つか》える侍《さむらい》だ？」

「はい、上田《うえだ》のご城主真田《じょうしゅさなだ》さまのご家来《けらい》がたで、なかなかにお強《つよ》くて知《し》られたみなさんですよ。」

真田《さなだ》の家来《けらい》と知《し》って才蔵《さいぞう》は、どのくらいの腕前《うでまえ》なのか、試《ため》してみようと思《おも》った。みんながみんな、佐助《さすけ》ほど強《つよ》ければおもしろいのだが。そうでなかったら、佐助《さすけ》がもどるまで、けいこの相手《あいて》がいなくて、たいくつしてしまう。

才蔵《さいぞう》は仲居《なかい》さんにたのんだ。

「じつは上田《うえだ》の城《しろ》をたずねてきたのだが、知《し》りあいがいるわけではない。そのかたがたに話《はなし》をすれば、取《と》り次《つ》いでもらえそうか？」

「ええ、海野六郎《うんのろくろう》さまとおっしゃる、若殿《わかとの》さまのおそばに仕《つか》えるおかたがなかにおいでですので、うかがってみましょう。」

仲居《なかい》さんはうけたまわり、出《で》ていった。

すぐに、話《はなし》が伝《つた》わったらしく、となりの部屋《へや》との間《あいだ》のふすまが、がらり、と開《あ》いた。やはり四人《にん》の若《わか》い武士《ぶし》がいた。いちばん年上《としうえ》らしい武士《ぶし》が、才蔵《さいぞう》をじっと見《み》る。

「わたしたちにご用《よう》と聞《き》いたが、何《なに》か。」

才蔵《さいぞう》はわざと、相手《あいて》の悪口《わるくち》を言《い》った。

「……静《しず》かにしてもらえないだろうか。真田《さなだ》のご家来《けらい》がたと聞《き》いたが、こんなうるさい連中《れんちゅう》とは、残念《ざんねん》だ。ろくでもない話《はなし》をして、さわいでいて。」

「それは失礼《しつれい》をした。おわびの印《しるし》に、酒《さけ》をおごらせてくれ。」

「そうそう。どうだ、そなたもいっしょに――。」

酒《さけ》の入《はい》ったとっくりとさかずきを持《も》って、近《ちか》づいてきたひとりが、さかずきをわたそうとした……が、「ありゃっ。」と目《め》を丸《まる》くする。

「どうした望月《もちづき》。」

「だいぶよっぱらってるなあ、荷物《にもつ》に酒《さけ》をすすめちまった。」

望月《もちづき》の前《まえ》にあるのは、才蔵本人《さいぞうほんにん》ではなく、才蔵《さいぞう》の手荷物《てにもつ》だ。

「ははは、本当《ほんとう》だ。おまえ、とっくりじゃなくて、扇《おうぎ》を持《も》っているし。」

もうひとりがやってきて、肩《かた》をたたく。

「穴山《あなやま》、そんなバカなことがあるか、たしかに酒《さけ》を……って、うわ、本当《ほんとう》だ。」

すると無口《むくち》そうな最後《さいご》のひとりが、だまってふたりの背後《はいご》を指《さ》す。望月《もちづき》と穴山《あなやま》がふりかえり、あっけに取《と》られた。

才蔵《さいぞう》は反対《はんたい》のかべぎわで、うばった酒《さけ》をひとりで飲《の》んでいた。

「この男《おとこ》、猿飛《さるとび》みたいなことをしやがる。」

と、よっぱらって赤《あか》い顔《かお》をしている穴山《あなやま》が、才蔵《さいぞう》にからんできた。

「やいやい、この穴山小助《あなやまこすけ》は、その手《て》はくわんぞ。さあ、立《た》ちあがって勝負《しょうぶ》しろ。」

「……オレが勝《か》ったらどうする？」

才蔵《さいぞう》が静《しず》かに問《と》うと、穴山《あなやま》は笑《わら》った。

「土下座《どげざ》してあやまって、なんでもひとつ、言《い》うことを聞《き》いてやる。」

「よし、相撲《すもう》でも取《と》ろうか。」

そう言《い》って、才蔵《さいぞう》は穴山《あなやま》と組《く》みあった。たがいに投げ飛《な》《と》ばそうとする。

「うーむ……、こいつ、細身《ほそみ》のくせに重《おも》い、三好兄弟《みよしきょうだい》みたいだ。なかなかたおれない。」

うーん、むうぅーん、と穴山《あなやま》が力《りき》んでうなる。すると、望月《もちづき》があきれた。

「おい、穴山《あなやま》、よく見《み》ろ。」

「ぐむむむ……え？」

「そいつは柱《はしら》だ。」

才蔵《さいぞう》は、また部屋《へや》のすみっこで酒《さけ》を飲《の》んでいた。

それを見《み》て、年上《としうえ》のひとりが、にやりとした。

「おもしろいやつだ。よし、筧《かけい》、望月《もちづき》、穴山《あなやま》、みんなで飛《と》びかかってみよう。」

「はいよ、海野《うんの》どの。」

「本気《ほんき》でいくぞ。」

四人《にん》でいっせいに飛《と》びかかり、ねじふせて、帯《おび》でぐるぐるまきにしばると、さらに柱《はしら》にしばりつけた。

「よし、勝《か》った！」

「どんなものだ。」

「さあ、名前《なまえ》を名《な》のってもらおうか。」

「……筧《かけい》だ……。」

「筧《かけい》はこっちだろって、えっ……あれれれれっ!?」

しばられていたのは、筧《かけい》だった。むすっとしているが、それはいつものことだ。

「まいったな、やつはどこに行《い》った。」

筧《かけい》をしばった帯《おび》をほどきながら、三人《にん》がきょろきょろする。

その間《あいだ》、才蔵《さいぞう》はとなりの部屋《へや》で「このとっくりも空《から》か。」と、酒《さけ》をさがす。

「もうすこし、おごってもらいたいものだが。」

四人《にん》があきれた顔《かお》で、才蔵《さいぞう》のまわりに集《あつ》まってきた。年上《としうえ》のひとりが名《な》のる。

「わたしは真田《さなだ》の若殿《わかとの》のおそばに仕《つか》える海野《うんの》ともうす者《もの》。旅《たび》のかた、そなたの腕前《うでまえ》には感心《かんしん》した。いったいどのような修行《しゅぎょう》をされたものか。」

「その話《はなし》の前《まえ》に。」

才蔵《さいぞう》は目《め》にもとまらない速《はや》さで、短刀《たんとう》を投《な》げつけた。あちこちにおいてあるとっくりの首《くび》が、いくつもすぱすぱすぱっと切《き》れて飛《と》ぶ。

四人《にん》が絶句《ぜっく》した。

「オレに降参《こうさん》するか。言《い》うことを聞《き》く、そういう約束《やくそく》だった。武士《ぶし》たるもの、一度《いちど》した約束《やくそく》は守《まも》るものだろう?」

才蔵《さいぞう》が横目《よこめ》でにらむと、海野《うんの》と望月《もちづき》が穴山《あなやま》の頭《あたま》をおさえつけながら、平伏《ひれふ》した。

「はっ、言《い》うことを聞《き》きます。」

「では、明日《あした》オレを、真田《さなだ》の若殿《わかとの》さまの前《まえ》につれていけ。名前《なまえ》はそこで名《な》のる。」


翌日《よくじつ》、さっそく四人《にん》は才蔵《さいぞう》を、上田《うえだ》の城《しろ》の幸村《ゆきむら》のところへつれていった。昨日《きのう》は仕事《しごと》が休《やす》みだったので、みんなで遊《あそ》びに出《で》ていたのだ。

幸村《ゆきむら》があらわれると、才蔵《さいぞう》はさっと平伏《ひれふ》し、ふところから紹介状《しょうかいじょう》を取《と》りだしてかかげた。

「猿飛佐助《さるとびさすけ》どのと三好清海入道《みよしせいかいにゅうどう》どのより、あずかってまいりました。」

びっくりした四人《にん》をさておき、幸村《ゆきむら》が紹介状《しょうかいじょう》を手《て》に取《と》って、なかを読《よ》んだ。

「ほう、たしかに清海《せいかい》の字《じ》だ。

なになに、『この霧隠才蔵《きりがくれさいぞう》という者《もの》、猿飛《さるとび》に負《ま》けずおとらずの忍術使《にんじゅつつか》いにて、よき働《はたら》き先《さき》をさがして旅《たび》をしていたところ、猿飛《さるとび》と忍術比《にんじゅつくら》べの果《は》てに親友《しんゆう》のちぎりを交《か》わし、真田家《さなだけ》に仕《つか》えることを望《のぞ》んでおります。召《め》しかかえると、きっとよい働《はたら》きをするものとぞんじます。』。

なるほど、猿飛《さるとび》たちがこちらへ来《く》るようにすすめたのだな。」

「はい、そのとおりでございます。霧隠才蔵《きりがくれさいぞう》ともうします。年《とし》は十七です。」

幸村《ゆきむら》はにっこりした。

「手紙《てがみ》に書《か》いてあることは承知《しょうち》した。海野《うんの》、望月《もちづき》、穴山《あなやま》、筧《かけい》、どう思《おも》うか？」

四人《にん》は顔《かお》を見《み》あわせてから、深《ふか》くうなずいた。

「まちがいなく、お役《やく》に立《た》つものと思《おも》います。」

「なぜそう思《おも》う？」

それは、と海野《うんの》が代表《だいひょう》して、ゆうべのできごとを語《かた》った。幸村《ゆきむら》はゆかいそうに笑《わら》った。

「それはおもしろい。いくらおまえたちが強《つよ》くても、すぐれた忍術使《にんじゅつつか》いにはかなうまい。では、霧隠《きりがくれ》、本日《ほんじつ》よりそなたを家来《けらい》とする。心《こころ》してよく仕《つか》えよ。」

「ありがたき幸《しあわ》せにございます。真田家《さなだけ》への忠義《ちゅうぎ》をお誓《ちか》いもうしあげます。」

才蔵《さいぞう》は深《ふか》く頭《あたま》を下《さ》げた。これで上田《うえだ》の城《しろ》で働《はたら》きながら、佐助《さすけ》の帰《かえ》りが待《ま》てる。それに、四人《にん》の家来《けらい》たちも、まともに武術《ぶじゅつ》でぶつかればとても手強《てごわ》い相手《あいて》だというのは、ゆうべの対決《たいけつ》でわかった。

相撲《すもう》など、かなわなさそうだから、忍術《にんじゅつ》でにげたところもある。

「それにしても、その忍術《にんじゅつ》、どちらで習《なら》いおぼえたのか？」

幸村《ゆきむら》の問《と》いに、才蔵《さいぞう》は答《こた》えて語《かた》った。

「オレの父《ちち》・霧隠弾正左衛門《きりがくれだんじょうざえもん》は、江州《ごうしゅう》の武将《ぶしょう》・浅井長政《あざいながまさ》さまの家来《けらい》でした。しかし、その浅井《あざい》の殿《との》さまが、奥方《おくがた》お市《いち》の方《かた》さまの兄上《あにうえ》・織田信長公《おだのぶながこう》にせめほろぼされたのは、ごぞんじのことと思《おも》います。

父《ちち》はその戦《いくさ》で討《う》ち死《じ》に、また奥方《おくがた》さまのおそばに仕《つか》えていた母《はは》も、奥方《おくがた》さまと姫君《ひめぎみ》さまがたをかばって、身代《みが》わりに亡《な》くなったそうです。

その前《まえ》におきた織田《おだ》・徳川軍《とくがわぐん》との戦《たたか》い以降《いこう》、いつかそうなることを予想《よそう》していたのか、両親《りょうしん》は生《う》まれたオレが赤子《あかご》のころ、屋敷《やしき》で働《はたら》いていた団蔵《だんぞう》とお妙《たえ》という夫婦《ふうふ》にあずけました。養父母《ようふぼ》は父《ちち》の命令《めいれい》どおり、*伊賀《いが》の*名張《なばり》というところへかくれ、農民《のうみん》としてオレを育《そだ》てて、戦《いくさ》にまきこまれずに生《い》きのびさせようとしてくれました。

しかし、オレは根《ね》っからのあばれん坊《ぼう》で、十二歳《さい》のころには乱暴《らんぼう》すぎて手《て》のつけようがなくなり、養父《ようふ》は見《み》かねて、オレに武術《ぶじゅつ》の正《ただ》しい技《わざ》と心《こころ》がまえとを教《おし》えはじめたのです。

*伊賀《いが》　現在《げんざい》の三重県中部《みえけんちゅうぶ》。
*名張《なばり》　現在《げんざい》の三重県名張市《みえけんなばりし》。

そしてオレが十五歳《さい》のとき、養父母《ようふぼ》はあいついで流行病《はやりやまい》にたおれ——。」

語《かた》りながら才蔵《さいぞう》は、孤独《こどく》で悲《かな》しい思《おも》いをもてあましていた二年前《ねんまえ》を、つらく思《おも》いだしていた。

(戦《いくさ》のせいで、オレはひとりぼっちになった。)

二年前《ねんまえ》、養母《ようぼ》が亡《な》くなってまもなく、養父《ようふ》の薬《くすり》を買《か》うため、才蔵《さいぞう》はたびたび名張《なばり》の町《まち》まで出《で》かけていた。

その日《ひ》も町《まち》にいると、通《とお》りのむこうから、ものすごいいきおいで馬《うま》が走《はし》ってくる。鞍《くら》は乗《の》せているのに、人《ひと》は乗《の》っていない。乗《の》り手《て》をふりおとしてにげているあばれ馬《うま》だ。

きゃあっと悲鳴《ひめい》をあげて、女《おんな》の人《ひと》や子《こ》どもがにげまどっていた。

あぶない、止《と》めないと、けとばされた人《ひと》が大《おお》ケガをする。そう思《おも》った才蔵《さいぞう》は、とっさに馬《うま》の左《ひだり》わきからすべりこみ、左《ひだり》の前脚《まえあし》と後《うし》ろ脚《あし》をつかんで、右《みぎ》へと馬《うま》を横《よこ》だおしにした。

ところが、強《つよ》くたおしすぎたのか、頭《あたま》を打《う》った馬《うま》は死《し》んでしまった。そこへ、馬《うま》の乗《の》り手《て》らしい武士《ぶし》が走《はし》ってきた。

「おい、農民《のうみん》の若造《わかぞう》、なぜわしのたいせつな馬《うま》を殺《ころ》した！」

「それは、町《まち》の人《ひと》がケガをしたらいけないと思《おも》い、止《と》めようとして……。」

けれど、かんかんにおこった武士《ぶし》は、才蔵《さいぞう》にむかって刀《かたな》をぬいた。

「言《い》いわけするとは、無礼千万《ぶれいせんばん》！　馬《うま》を殺《ころ》したのだから、おまえの命《いのち》を代《か》わりにいただく。」

そんなバカな、と才蔵《さいぞう》は頭《あたま》に来《き》た。

「人《ひと》と馬《うま》と、どっちの命《いのち》が大事《だいじ》か、考《かんが》えてみてくださいっ。」

「うるさい、農民《のうみん》や町人《ちょうにん》の命《いのち》など、戦《いくさ》で活躍《かつやく》する馬《うま》よりも軽《かる》いに決《き》まっている。」

「何《なに》っ、ふざけるな!!」

つい、どなった才蔵《さいぞう》は、ふりおろされた白刃《はくじん》の下《した》をかいくぐり、反対《はんたい》に武士《ぶし》をめちゃくちゃになぐりとばしてしまった。

すると、数日後《すうじつご》、武士《ぶし》は才蔵《さいぞう》の身元《みもと》を調《しら》べ、才蔵《さいぞう》が畑《はたけ》を耕《たがや》している留守《るす》に、実家《じっか》でねていた養父《ようふ》の団蔵《だんぞう》のもとへおしかけ、責任《せきにん》を取《と》れ、と斬《き》りつけた。

近所《きんじょ》の人《ひと》に知《し》らされた才蔵《さいぞう》がかけつけたときはもう遅《おそ》く、団蔵《だんぞう》は才蔵《さいぞう》の本当《ほんとう》の親《おや》についてうちあけると、息《いき》を引《ひ》き取《と》った。

——幸村《ゆきむら》たちに流行病《はやりやまい》で死《し》んだと言《い》ったのは、ウソとはいえないまでも、真実《しんじつ》ではなかった。

ただ、本当《ほんとう》のことを打《う》ち明《あ》けて、過去《かこ》の自分《じぶん》のおろかさを知《し》られ、同情《どうじょう》もけいべつもされたくなかった。才蔵《さいぞう》は心《こころ》の中《なか》にふみこんでほしくなかったのだ。

「才蔵《さいぞう》、おまえは悪《わる》くない……。」

そう言《い》い残《のこ》した養父《ようふ》だったけれど、才蔵《さいぞう》はじぶんのせいだと思《おも》った。じぶんのせいでなければ、世《よ》の中《なか》のせいなのか？

本当《ほんとう》にひとりぼっち……この世《よ》の中《なか》に、正《ただ》しいことなんて、何《なに》もない。

悲《かな》しくて、才蔵《さいぞう》は町《まち》であばれまくった。

そんな才蔵《さいぞう》をつかまえて牢屋《ろうや》に入《い》れようと、武士《ぶし》たちが五十人《にん》ほどやってきたので、才蔵《さいぞう》は刀《かたな》をうばいとり、相手《あいて》と斬《き》りむすんだ。

けれど、基本的《きほんてき》な武術《ぶじゅつ》は養父《ようふ》から習《なら》ったとはいえ、しょせん才蔵《さいぞう》は農民《のうみん》。たちまち追《お》いつめられてしまった。必死《ひっし》で町《まち》からにげだし、山《やま》のなかをさまよっていた才蔵《さいぞう》は、小《ちい》さな家《いえ》を見《み》つけて、かくれようと上《あ》がりこんだ。

だれもいないと思《おも》ったのに、そこにはひとりの小《こ》がらな老人《ろうじん》が、ちょこん、とすわっていた。

この老人《ろうじん》を人質《ひとじち》にしたら、武士《ぶし》たちを追《お》いはらえるだろうか……と飛《と》びかかった才蔵《さいぞう》を、老人《ろうじん》はいっしゅんで床《ゆか》にたおしてしまった。

「そなたのことは、うわさに聞《き》いた。きっと守《まも》ってやるから、安心《あんしん》して茶《ちゃ》でも飲《の》んでおれ。」

にっこりした老人《ろうじん》は、どやどやと土足《どそく》でふみこんできた三、四十人《にん》の武士《ぶし》たちにむかい、何《なに》やら呪文《じゅもん》をとなえた。

するとたちまち、どこからともなくネズミが何匹《なんびき》も何十匹《なんじっぴき》も、いや何百匹《なんびゃっぴき》と走《はし》ってきて、武士《ぶし》たちの体《からだ》にかけのぼった。

きいきい、ちゅうちゅう、ちいちい、とやかましく鳴《な》きながら、ネズミたちは武士《ぶし》たちの顔《かお》や手《て》にかみつく。

「うわああ、痛《いた》いっ痛《いた》いっ。」

「さてはここは、伊賀流忍術《いがりゅうにんじゅつ》の達人百々地三太夫先生《たつじんももちさんだゆうせんせい》のお宅《たく》だったのかっ。」

老人《ろうじん》は、からからと高笑《たかわら》いして、武士《ぶし》たちに告《つ》げた。

「そうとも！　この若者《わかもの》はわたくしの客人《きゃくじん》。今後《こんご》、無礼《ぶれい》をすれば、またネズミを放《はな》つぞ。さあ、帰《かえ》れ！」

ネズミの群《む》れに追《お》いかけられながら、ひいひい言《い》って武士《ぶし》たちがにげ帰《かえ》ると、才蔵《さいぞう》は老人《ろうじん》にむかって頭《あたま》を下《さ》げた。

「……ありがとうございました。今《いま》のは……いったい……。」

「伊賀流忍術秘技《いがりゅうにんじゅつひぎ》、ネズミ嵐《あらし》。ネズミにだけ聞《き》こえる息吹《いぶき》で命令《めいれい》をくだせば、じゃんじゃん集《あつ》まってきて、おもしろいように働《はたら》いてくれる。」

そういえば、武士《ぶし》たちがこの老人《ろうじん》は忍術《にんじゅつ》の達人《たつじん》と言《い》っていた。老人《ろうじん》はあいかわらず、にこにこしている。

「あなたはなぜ、オレを助《たす》けてくれたのですか。」

「わたくしは、悪人《あくにん》がきらいでなあ。そなた、町《まち》の人《ひと》をあばれ馬《うま》から守《まも》ったのに、ひどいめにあったそうではないか。わたくしは、そなたが正《ただ》しいと思《おも》ったから、守《まも》るのだ。」

オレが正《ただ》しいとみとめてくれる、オレを守《まも》ってくれる……そんな人《ひと》がまだいたことに、才蔵《さいぞう》は泣《な》きそうになった。

老人《ろうじん》は、目《め》もとをこする才蔵《さいぞう》を、やさしい目《め》で見《み》つめた。

「あばれ馬《うま》をたおすほどの勇気《ゆうき》と力《ちから》、気《き》に入《い》った。どうだ、わたくしの弟子《でし》になってみないか。町《まち》であばれるよりも、ずっとおもしろいことを教《おし》えてやろう。」

——「百々地先生《ももちせんせい》はオレを、二年《ねん》で一人前《いちにんまえ》の忍術使《にんじゅつつか》いにしこんでくださいました。修行《しゅぎょう》を終《お》えたので、働《はたら》き先《さき》をさがして旅《たび》に出《で》ようとしたところ、猿飛《さるとび》どのに出会《であ》ったわけです。」

才蔵《さいぞう》の話《はなし》に、幸村《ゆきむら》をはじめ、海野《うんの》たち四人《にん》もおおいに納得《なっとく》した。

「伊賀流《いがりゅう》の百々地三太夫《ももちさんだゆう》どのといえば、甲賀流《こうがりゅう》の戸沢白雲斎《とざわはくうんさい》どのとならぶ偉大《いだい》な忍術使《にんじゅつつか》いで、おおぜいの弟子《でし》がいると聞《き》く。伊賀《いが》と甲賀《こうが》、ふたつの流派《りゅうは》の忍術使《にんじゅつつか》いをそろえられたとは、まことに喜《よろこ》ばしい、これも縁《えん》であろう。」

幸村《ゆきむら》は大喜《おおよろこ》びし、こうして霧隠才蔵《きりがくれさいぞう》もまた、真田家《さなだけ》の勇士《ゆうし》に加《くわ》わったのだった。

四 増《ふ》えてゆく勇士《ゆうし》の仲間《なかま》

山賊《さんぞく》の首領《しゅりょう》

一方《いっぽう》佐助《さすけ》は、三好兄弟《みよしきょうだい》とともに西《にし》へ西《にし》へと旅《たび》をし、西国《さいごく》に入《はい》った。西国《さいごく》の入《い》り口《ぐち》は摂州《せっしゅう》だ。そこで、戸沢白雲斎師《とざわはくうんさいし》の城《しろ》をさがして、たずねてみる。

佐助《さすけ》が名《な》のると、すぐに城《しろ》のなかへ通《とお》され、城主《じょうしゅ》である白雲斎師《はくうんさいし》の息子《むすこ》自《みずか》らが出《で》むかえてくれた。

「そなたが佐助《さすけ》か。亡《な》き父《ちち》から、よく話《はなし》を聞《き》いた。」

「亡《な》き父《ちち》……やはり、師匠《ししょう》は亡《な》くなられたんですね。せめて、ひと目会《めあ》いたかったな。」

佐助《さすけ》は師匠《ししょう》の墓参《はかまい》りをし、三好兄弟《みよしきょうだい》にお経《きょう》をあげてもらって花《はな》をたむけると、さらに西《にし》へとむかった。

*播州《ばんしゅう》をすぎたあたりの山《やま》のなかで、越《こ》えられると思《おも》った山《やま》を越《こ》えられないまま、とっぷりと日《ひ》が暮《く》れてしまった。清海《せいかい》が足《あし》を止《と》める。

「真《ま》っ暗《くら》になってしまって、いくらおれでも、知《し》らない山道《やまみち》では、足《あし》もとが不安《ふあん》だ。猿飛《さるとび》、今夜《こんや》はここで野宿《のじゅく》するしかないな。伊三《いさ》もいいか。」

「はいよ、兄上《あにうえ》。」

けれど佐助《さすけ》は忍術使《にんじゅつつか》い、夜《よる》でも三好兄弟《みよしきょうだい》より目《め》がよく見《み》える。

「だいじょうぶだ、おれが道案内《みちあんない》するからさ。せめてお堂《どう》とか空《あ》き家《や》とか見《み》つけて、床《ゆか》の上《うえ》でねようぜ。」

ずんずんと先《さき》を急《いそ》ぐ。すると、ふいにあたりから、いくつものたいまつの明《あ》かりが燃《も》えあがった。

「お、なんだなんだ、キツネに化《ば》かされているのか？」

すると、明《あ》かりのほうから、太《ふと》い声《こえ》が返《かえ》ってきた。

*播州《ばんしゅう》　播磨国《はりまのくに》。現在《げんざい》の兵庫県南西部《ひょうごけんなんせいぶ》。

「こんな夜中《よなか》に、明《あ》かりもなしで歩《ある》いているとは、そっちこそタヌキだろう。」

「はあ？　おれたちは人間《にんげん》だぞ。」

「そうか、それはちょうどいい。人間《にんげん》なら、持《も》ってる金《かね》も荷物《にもつ》も、ついでに着物《きもの》も、そっくり置《お》いていきなっ。」

がさっと茂《しげ》みをかきわけて山道《やまみち》に飛《と》びだし、佐助《さすけ》たち三人《にん》の前後《ぜんご》をふさいだのは、山賊《さんぞく》だった。前《まえ》に五十人《にん》、後《うし》ろに五十人《にん》の、計《けい》百人《にん》はいる。みんな手《て》に手《て》に抜《ぬ》き身《み》の刀《かたな》を持《も》ち、刃《やいば》がたいまつの明《あ》かりにぎらぎらと光《ひか》った。

「おう、こっちもちょうどよかった。おれたちと勝負《しょうぶ》して、おれたちが勝《か》ったら、ひと晩《ばん》、おまえらの寝《ね》ぐらにとめてくれよ。」

佐助《さすけ》がのんきに言《い》うと、山賊《さんぞく》たちは大笑《おおわら》いした。

「がっはっはっ、あきれた命知《いのちし》らずだ。」

笑《わら》っている山賊《さんぞく》たちのなかから、清海《せいかい》よりもさらに背《せ》の高《たか》い、とんでもない大男《おおおとこ》があらわれる。まだ若《わか》そうだが、この太《ふと》い眉《まゆ》がつりあがったいかつい男《おとこ》だけは、目《め》がぎらりと光《ひか》り、笑《わら》っていなかった。

「ゆっくり三つ数《かぞ》えろ。数《かぞ》え終《お》わったときに、おまえら三人《にん》の首《くび》と胴《どう》がまだつながっていて、口《くち》がきけたら、考《かんが》えてやってもいい。」

佐助《さすけ》と三好兄弟《みよしきょうだい》は顔《かお》を見《み》あわせ、小《ちい》さくうなずきあった。佐助《さすけ》が大男《おおおとこ》にむきなおる。

「ありがとう。約束《やくそく》したぜ。じゃ、ひとーつ……。」

そのしゅかん、大男《おおおとこ》は背後《はいご》にかくしていた鎖鎌《くさりがま》の鎖《くさり》をつかみ、鎖《くさり》の先《さき》につけた分銅《ふんどう》という重《おも》りを、ぶんぶんとふりまわした。山賊《さんぞく》たちが包囲《ほうい》する輪《わ》をずいっとちぢめると、明《あ》かりを集《あつ》め、背《せ》中《なか》あわせになった佐助《さすけ》たち三人《にん》を照《て》らす。

「ふたーつ……。」

びゅんっと空《くう》を切《き》る音《おと》とともに、大男《おおおとこ》が分銅《ふんどう》をつかむと、鎖《くさり》でつながった鎌《かま》が飛《と》んできた。その鎌《かま》は、佐助《さすけ》たち三人《にん》の首《くび》をなぎはらった――。

「おろか者《もの》め。」

大男《おおおとこ》は鎖《くさり》を引《ひ》いて、鎌《かま》をもどそうとしたが……何《なに》かにひっかかってもどってこない。しかも三人《にん》は消《き》えてしまった。

「どこへ行《い》った!?」

「……みーっつ！」

山賊《さんぞく》たちの頭上《ずじょう》から、佐助《さすけ》の声《こえ》がした。

「ほら、三つ数《かぞ》えたぞ。」

とん、と佐助《さすけ》が山賊《さんぞく》たちの輪《わ》のなかに飛《と》びおりる。鎌《かま》の鎖《くさり》は、地面《じめん》に突《つ》き立《た》てられた槍《やり》の柄《え》にからまっていた。

「ちょっと借《か》りたからな、返《かえ》すよ。」

佐助《さすけ》は槍《やり》をひきぬくと、鎖《くさり》と鎌《かま》ごと、大男《おおおとこ》のとなりの山賊《さんぞく》へむかって投《な》げつけた。

「わっ。」

山賊《さんぞく》たちがよけようとして、よろめく。大男《おおおとこ》は鎌《かま》をつかみ、槍《やり》をへし折《お》った。

「……よくも、なめやがって。」

「三つ数《かぞ》えろって言《い》ったのは、そっちだろ。」

佐助《さすけ》が笑《わら》うと、山賊《さんぞく》たちがおこりだした。

「……くっ……よくも、親分《おやぶん》をバカにしやがったなっ。」

「やっちまえ！」

わっと、数人《すうにん》が佐助《さすけ》に飛《と》びかかってくる。佐助《さすけ》はまた、ひらり、と枝《えだ》に飛《と》びのった。

「清海《せいかい》、伊三《いさ》、雑魚《ざこ》はたのんだ。」

「おう、まかせとけっ。」

「兄上《あにうえ》に続《つづ》くぜっ。」

そばの木《き》の幹《みき》が三好兄弟《みよしきょうだい》に変《か》わったので、山賊《さんぞく》たちがあっとおどろく。兄弟《きょうだい》に木《き》の幹《みき》そっくりの色《いろ》と模様《もよう》の布《ぬの》をかぶせ、「じっとしてろ。」と、佐助《さすけ》はとっさにふたりを幹《みき》にだきつかせて、かくしたのだ。

明《あ》かりが半分以上《はんぶんいじょう》ほうりだされ、だいぶ暗《くら》くなるなか、三好兄弟《みよしきょうだい》と山賊《さんぞく》たちが大乱闘《だいらんとう》になった。手当《てあ》たり次第《しだい》に斬《き》りつけようとする山賊《さんぞく》を、これまた手当《てあ》たり次第《しだい》に兄弟《きょうだい》がなぐりたおしているらしい。

「バカやろう、味方《みかた》を斬《き》る気《き》か！　あぶないから、おとなしくしろっ。」

「兄上《あにうえ》の言《い》うとおりっ。」

「うるせえっ……いてっ。」

そんな大《おお》さわぎのなかから、枝《えだ》の上《うえ》の佐助《さすけ》めがけて、鎖《くさり》のついた鎌《かま》が飛《と》んでくる。佐助《さすけ》は、ぱっとかわし、大男《おおおとこ》のすぐ背後《はいご》に立《た》った。

「こっちこっち。」

鎌《かま》もびゅんっともどってくるが、また佐助《さすけ》は飛《と》びのいて、大男《おおおとこ》の横《よこ》でぱんぱんと手《て》をたたく。

「鬼《おに》さんこちら、手《て》の鳴《な》るほうへ。」

「こいつめっ。」

鎌《かま》でおそう、佐助《さすけ》が消《き》える、別《べつ》のところへあらわれる。またおそう、また消《き》える、と十五、六度《ど》もくりかえしていたら、さすがの大男《おおおとこ》も目《め》が回《まわ》りはじめたようだ。だんだんねらいが外《はず》れてくる。

「なんだ、もうつかれたのか？」

「やかましいっ。」

「もう仲間《なかま》はだれも残《のこ》ってないぜ。」

はっとなった大男《おおおとこ》がゆだんなくあたりを見《み》て、くちびるをかむ。全員《ぜんいん》を気絶《きぜつ》させた三好兄弟《みよしきょうだい》が、手《て》についた土《つち》ぼこりをはらい落《お》としているところだった。

「さて猿飛《さるとび》、助太刀《すけだち》はいるか？」

「まにあってる。そこで見物《けんぶつ》でもしていてくれ。」

「わかった。ねちまう前《まえ》に、早《はや》くしてくれよ。」

ふたりは大《おお》あくびをして、木《き》の幹《みき》によりかかる。

「……よくも……っ。」

大男《おおおとこ》は怒《いか》りに体《からだ》をふるわせ、今度《こんど》は重《おも》そうな分銅《ふんどう》を佐助《さすけ》に放《はな》つ。だが、さっとかわした佐助《さすけ》

は、わきからつっこんで大男《おおおとこ》の右腕《みぎうで》をおさえ、いきおいを失《うしな》ってもどってきた鎖《くさり》で足《あし》をからめて、えいっとつきたおす。

大男《おおおとこ》の上《うえ》に馬乗《うまの》りになると、両腕《りょううで》をねじりあげ、佐助《さすけ》は「さあ、おれの勝《か》ちだな。」と宣言《せんげん》した。

「寝《ね》ぐらを貸《か》してもらうよ。」

ところが大男《おおおとこ》は、くやしそうに言《い》い捨《す》てた。

「さあ、殺《ころ》せ！　負《ま》けるなど、はずかしくて生《い》きてはいけぬ。さあ、早《はや》く殺《ころ》せ！」

「ちょっと待《ま》った。何言《なにい》ってるんだ。おれ、おまえを殺《ころ》すつもりなんか、これっぽちもないのに。」

「おまえの都合《つごう》など、どうでもいい。*それがしの決《き》めた誓《ちか》いだ。」

「うわあ、自分勝手《じぶんかって》なやつだなあ。」

佐助《さすけ》があきれると、三好兄弟《みよしきょうだい》も近《ちか》づいてきた。どしん、と棍棒《こんぼう》を地面《じめん》について、いらだったように清海《せいかい》が大男《おおおとこ》をさとす。

「親《おや》にもらった命《いのち》を、粗末《そまつ》にするんじゃない。」

「そうだ、兄上《あにうえ》の言《い》うとおりだ。」

伊三《いさ》も腕組《うでぐ》みして、大男《おおおとこ》を見下《みお》ろした。大男《おおおとこ》はぎりぎりと歯《は》ぎしりした。

「仲間《なかま》を守《まも》れなかった……。そもそもそれがしは、仕《つか》えていた主君《しゅくん》*を戦《いくさ》で失《うしな》い、そのかたきを討《う》とうとちかって、敵国《てきこく》へ戦《いくさ》をしかける資金集《しきんあつ》めと、仲間集《なかまあつ》めのために、こうして武勇《ぶゆう》をとどろかせていたのだ。それがかなわないとなっては……。」

「武勇《ぶゆう》をとどろかせ……って、ただの山賊《さんぞく》だろ。『りっぱだ、味方《みかた》してやろう。』なんて人《ひと》、少《すく》ないと思《おも》うけどなあ。」

佐助《さすけ》の言葉《ことば》に、三好兄弟《みよしきょうだい》もうなずく。

「……ならば、どうしろと言《い》うのだ。四方《しほう》は敵《てき》ばかり、それがしは主君《しゅくん》をうらぎりたくはない。それがしが武士《ぶし》として働《はたら》く場《ば》など、もうどこにもない。さあ、早《はや》く殺《ころ》せ！　あの世《よ》で主君《しゅくん》のおともをしたい！」

また、清海《せいかい》が、どしん、と棍棒《こんぼう》を地面《じめん》にたたきつけた。

「なぜ、敵《てき》と戦《いくさ》をするまでは、何《なに》があっても、恥《はじ》をしのんでも、生《い》きようとしない！」

「そうだ！」と伊三《いさ》もあいづちを打《う》つ。

*それがし　武士《ぶし》の言葉《ことば》で「じぶん」。　*主君《しゅくん》　殿《との》さま。

「敵《てき》と戦《たたか》って死《し》んだのならば、あの世《よ》でのおともも喜《よろこ》ばれよう。しかし、山賊稼業《さんぞくかぎょう》の果《は》てに、旅《たび》の者《もの》に返《かえ》り討《う》ちにあった者《もの》のおともを、殿《との》さまがゆるしてくださると、本気《ほんき》で思《おも》っているのか。」

「思《おも》っているのか、というか、おまえは考《かんが》えの足《た》りない大《おお》バカだな。」

「伊三《いさ》、言《い》いすぎ。」

「ごめんなさい、兄上《あにうえ》。」

伊三《いさ》があやまったところで、佐助《さすけ》は「いいこと思《おも》いついた！」と、大声《おおごえ》を出《だ》した。

「おまえ、やっぱり、ちゃんとした殿《との》さまのところに行《い》くべきだ。そうして戦《いくさ》で働《はたら》いてごほうびをもらうほうが、旅人《たびびと》のわずかなお金《かね》をねらう山賊《さんぞく》よりも早《はや》く資金《しきん》も集《あつ》められるし、武勇《ぶゆう》だって世《よ》にとどろく。とどろけば仲間《なかま》も味方《みかた》も集《あつ》まる。」

大男《おおおとこ》はまだ、首《くび》をふっていやがった。

「それがし、亡《な》きわが主君《しゅくん》以外《いがい》に仕《つか》える気《き》はいっさいござらん！」

「仕《つか》えるんじゃなくて……言《い》い方《かた》は悪《わる》いけど、『利用《りよう》する』んだよ。心《こころ》のなかでは、亡《な》き殿《との》さまとちゃんと話《はなし》をしながら、資金集《しきんあつ》めと武勇《ぶゆう》の宣伝《せんでん》のために、どこかでまともに働《はたら》けばいい。」

「…………それは、卑怯《ひきょう》だと、亡《な》き主君《しゅくん》はおっしゃらないだろうか。」

すると清海《せいかい》がかがみこみ、大男《おおおとこ》の顔《かお》をのぞきこんで、言《い》った。

「目的《もくてき》をなしとげることを、卑怯《ひきょう》とはおっしゃらないはずだ、りっぱな殿《との》さまは。とちゅうであきらめ、『殺《ころ》せ。』とさわぐのを、卑怯《ひきょう》とおっしゃるにちがいない。少《すく》なくとも、うちの大殿《おおとの》さまや若殿《わかとの》さまはそうだ。目的《もくてき》のために、どうやっても生《い》きのびろ、とおっしゃるはずだ。」

大男《おおおとこ》はだまってしまった。ずいぶん長《なが》いこと考《かんが》えてから、やっと小《ちい》さくうなずいた。

「おまえらの言《い》うことのほうが、正《ただ》しい気《き》がしてきた。だが、この仲間《なかま》たちはどうすればいい？」

すると、気絶《きぜつ》から目《め》を覚《さ》まして、話《はなし》を聞《き》いていたらしい山賊《さんぞく》たちが答《こた》えた。

「親分《おやぶん》、心配《しんぱい》はいらねえ。おいらたちはもともと、ここらの農民《のうみん》だ。戦《いくさ》で土地《とち》を荒《あ》らされ、食《く》えなくなっていたから、山賊《さんぞく》になっただけだ。」

「もう一度《いちど》、荒《あ》れた田畑《たはた》を耕《たがや》しなおして、生《い》きていくさ。」

「親分《おやぶん》、ぜひとも名《な》をあげてくれよ。」

「やろうども……すまない。」

と、大男《おおおとこ》はなみだをうかべた。清海《せいかい》が伊三《いさ》や佐助《さすけ》とうなずきあい、声《こえ》をかける。

「じゃあ、決《き》まりだ。おれたちは信州上田《しんしゅううえだ》の城主《じょうしゅ》・真田家《さなだけ》に仕《つか》えてるんだ。紹介状《しょうかいじょう》を書《か》くから、遠《とお》いけど、よかったら信州《しんしゅう》へ行《い》け。」

「真田家《さなだけ》……十数年前《じゅうすうねんまえ》、わずかな兵《へい》で、徳川《とくがわ》の軍勢《ぐんぜい》七千をしりぞけたと聞《き》くあの真田家《さなだけ》か。よい武将《ぶしょう》だ、そこで世話《せわ》になろう。」

佐助《さすけ》は大男《おおおとこ》を自由《じゆう》にしてやった。大男《おおおとこ》は佐助《さすけ》たち三人《にん》に頭《あたま》を下《さ》げる。

「由利鎌之助《ゆりかまのすけ》という。かたじけない、よろしくたのむ。そなたたちは命《いのち》の恩人《おんじん》だ。」

「よかった、生《い》きる気《き》になってくれて。」

「そうよ。年《とし》もまだ二十五ばかりと見《み》える、生《い》きていれば、まだやれることがあろう。」

佐助《さすけ》に続《つづ》いて、清海《せいかい》がそう言《い》うと、大男《おおおとこ》——由利《ゆり》はむすっとして応《おう》じた。

「まだ二十歳《はたち》になっておらぬ。十九だ。」

清海《せいかい》がおどろく。

「えーっ、おれよりひとつ下《した》かっ。」

「兄上《あにうえ》だって貫禄《かんろく》は十分《じゅうぶん》、二十五ばかりに見《み》える。」

「伊三《いさ》、それはおれが老《ふ》け顔《がお》のおじさんということか？」

「ち、ちがうぞ兄上《あにうえ》、たよりがいがあるいい漢《おとこ》だって意味《いみ》だ。」

「はっはっは、そうだろう、そうだろう。」

三好兄弟《みよしきょうだい》のやりとりに、由利《ゆり》もすこしだけほっとした表情《ひょうじょう》をうかべ、佐助《さすけ》もうれしくなったのだった。

こうして鎖鎌《くさりがま》の使《つか》い手《て》の大男《おおおとこ》、由利鎌之助《ゆりかまのすけ》は信州上田《しんしゅううえだ》へ行《い》き、やはり真田家《さなだけ》の勇士《ゆうし》に加《くわ》わった。

佐助《さすけ》と楓《かえで》

由利鎌之助《ゆりかまのすけ》を先《さき》に上田《うえだ》に帰《かえ》し、冬《ふゆ》が近《ちか》づくまで、佐助《さすけ》と三好兄弟《みよしきょうだい》は西国《さいごく》を旅《たび》した。上田《うえだ》にもどってみると、ちょうどまた、歌合《うたあ》わせの会《かい》が数日後《すうじつご》に開《ひら》かれるところだった。

幸村《ゆきむら》に報告《ほうこく》を終《お》えた佐助《さすけ》が、おみやげのサンゴのかんざしを持《も》って、楓《かえで》の部屋《へや》をたずねると、楓《かえで》は佐助《さすけ》の顔《かお》を見《み》るなり、いきなり手《て》を引《ひ》っぱってどんどん歩《ある》きだす。

城《しろ》のいちばんすみにある物見《ものみ》のやぐらにのぼって、やっと楓《かえで》が立《た》ち止《ど》まったので、佐助《さすけ》はおそるおそる聞《き》いた。

「長《なが》いこと留守《るす》にしていて、ごめん。楓《かえで》どの、おこってる?」

「……お仕事《しごと》だって、わかっているわよ。わかってるってば。」

つん、とそっぽをむいた楓《かえで》はそう言《い》って、佐助《さすけ》の顔《かお》を見《み》ようともしない。これはかなりおこっているな、と佐助《さすけ》はひたすらあやまった。

「悪《わる》かった、手紙《てがみ》出《だ》せなくて。伝書《でんしょ》バトは大事《だいじ》だから、個人的《こじんてき》に使《つか》うのはまずい——。」

「……わかってるってば！」

ふり返《かえ》った楓《かえで》は、なみだぐんでいた。

「だから、わたし、ずっとがまんしていた。もし今思《いまおも》いっきり何《なに》かをしても、佐助《さすけ》は文句《もんく》なんか言《い》えないの、いい？」

「あ、うん、そうだよね。」

思《おも》わず佐助《さすけ》がうなずくと、楓《かえで》は佐助《さすけ》の胸《むね》にしがみついた。

「会《あ》いたかった！」

「わっ……えっ……ええと、おれが出発《しゅっぱつ》したときも、なんかおこってたよね？　なのに、どうして。」

楓《かえで》はぎゅっと佐助《さすけ》にしがみついたまま、つぶやく。

「だって、佐助《さすけ》、けっきょくあのときの歌合《うたあ》わせの会《かい》で、すっごく変《へん》な歌詠《うたよ》んだって、大笑《おおわら》いされてたじゃない。」

そう。罰《ばつ》として出《で》ることになった歌合《うたあ》わせの会《かい》で、佐助《さすけ》は言葉《ことば》の数《かず》が五七五七七になっているだけの、日記《にっき》みたいな日常会話《にちじょうかいわ》をおひろめしたのだった。佐助自身《さすけじしん》が大傑作《だいけっさく》と思《おも》っているのは、たとえばこんなのだ。

『朝起《あさお》きて、飯《めし》を食《た》べたら、うまかった、おやつも食《た》べて、夜《よる》なので寝《ね》る』

「えー、そうだっけ。楓《かえで》どののおかげで、みんなにおもしろがられて、大受《おおう》けで、よかったなあって思《おも》ってたんだけど。」

「あんな変《へん》な歌《うた》、わたしが教《おし》えたとみんなに思《おも》われたなんて、はずかしいわ！　……佐助《さすけ》の気持《きも》ちはよく伝《つた》わったけど。」

「じゃあ、いいんじゃない？」

「だめよ！　帰《かえ》ってきたら、もっとちゃんと教《おし》えるって、決《き》めてたんだから。わたしを待《ま》たせていた佐助《さすけ》は、わたしに文句《もんくい》言ったらぜったいにだめなの。ずっとずっとずっと待《ま》ってたんだから、さびしく……。」

「うん、おれが楓《かえで》どのに文句《もんく》があるわけ、ないだろ。好《す》きなだけつきあうよ。たしかに、笑《わら》われただけでごほうびは出《で》なかったから、今度《こんど》の会《かい》では、ごほうびがもらえたほうがいいもんな。もらえたら、楓《かえで》どのにそのままあげたいからさ。」

楓《かえで》はやっと佐助《さすけ》から体《からだ》をはなし、真《ま》っ赤《か》になってうつむいた。そして、佐助《さすけ》の手《て》をにぎったまま、あっちを見《み》たり、こっちを見《み》たりしたあげく、窓《まど》の外《そと》を見《み》る。

窓《まど》の下《した》には千曲川《ちくまがわ》が流《なが》れていた。小舟《こぶね》の先《さき》につけたなわを、枯《か》れ草《くさ》のおおう岸《きし》で引《ひ》き、川《かわ》の上《じょう》流《りゅう》へと引《ひ》きもどしてゆく人《ひと》たちがいる。

「『世《よ》の中《なか》は　常《つね》にもがもな　なぎさこぐ　あまの小舟《おぶね》の　綱手《つなで》かなしも』ね、まるで。」

「それも和歌《わか》？　楓《かえで》どのが作《つく》ったんだ、なんかむずかしそうだけど。」

「ちがうわ。これは、鎌倉幕府《かまくらばくふ》の将軍《しょうぐん》で、源頼朝公《みなもとのよりともこう》の息子《むすこ》の実朝公《さねともこう》が作《つく》った有名《ゆうめい》な歌《うた》よ。今《いま》、目《め》の前《まえ》にある世《よ》の中《なか》が、ずっとこのまま変《か》わらずにいればいいのに。波打《なみう》ちぎわで、漁師《りょうし》が小舟《こぶね》をつなで引《ひ》いてゆく、静《しず》かでおだやかなあたりまえの風景《ふうけい》が、とても大切《たいせつ》に思《おも》える。そんなかんじの意味《いみ》よ。世《よ》の中《なか》なんて、今《いま》はふたりで楽《たの》しくいられても、明日《あした》にはどうなるかわからないじゃない。いつ、戦《たたか》いが起《お》こるのか……いつ、会《あ》えなくなるのか！」

楓《かえで》が泣《な》きそうになりながら、にぎる手《て》に力《ちから》をこめる。

「ずっと今《いま》が、ふたりでいられる今《いま》が、続《つづ》けばいいのに。」

無理《むり》なことを言《い》うなあと思《おも》いつつ、佐助《さすけ》もなんだか、おなじような気持《きも》ちになった。

それから数日《すうじつ》、佐助《さすけ》は楓《かえで》からびしびしと、「有名《ゆうめい》な歌《うた》に学《まな》ぶ、言葉《ことば》の使《つか》いかた」の特訓《とっくん》を受《う》けるはめになった。

おかげで、歌合《うたあ》わせの会《かい》では、「前回《ぜんかい》とくらべていちばん成長《せいちょう》した者《もの》」というごほうびがもらえた。佐助《さすけ》はそれを楓《かえで》に包《つつ》みのまま、開《あ》けることなくわたそうとしたけれど、楓《かえで》はそっぽをむいて、受《う》け取《と》らなかった。

「それよりも、次《つぎ》のお休《やす》みに、わたしと一日《いちにち》、城下町《じょうかまち》で買《か》い物《もの》すること。ごほうびのお金《かね》は、そのときに使《つか》うの。」

「そうか！　そのほうが楽《たの》しそうだな。」

佐助《さすけ》が笑《わら》うと、楓《かえで》もやっと笑《わら》ってくれた。とてもうれしそうだった。

五 かたき討《う》ちの助太刀《すけだち》

才蔵《さいぞう》、心《こころ》を動《うご》かされる

翌年《よくねん》の秋《あき》の初《はじ》め、太閤《たいこう》・豊臣秀吉殿下《とよとみひでよしでんか》が、幼《おさな》い跡継《あとつ》ぎ秀頼君《ひでよりぎみ》を残《のこ》して亡《な》くなった。

すると世《よ》の中《なか》はますます、戦《いくさ》の気配《けはい》が濃《こ》くなってきた。天下《てんか》の大将《たいしょう》の座《ざ》をうばおうと考《かんが》える徳川家康《とくがわいえやす》と、秀頼君《ひでよりぎみ》を守《まも》ろうとする者《もの》たちとの対立《たいりつ》が感《かん》じられるようになってきたのだ。

半年《はんとし》ほどして春《はる》になり、若殿《わかとの》さま真田幸村《さなだゆきむら》はまた、猿飛佐助《さるとびさすけ》、霧隠才蔵《きりがくれさいぞう》、三好兄弟《みよしきょうだい》、由利鎌之助《ゆりかまのすけ》の五人《にん》に、世《よ》の中《なか》のようすをさぐってくるように命《めい》じた。

利用《りよう》する、という佐助《さすけ》の*方便《ほうべん》にのせられた由利《ゆり》も、今《いま》ではもう、真田家《さなだけ》の勇士《ゆうし》のひとりとして信頼《しんらい》を受《う》け、それを誇《ほこ》りとしていた。

佐助《さすけ》と由利《ゆり》、才蔵《さいぞう》と三好兄弟《みよしきょうだい》の二手《ふたて》に分《わ》かれ、別《べつ》の道《みち》を行《い》くことにする。

才蔵《さいぞう》と三好兄弟《みよしきょうだい》は*相州《そうしゅう》の西《にし》の外《はず》れ、箱根《はこね》の山《やま》にさしかかった。峠《とうげ》をめざし、ずんずんと新緑《しんりょく》の美《うつく》しい山道《やまみち》を登《のぼ》ってゆく。

するとわきの森《もり》のなかで、何《なに》か赤《あか》いものがちらりと動《うご》いたのを、才蔵《さいぞう》は見《み》のがさなかった。するどく、ささやく。

「三好兄弟《みよしきょうだい》、あれを見《み》ろ。」

才蔵《さいぞう》が指《さ》し示《しめ》すほうをのぞいた清海《せいかい》が、大声《おおごえ》を出《だ》した。

「ややっ、娘《むすめ》が首《くび》をくくろうとしているではないかっ。伊三《いさ》、助《たす》けるぞっ。」

「大変《たいへん》だ、兄上《あにうえ》急《いそ》ごう！」

松《まつ》の枝《えだ》に、着物《きもの》の腰《こし》ひもをかけ、まさに首《くび》をつろうとしていた若《わか》い女《おんな》の人《ひと》が、三好兄弟《みよしきょうだい》の大声《おおごえ》に、台《だい》にしていた足《あし》もとの大石《おおいし》から、あわてて飛《と》びおりる。

しかし才蔵《さいぞう》の投《な》げた短刀《たんとう》がひもを切《き》り、落《お》ちた娘《むすめ》は清海《せいかい》にだきとめられた。きれいな赤《あか》い着物《きもの》

*方便《ほうべん》　ものごとがうまくいくようにつくウソ。

*相州《そうしゅう》　相模国《さがみのくに》。現在《げんざい》の神奈川県中西部《かながわけんちゅうせいぶ》。

を着《き》た、十七、八歳《さい》のとてもかわいらしい娘《むすめ》だ。

清海《せいかい》は顔《かお》をちょっぴり赤《あか》くしながら、だいた娘《むすめ》を説得《せっとく》する。

「娘《むすめ》さん、死《し》んで花実《はなみ》が咲《さ》くものか。死《し》んで咲《さ》いたら、寺《てら》の墓地《ぼち》は花《はな》だらけだぞ。」

しかし娘《むすめ》は清海《せいかい》と、のぞきこんでいる伊三《いさ》、兄弟《きょうだい》そろってのこわい顔《かお》に、すっかりおびえてしまったらしい。

「きゃあっ、鬼《おに》！」と悲鳴《ひめい》をあげた。才蔵《さいぞう》は三好兄弟《みよしきょうだい》に声《こえ》をかけた。

「ふたりとも、何《なに》をやっている。」

「何《なに》って、このとおり、しっかりとだきとめてるんだ。」

「いやあっ、だれか助《たす》けてくださいっ。」

娘《むすめ》がじたばたするので、清海《せいかい》がしかりつけた。

「だから、助《たす》けているのだ！」

それで娘《むすめ》はわれに返《かえ》ったらしい。とたんに、ぼろぼろとなみだをこぼしはじめた。

「もうしわけございません。助《たす》けていただいたのでは、かえってこまってしまいます。どうか、どうか死《し》なせてください。」

才蔵《さいぞう》は清海《せいかい》の太《ふと》い腕《うで》から娘《むすめ》をおろすと、その場《ば》にすわらせた。水《みず》の入《はい》った竹筒《たけづつ》をわたして一口《ひとくち》

飲《の》ませてから、じぶんもかがんで娘《むすめ》に話《はな》しかける。

「娘《むすめ》さん、そう言《い》われても、オレたちは罪《つみ》もない人《ひと》の命《いのち》を見捨《みす》てることはできない。わけを話《はな》してくれ。これも縁《えん》だ、事《こと》と次第《しだい》によっては、力《ちから》になろう。」

「いや、どんな次第《しだい》でも、たいてい助《たす》けてやるから、とにかく話《はな》してみろ。」

「兄上《あにうえ》の言《い》うとおり、われらをたよってくれ。」

三好兄弟《みよしきょうだい》にも言《い》われても、娘《むすめ》はまだためらっている。

「オレたちはあやしい者《もの》ではない。オレは信州上田《しんしゅううえだ》の城主《じょうしゅ》・真田家《さなだけ》に仕《つか》える霧隠才蔵《きりがくれさいぞう》。」

「おれはそいつの先輩《せんぱい》で兄貴分《あにきぶん》の三好清海入道《みよしせいかいにゅうどう》と、おれの弟《おとうと》の伊三入道《いさにゅうどう》だ。悪《わる》いやつらをぶったおす腕前《うでまえ》には、かなりの自信《じしん》があるぞ。こんなにかわいい娘《むすめ》さんを追《お》いつめるのは、悪《わる》いやつに決《き》まっている。」

鼻息《はないき》の荒《あら》い清海《せいかい》に、才蔵《さいぞう》が冷静《れいせい》につっこむ。

「……先輩《せんぱい》はともかく、兄貴分《あにきぶん》とは……。おまえと義兄弟《ぎきょうだい》のさかずきを交《か》わしたおぼえは、いっさいない。だれでもかまわず、じぶんを慕《した》う弟《おとうと》にしたがるな、おまえは。」

「まあそのくらい、おまえを信用《しんよう》してるってことだ。」

高笑《たかわら》いする清海《せいかい》をほうっておいて、才蔵《さいぞう》は娘《むすめ》にあれこれ、やさしく話《はな》しかけた。美男子《びなんし》の才蔵《さいぞう》から親切《しんせつ》にされ、娘《むすめ》もさすがに心《こころ》が動《うご》いたようだ。

「はい……わたしは、相州《そうしゅう》*小田原《おだわら》の城主《じょうしゅ》の家来《けらい》・笠原小太郎《かさはらこたろう》の娘《むすめ》で、春《はる》ともうします。」

「お春《はる》さんか。お春《はる》さん、すこしずつでいいから、話《はな》してみては？」

才蔵《さいぞう》は、なみだをふくてぬぐいもさしだした。お春《はる》は才蔵《さいぞう》の手《て》に指《ゆび》がふれたためか、はずかしそうにほおをそめて、それを受《う》け取《と》った。

「ご親切《しんせつ》に……もうしわけございません。」

なみだをぬぐうと、お春《はる》は語《かた》りだした。

「わたしの父《ちち》は、仕事《しごと》の上役《うわやく》に、ありもしない罪《つみ》をなすりつけられて、死刑《しけい》になってしまいました。体《からだ》の弱《よわ》かった母《はは》も、そのことに心《こころ》を痛《いた》め、重《おも》い病気《びょうき》になって、先日死《せんじつし》んでしまったのです。

わたしは父《ちち》のかたき討《う》ちがしたかったのですが、助《たす》けてくれる身《み》よりはだれもなく、ひとりぼっち。しかもかたき討《う》ちの相手《あいて》は、お城《しろ》で武術《ぶじゅつ》の指南役《しなんやく》、いちばん強《つよ》いのです。

わたしにかたきが討《う》てるはずもなく、悲《かな》しくて悲《かな》しくて、あの世《よ》の父上《ちちうえ》と母上《ははうえ》のところへ行《い》ってお話《はなし》がしたいと……。」

*小田原《おだわら》　現在《げんざい》の神奈川県小田原市《かながわけんおだわらし》。

お春《はる》の話《はなし》に、才蔵《さいぞう》は強《つよ》く胸《むね》を打《う》たれた。

じぶんも、育《そだ》ててくれた養父母《ようふぼ》を亡《な》くし、しかも本当《ほんとう》の両親《りょうしん》もこの世《よ》の人《ひと》ではないと知《し》って、悲《かな》しみからやけになっていた。

それを助《たす》けてくれる人《ひと》がいたから、こうしてりっぱに、働《はたら》いていられる。

（これは、恩返《おんがえ》しをしろ、と亡《な》き両親《りょうしん》と養父母《ようふぼ》が、あの世《よ》でとりはからってくれたにちがいない。）

才蔵《さいぞう》はお春《はる》にほほえみをむけた。

「わかった。心配《しんぱい》はいらない。オレがかたき討《う》ちの助太刀《すけだち》をしよう。三好兄弟《みよしきょうだい》、おまえたちもかまわないな。」

「あたりまえだ、聞《き》くまでもない。なあ、伊三《いさ》。」

「もちろん、兄上《あにうえ》。」

「むしろ、霧隠《きりがくれ》が見捨《みす》てやしないかと、ひやひやしたぞ。かわいい女《おんな》の話《はなし》とか、猿飛《さるとび》と楓《かえで》どのをからかうおふざけとか、のってこない冷《さ》めたやつだからな。だが、おまえも＊朴念仁《ぼくねんじん》ではなかったようだ。」

清海《せいかい》と伊三《いさ》がそろってにやにやする。

「……真剣《しんけん》な話《はなし》だろう、これは。」

三好兄弟《みよしきょうだい》をにらみつけてから、才蔵《さいぞう》はお春《はる》にたずねた。

「さて、お春《はる》さん、相手《あいて》の名前《なまえ》を教《おし》えてくれ。かたき討《う》ちの準備《じゅんび》をしよう。」

「はい、熊谷八右衛門《くまがいはちえもん》といいます……本当《ほんとう》によいのでしょうか？　ごめいわくでは……。」

「もう、話《はなし》は聞《き》いてしまった。あなたがことわっても、勝手《かって》に助《たす》けさせてもらう。」

涼《すず》しい顔《かお》で言《い》って、すっと立《た》ちあがる才蔵《さいぞう》に、お春《はる》がまた、ほおをうす紅色《べにいろ》にそめた。三好兄《みよしきょう》弟《だい》がますますにやにやしている。


三人《にん》はお春《はる》をつれて、小田原《おだわら》へともどり、海《うみ》の近《ちか》くの宿屋《やどや》に入《はい》った。

自由《じゆう》にかたき討《う》ちができた時代《じだい》とちがい、太閤殿下《たいこうでんか》の世《よ》からは戦《いくさ》もだいぶ少《すく》なくなり、＊太平《たいへい》がおとずれようとしていた。

武士《ぶし》どうしがかたき討《う》ちをしたければ、相手《あいて》が仕《つか》える殿《との》さまのゆるしが必要《ひつよう》な土地《とち》が多《おお》くなり、この小田原《おだわら》もそうだった。

＊朴念仁《ぼくねんじん》　女性《じょせい》の思《おも》いがわからない鈍感《どんかん》な男《おとこ》。
＊太平《たいへい》　平和《へいわ》。

それを知《し》っていた才蔵《さいぞう》は、清海《せいかい》に、＊奉行所《ぶぎょうしょ》へかたき討《う》ちの志願書《しがんしょ》を出《だ》しにいかせた。

ところが、＊奉行《ぶぎょう》は熊谷《くまがい》の友人《ゆうじん》だったので、志願書《しがんしょ》を受《う》けつけず、「だめだ。」と突《つ》き返《かえ》してきた。

「やい、志願書《しがんしょ》はご＊家老《かろう》さまにとどけるってのが、どこでも決《き》まりだぞ。」

と、清海《せいかい》が実力行使《じつりょくこうし》――かつぎあげて高《たか》いやぐらの上《うえ》へつれていき、落《お》とすぞとおどかしたため、奉行《ぶぎょう》はふるえあがって、家老《かろう》のところへ志願書《しがんしょ》を持《も》っていった。

家老《かろう》は、熊谷《くまがい》をよびだし、悪《わる》い相談《そうだん》をした。殿《との》さまにはないしょだ。お春《はる》の父《ちち》がなすりつけられた罪《つみ》を犯《おか》した張本人《ちょうほんにん》は、このふたりだったのだ。

熊谷《くまがい》に少《すく》なくとも二百人《にん》の護衛《ごえい》をつけて守《まも》らせ、かたき討《う》ちはしてもいいが、護衛《ごえい》はかたきではないから、たんこぶひとつ、かすり傷《きず》ひとつもつけてはならない、と決《き》める。

この決《き》まりをやぶったら、お春《はる》とその助太刀《すけだち》の者《もの》は死刑《しけい》、というものだ。

「かたき討《う》ちのゆるしは出《で》たが、めちゃくちゃなことを言《い》う。護衛《ごえい》の侍《さむらい》たちをぶんなぐって気《き》絶《ぜつ》させなければ、熊谷《くまがい》には近《ちか》づけないじゃないか。気絶《きぜつ》するくらいぶんなぐれば、たんこぶのふたつや三つはできる。」

清海《せいかい》が、小田原《おだわら》の城《しろ》から宿屋《やどや》にとどいた返事《へんじ》を読《よ》んで、うめくように言《い》った。

「兄上《あにうえ》、そもそもその前《まえ》に、護衛《ごえい》の連中《れんちゅう》はこっちを攻撃《こうげき》し放題《ほうだい》だぞ。こっちからは反撃《はんげき》できない。」

「しかも、城下町《じょうかまち》のうわさじゃ、われらをたおせば、ごほうびがたくさん出《で》るらしい。ひょっとすると、護衛《ごえい》は二千人《にん》にもふくれあがるかもだとよ……。」

「なあ兄上《あにうえ》、われらが死《し》んだら、真田《さなだ》の若殿《わかとの》さまが勇士《ゆうし》の仲間《なかま》や兵《へい》を使《つか》って、かたきを取《と》ってくれるかなあ。」

「いや……大《おお》きな領地《りょうち》を持《も》つ武将《ぶしょう》どうしがもめて戦《いくさ》をしたら、その武将《ぶしょう》の城《しろ》は、太閤殿下《たいこうでんか》の軍《ぐん》の総攻撃《そうこうげき》を受《う》けてほろぼされる。太閤殿下《たいこうでんか》が決《き》めたことは、亡《な》くなった今《いま》でも有効《ゆうこう》なはず。だから、われらは急《きゅう》な病気《びょうき》で死《し》んだと報告《ほうこく》され、だれもかたきは討《う》てない……。」

三好兄弟《みよしきょうだい》が頭《あたま》をかかえているので、お春《はる》がおろおろしている。才蔵《さいぞう》はお春《はる》をなぐさめた。

「心配《しんぱい》するな。何《なに》か手《て》はあるはずだ。オレが今夜《こんや》、城《しろ》にしのびこんで、さぐってくる。」

お春《はる》がすがるように才蔵《さいぞう》を見《み》つめた。

*奉行《ぶぎょう》　裁判長《さいばんちょう》。

*奉行所《ぶぎょうしょ》　現在《げんざい》の警察《けいさつ》と裁判所《さいばんしょ》を合《あ》わせたようなところ。

*家老《かろう》　殿《との》さまの政治《せいじ》の補佐《ほさ》をする役人《やくにん》。

夜《よる》になり、才蔵《さいぞう》は小田原《おだわら》の城《しろ》へしのびこんだ。こうやって相手《あいて》の情報《じょうほう》をさぐって、味方《みかた》のところへ持《も》ち返《かえ》るのは、忍術使《にんじゅつつか》いの得意技《とくいわざ》だ。

天井裏《てんじょううら》をそっと進《すす》んでゆくと、奥《おく》のほうの一室《いっしつ》で、男《おとこ》がふたり、話《はなし》をしている。

「ご家老《かろう》さま、たとえ二千人《にん》の護衛《ごえい》がいても、拙者《*せっしゃ》はおそろしい。志願書《しがんしょ》によれば、助太刀《すけだち》は真田家《さなだけ》の勇士《ゆうし》三名《めい》。真田家《さなだけ》には、徳川《とくがわ》さまがひどいめにあわされたのを、おわすれですか。真田《さなだ》家《け》のよりぬきの勇士《ゆうし》とあれば、相当《そうとう》な腕前《うでまえ》のはず。」

「いやいや、熊谷《くまがい》、心配《しんぱい》はいらぬ。」

（こいつらが、家老《かろう》と、お春《はる》さんのお父上《ちちうえ》のかたきの熊谷《くまがい》か。）

才蔵《さいぞう》はそっと、天井板《てんじょういた》の節穴《ふしあな》からのぞいてみた。

「どういうことです、ご家老《かろう》さま。」

「おまえにそっくりで、よくまちがわれる南郷《なんごう》という下《した》ばたらきの男《おとこ》がいるであろう。そやつを影武者《かげむしゃ》として、護衛《ごえい》にも知《し》らせずに守《まも》らせておく。おまえは、どこかにかくれていればよい。」

「さすが、ご家老《かろう》さま。おそれいりました。」

（なんという卑怯者《ひきょうもの》どもだ。）

才蔵《さいぞう》は腹《はら》を立《た》てたが、これなら、「護衛《ごえい》を傷《きず》つけずに、『熊谷《くまがい》』をたおせる。」と気《き》がつき、すばやく宿屋《やどや》に帰《かえ》った。

三好兄弟《みよしきょうだい》とお春《はる》に、今聞《いまき》いてきた話《はなし》をする。

「──ということで、影武者《かげむしゃ》と護衛《ごえい》のほうは、オレがひとりで、お春《はる》さんを守《まも》りながら、目《め》くらましをしよう。だから三好兄弟《みよしきょうだい》は、こちらの心配《しんぱい》はしなくていい。

三好兄弟《みよしきょうだい》はそのすきに、熊谷《くまがい》と悪《わる》い家老《かろう》をやっつけてくれ。ついでに殿《との》さまにも知《し》らせて、その場《ば》にお出《で》ましいただくのだ。だれが本当《ほんとう》の悪者《わるもの》か、殿《との》さまにわかっていただこう。

どうだ、護衛《ごえい》に守《まも》られていないのだから、護衛《ごえい》を傷《きず》つけずにかたき討《う》ちができる。」

「おう、わかった。」

「兄上《あにうえ》の考《かんが》えに負《ま》けないくらい、すばらしい策《さく》だな。」

「そうだろう、そうだろう。」

三好兄弟《みよしきょうだい》の調子《ちょうし》のよさに、才蔵《さいぞう》は苦笑《くしょう》しつつ、「それでいいか、お春《はる》さん。」と念《ねん》をおした。才《さい》蔵《ぞう》の策《さく》にうなずいたものの、お春《はる》は不安《ふあん》そうにだまってうつむいている。

「本当《ほんとう》に、心配《しんぱい》はいらない。お春《はる》さんを死刑《しけい》になど、ぜったいにさせない。」

＊拙者《せっしゃ》　武士《ぶし》の言葉《ことば》で「わたし」。

「……本当《ほんとう》に、何《なに》もかもお世話《せわ》になって、もうしわけなく思《おも》っています。」

お春《はる》が、小《ちい》さな声《こえ》でそう言《い》った。


日時《にちじ》と場所《ばしょ》を指定《してい》されたかたき討《う》ちの、その前《まえ》の晩《ばん》。

才蔵《さいぞう》は、となりの部屋《へや》にお春《はる》の気配《けはい》がしないのに気《き》がついた。

（こわくなって、にげだしてしまったのか？）

まさかまた、死《し》のうとするのでは……才蔵《さいぞう》は急《いそ》いで、お春《はる》をさがした。

宿屋《やどや》の近《ちか》くの砂浜《すなはま》に、月明《つきあ》かりの下《した》、足跡《あしあと》がついている。

（まずい、まさか海《うみ》に入《はい》って——。）

才蔵《さいぞう》が走《はし》って足跡《あしあと》を追《お》うと、お春《はる》は磯《いそ》の岩《いわ》かげで、海《うみ》にむかって手《て》を合《あ》わせている。

「お春《はる》さん、早《はや》まるなっ。」

才蔵《さいぞう》が飛《と》びついて、お春《はる》をだきよせると、お春《はる》ははずかしそうにほほえんだ。

「……ご心配《しんぱい》をおかけして、もうしわけございません。いえ、もう死《し》のうとは思《おも》っていません。あの沖《おき》の岩《いわ》にまつられている神《かみ》さまに、明日《あした》のみなさまのご無事《ぶじ》を、おいのりしていたのです。」

「なんだ……そうか。これは失礼《しつれい》した。」

才蔵《さいぞう》がお春《はる》を放《はな》すと、お春《はる》は砂浜《すなはま》へもどって、流木《りゅうぼく》にこしをおろした。才蔵《さいぞう》もかたわらに立《た》つ。

「霧隠《きりがくれ》さまがたは、なぜ、他人《たにん》のわたしを助《たす》けてくださるのです？」

「三好兄弟《みよしきょうだい》のことは、よく知《し》らない。以前《いぜん》、人《ひと》の命《いのち》を救《すく》えなかったことがあるらしい、と仲間《なかま》には聞《き》いた。オレは……あなたが他人《たにん》とは思《おも》えない、それだけだ。あなたとおなじ、親《おや》を亡《な》くした天涯孤独《てんがいこどく》の身《み》なので。」

「そうでしたか……ただ、それだけで、わたしのために……。」

お春《はる》は才蔵《さいぞう》を見《み》あげた。

「戦《いくさ》の世《よ》が続《つづ》きましたから、親《おや》のいない人《ひと》など、数《かぞ》えきれないでしょう。霧隠《きりがくれ》さまはその人《ひと》たち全員《ぜんいん》を、助《たす》けるおつもりなのですか？」

「……できるものなら、そうしたい。」

「できないと、わかっていても？」

才蔵《さいぞう》をまっすぐ見《み》るお春《はる》の問《と》いかけは、思《おも》いがけなくするどかった。

「そうだ。それを人《ひと》は偽善《ぎぜん》とよぶのだろう。しかし、神《かみ》でも仏《ほとけ》でもできないことを、人《ひと》にできるはずがない、とやらないより、偽善《ぎぜん》でも自己満足《じこまんぞく》でも、救《すく》われる人《ひと》がひとりでもいるのなら、オレは助《たす》けるほうを選《えら》ぶ。」

「……父《ちち》と似《に》たことをおっしゃるのね。」

お春《はる》が悲《かな》しそうにほほえんだ。

「父《ちち》になすりつけられた罪《つみ》は、初《はじ》め、父《ちち》の部下《ぶか》に負《お》わされるはずでした。父《ちち》はそれを知《し》り、部下《ぶか》をかばって身代《みが》わりとなったのです。

わたしがそれを知《し》ったのは、父《ちち》が亡《な》くなる当日《とうじつ》。父《ちち》が死《し》ぬことすら、知《し》らなかった……心配《しんぱい》するな、と言《い》われつづけました。まだ、ものごとのよくわからない子《こ》どもだと、父《ちち》には思《おも》われていたのですね。」

父《ちち》の気持《きも》ちはわかります、と、くちびるをかんで、お春《はる》は才蔵《さいぞう》をふたたび見《み》つめた。

「霧隠《きりがくれ》さま、どうか、心配《しんぱい》はいらないとは、もうおっしゃらないで。母《はは》もそう言《い》っていたのに、死《し》んでしまったのです。

そう言《い》われると、かえって、胸《むね》が痛《いた》み、悲《かな》しみが増《ま》す気《き》がして……ごめんなさい、こんなにも親切《しんせつ》にしていただいているのに。ご心配《しんぱい》もかけて、わたしの心配《しんぱい》をいっしょに背負《せお》ってくださっているのに。本当《ほんとう》にごめんなさい。」

「悪《わる》かった。」

才蔵《さいぞう》はすなおにあやまった。お春《はる》の悲《かな》しみの深《ふか》さが、つきささるようだった。

「では……オレを信《しん》じてくれ。信《しん》じて、ついてきてくれ。」

「はい。わがままばかり言《い》いました。本当《ほんとう》にこんなことにまきこんでしまい、もうしわけ――。」

才蔵《さいぞう》はお春《はる》の肩《かた》に手《て》を置《お》いた。

「オレからも、ひとつ。オレたちがしていることに対《たい》して、あやまらないでくれ。あなたは何《なに》も悪《わる》くない。だから、あやまることはない。言《い》いたいことがあるのなら、あやまるのとおなじ気持《きも》ちでも、礼《れい》の言葉《ことば》にしてほしい。」

お春《はる》は才蔵《さいぞう》を大《おお》きなひとみで見《み》つめ、はずかしそうな表情《ひょうじょう》で、お礼《れい》を言《い》った。

「ありがとうございます。」

お春《はる》のかたき討《う》ち

いよいよかたき討《う》ちのときになった。

場所《ばしょ》は小田原《おだわら》の城《しろ》の*馬場《ばば》だ。二千人《にん》はどうかと思《おも》うが、五百人《にん》をこえそうなくらいの護衛《ごえい》

*馬場《ばば》　乗馬《じょうば》の練習場《れんしゅうじょう》。

が、よろいかぶとをまとって集《あつ》まっている。見物《けんぶつ》する野次馬《やじうま》もおおぜい集《あつ》まったので、人《ひと》だらけで、身動《みうご》きすらかなわないほどだ。

見物《けんぶつ》の人垣《ひとがき》を分《わ》けて作《つく》られた通路《つうろ》を、真《ま》っ白《しろ》なかたき討《う》ちの衣装《いしょう》に身《み》をつつみ、こわばった顔《かお》でなぎなたを手《て》にしたお春《はる》が進《すす》み、いつものかっこうの才蔵《さいぞう》がすぐ後《うし》ろから静《しず》かについてくる。

護衛《ごえい》の前《まえ》に出《で》ると、お春《はる》はさけんだ。

「熊谷八右衛門《くまがいはちえもん》、聞《き》きなさい。父《ちち》・笠原小太郎《かさはらこたろう》をいわれのない罪《つみ》で殺《ころ》したかたきを、娘《むすめ》の春《はる》が、ここに討《う》ちはたします。お覚悟《かくご》をっ。」

なぎなたをかまえる。

「あんなかわいいコだとは、聞《き》いてなかったぜ。」

「ごほうびは、金《かね》や地位《ちい》より、あのコがいいなあ。」

「いいや、わしはだんぜん金《かね》だな。」

そんなことを言《い》いながら、わっと、百人《にん》をこえる護衛《ごえい》がお春《はる》と才蔵《さいぞう》にむかってきた。

とたんに、護衛《ごえい》たちの背後《はいご》、石垣《いしがき》のところで、どかんっどかんっ、と二回爆発音《かいばくはつおん》が鳴《な》り、二か所《しょ》から白《しろ》いけむりがもうもうと立《た》った。

ぎょっとして護衛《ごえい》たちや見物人《けんぶつにん》がふりかえると、それぞれのけむりのなかから、大入道《おおにゅうどう》があらわれる。

『おれは三好清海入道《みよしせいかいにゅうどう》だぞーっ。』

『こっちは三好伊三入道《みよしいさにゅうどう》だーっ。』

棍棒《こんぼう》や大《おお》きなナタを手《て》にした大入道《おおにゅうどう》たちは、おおあばれしながら、護衛《ごえい》たちのなかへつっこんでくる。護衛《ごえい》たちはあわてて矢《や》を放《はな》とうとしたり、鉄砲《てっぽう》をかまえたり、刀《かたな》や槍《やり》をふりかざしたりした。しかし、そのとき。

「うわっ。」

大入道《おおにゅうどう》に気《き》を取《と》られた護衛《ごえい》たちのよろいが、ずるっとずり下《さ》がった。

じつはよろいというものは、関節《かんせつ》の部分《ぶぶん》が楽《らく》に動《うご》くよう、裏《うら》のひもで部品《ぶひん》をつなげてあるだけなのだ。それが切《き》れたら、ばらばらになってしまう。

「肩《かた》のひもが切《き》れそうだ。」

「どういうことだ?」

みんながうろたえたとたん、護衛《ごえい》という護衛《ごえい》の、かぶとのなかやよろいの裏《うら》から、きいきいい、ちゅうちゅうちゅう、と鳴《な》きながら、何千何万《なんぜんなんまん》と数《かぞ》えきれないほどのネズミが飛《と》びだしてきた。

ネズミたちはいっせいに、よろいのひもをかじって、たちまちかみ切《き》ってしまう。よろいは、ばらばらになり、足《あし》もとへつぎつぎに落《お》ちる。

よろいのひもだけではない、かぶとの*緒《お》も、着物《きもの》も、どんどんばらばらになってゆく。弓《ゆみ》の弦《つる》もかじられて切《き》れ、鉄砲《てっぽう》の火薬《かやく》に火《ひ》をつける火《ひ》なわも、かじられてこなごなだ。

「うわわわわわっ。」

たちまち護衛《ごえい》たちは、なすすべなく、丸《まる》はだかになってしまった。最後《さいご》に残《のこ》ったふんどしのひもだけはかじられないように、みんな必死《ひっし》にふんどしをおさえながら、ネズミをふりおとそうと、どたばた足《あし》ぶみをしている。

「伊賀流忍術秘技《いがりゅうにんじゅつひぎ》、ネズミ嵐《あらし》。傷《きず》つけたのは、よろいかぶとに着物《きもの》、武器《ぶき》だけだ。」

大《おお》さわぎの間《あいだ》に、才蔵《さいぞう》はお春《はる》をかばって、胸《むね》にだきかかえて見物人《けんぶつにん》の上《うえ》を飛《と》びこえ、後《うし》ろの茂《しげ》みのかげにならんでかくれていた。

恩返《おんがえ》しなら、師匠《ししょう》の百々地三太夫《ももちさんだゆう》があのとき使《つか》ったのと、おなじ術《じゅつ》がいいだろうと、思《おも》って選《えら》んだ大技《おおわざ》だ。小田原中《おだわらじゅう》のネズミをよび集《あつ》めたから、ネコはさぞかし、ひまになっているにちがいない。

「そろそろ、幻覚《げんかく》ではない、本物《ほんもの》の三好兄弟《みよしきょうだい》がもどってくるころだ。熊谷《くまがい》のかくれ場所《ばしょ》はオレが調《しら》べて見当《けんとう》をつけておいたから、すぐ見《み》つかっただろう。」

そうお春《はる》に声《こえ》をかけたが、はだかの護衛《ごえい》たちに目《め》をむけられずに、顔《かお》を赤《あか》らめながら、お春《はる》はうつむいている。

「ちょっと、やりすぎたか。」

「いえ、すばらしい術《じゅつ》です。だれも傷《きず》つけないもの。」

お春《はる》が明《あか》るい声《こえ》で応《こた》えた。

「おう、ここのはだかタコおどり大会《たいかい》は盛大《せいだい》だな、おれもおどりたいくらいだ。」

清海《せいかい》のゆかいそうな大声《おおごえ》が聞《き》こえ、石垣《いしがき》の上《うえ》にすがたがあらわれた。しばりあげた熊谷《くまがい》と家老《かろう》を棍棒《こんぼう》の先《さき》からぶらさげ、たかだかとさしあげている。

そのわきには、目《め》を白黒《しろくろ》させた殿《との》さまを馬《うま》に乗《の》せ、その馬《うま》を引《ひ》いた伊三《いさ》があらわれた。ふたりはかたひざをついて姿勢《しせい》を低《ひく》くし、殿《との》さまに対《たい》してひかえる。

「おーい、生《い》け捕《ど》ったぞ。」

清海《せいかい》の合図《あいず》に、才蔵《さいぞう》もお春《はる》を胸《むね》にかかえ、ふたたび飛《と》びだし、石垣《いしがき》の下《した》にひかえた。

「殿《との》さま、こちらの紙《かみ》をごらんいただきたくぞんじます。」

＊緒《お》　あごひも。

家老《かろう》が書《か》いたかたき討《う》ちの許可状《きょかじょう》を、才蔵《さいぞう》が、ぱっとかざすと、ハトが飛《と》んできてそれをつかみ、殿《との》さまの手《て》にとどける。

読《よ》んだ殿《との》さまは、おどろいた。

「な、なんとこれは！　このようなでたらめなやりかたを、わたしの名前《なまえ》で勝手《かって》にゆるすとは！　いったいどういうことかっ。」

「じゃあ、あとは殿《との》さまにおまかせいたします。」

一礼《いちれい》し清海《せいかい》は、ぽーん、となわでぐるぐる巻《ま》きの家老《かろう》と熊谷《くまがい》を、馬上《ばじょう》の殿《との》さまの前《まえ》に放《ほう》ると、伊三《いさ》とともに、石垣《いしがき》の下《した》へ飛《と》びおりた。

「よし、かたき討《う》ちはこれで解決《かいけつ》だ。いいな、お春《はる》さん。」

「はい。ありがとうございました。」

お礼《れい》を言《い》うお春《はる》の目《め》には、なみだが光《ひか》っていた。

翌日《よくじつ》、殿《との》さまからのお礼《れい》の品《しな》を宿屋《やどや》へ運《はこ》んできた使《つか》いに、「そんなものはいらない、お春《はる》さんにあげてくれ。」と断《ことわ》った三人《にん》だった。だが、お春《はる》をよびにいくと……。

「お春《はる》さんが部屋《へや》にいない。」

才蔵《さいぞう》はあっけに取《と》られた。さっきまでいたはずだ。

「身《み》よりのない、ひとりぼっちと言《い》っていたのに、どこへ……。」

「おや、おまえのそんなにあせった顔《かお》、めったに見《み》ないぞ。」

にやにやしながら、清海《せいかい》が才蔵《さいぞう》をこづいた。伊三《いさ》は残念《ざんねん》がっている。

「お別《わか》れを言《い》いたかったんだがなあ。」

「でもまあ、別《わか》れのあいさつなど、きっと霧隠《きりがくれ》が泣《な》きそうになるから、このままこっちも立《た》ち去《さ》るほうがいいのではないか？」

「兄上《あにうえ》、冷《さ》めた霧隠《きりがくれ》が、たまに泣《な》くところというのを、見《み》てみたいとも思《おも》うけど。」

「見《み》ないのが、男《おとこ》の友情武士《ゆうじょうぶし》の情《なさ》けってやつだ。おぼえときな。」

「さすが、兄上《あにうえ》、人間《にんげん》ができている！」

あせった顔《かお》を見《み》たと喜《よろこ》んでいたその口《くち》がよく言《い》う、と才蔵《さいぞう》は苦笑《にがわら》いしつつ、お春《はる》のことを思《おも》いやった。

（これからお春《はる》さんは、ひとりで生《い》きていけるのだろうか……。）

せめて、もうすこし、この先《さき》の人生《じんせい》の力《ちから》になってあげられたら、と思《おも》いかけた才蔵《さいぞう》だったが、首《くび》をふって考《かんが》えをふりはらう。

（どうせ他人《たにん》だったのだ。ちょっとじぶんと、似《に》ていただけの。）

けれど、何《なに》かをやり残《のこ》してしまったという思《おも》いは消《き》えてくれない。お春《はる》の望《のぞ》みはかなえたのに。

（何《なに》をやり残《のこ》したのか……。いいや、これでいいのだ。望《のぞ》みからはみだしたよけいなことをするのは、おせっかいというもの。おせっかいはきらわれる。）

「……行《い》こう、三好兄弟《みよしきょうだい》。」

「おう。」


三人《にん》がふたたび箱根《はこね》の山道《やまみち》を登《のぼ》りはじめたとき。

松《まつ》の木《き》の後《うし》ろから、赤《あか》い着物《きもの》のお春《はる》が飛《と》びだしてきた。旅《たび》じたくをしている。

「わたし、もうこの町《まち》にはいられなくなりました……。」

「えっ、なぜ。」

おどろく才蔵《さいぞう》に、お春《はる》は半分《はんぶん》こまったような顔《かお》で、たもとから手紙《てがみ》をたくさん取《と》りだした。数《すう》十通《じっつう》はある。

「見《み》てください。」

読《よ》んでみると、どれも『事情《じじょう》は聞《き》きました。かわいそうに。じぶんと結婚《けっこん》してください、幸《しあわ》せにします。』という恋文《こいぶみ》だ。

「朝早《あさはや》くから、宿屋《やどや》にどんどんとどけられて。こんなにたくさんの男《おとこ》のかたから、ひとりを選《えら》ぶことなど、できません。」

お春《はる》は、才蔵《さいぞう》にむきなおった。頭《あたま》を下《さ》げる。

「もしもごめいわくでなければ、霧隠《きりがくれ》さま、もう一度《いちど》、わたしをお助《たす》けくださいませんか。」

「……それは、どうやって……。」

三好兄弟《みよしきょうだい》がにたりとして、両側《りょうがわ》から才蔵《さいぞう》をぐりぐりと強《つよ》くこづいた。

「やっぱり霧隠《きりがくれ》は朴念仁《ぼくねんじん》だな、兄上《あにうえ》。」

「その手紙《てがみ》、全部《ぜんぶ》やぶいて、ひとこと『オレについてこい。』って言《い》えばいいのだ。」

（そうだ、オレがやり残《のこ》したのは、それだ。）

才蔵《さいぞう》はうなずき、手紙《てがみ》をすべて紙吹雪《かみふぶき》に変《か》えると、お春《はる》の手《て》を取《と》った。

「オレについてきてくれ。手《て》を離《はな》さないで。」

「はい！　うれしいです、本当《ほんとう》にありがとうございます!!」

お春《はる》の初《はじ》めての、心《こころ》からの笑顔《えがお》を、才蔵《さいぞう》は見《み》ることができた。

六 海賊船《かいぞくせん》での出会《であ》い

海《うみ》に来《き》た佐助《さすけ》

才蔵《さいぞう》はいったんお春《はる》を上田《うえだ》につれてもどり、三好兄弟《みよしきょうだい》は佐助《さすけ》と由利《ゆり》をさがして合流《ごうりゅう》することにした。たがいの連絡《れんらく》や上田《うえだ》の城《しろ》への知《し》らせは、佐助《さすけ》と才蔵《さいぞう》が忍術《にんじゅつ》でしこんだ、かしこい伝書《でんしょ》バトを使《つか》っている。

その佐助《さすけ》と由利《ゆり》だが、＊勢州《せいしゅう》と＊紀州《きしゅう》の境《さかい》あたりの海岸《かいがん》に着《つ》いていた。

＊勢州《せいしゅう》　伊勢国《いせのくに》。現在《げんざい》の三重県北中部《みえけんほくちゅうぶ》、愛知県《あいちけん》・岐阜県《ぎふけん》の一部《いちぶ》。

＊紀州《きしゅう》　紀伊国《きいのくに》。現在《げんざい》の和歌山県《わかやまけん》、三重県南部《みえけんなんぶ》。

朝早《あさはや》く、人気《ひとけ》のない海岸《かいがん》で、佐助《さすけ》ははしゃいでいた。波打《なみう》ち際《ぎわ》で足《あし》をぬらし、ばしゃばしゃと走《はし》りまわる。

「海《うみ》だ海《うみ》だ海《うみ》だーっ。うーん、潮《しお》の香《かお》り。」

「猿飛《さるとび》、そんなに海《うみ》がめずらしいか。海岸《かいがん》に来《く》るたび、さわいでいるぞ。」

「だって、こんなにでっかいものが、世《よ》の中《なか》にあるなんてさ。どんなに奥深《おくぶか》く高《たか》い山《やま》も、海《うみ》ほど広《ひろ》い森《もり》は持《も》っていない。三日《みっか》も歩《ある》けば、反対《はんたい》のすそ野《の》の村《むら》に着《つ》く。海《うみ》は果《は》てがないって聞《き》いたぞ。」

きょろきょろしていた佐助《さすけ》は、城《しろ》の櫓《やぐら》かとりでのような建物《たてもの》が、水平線《すいへいせん》ぎりぎりにあるのに気《き》がついた。

「由利《ゆり》、見《み》えるか？　あれも船《ふね》なのかなあ。」

「それがしには、よくわからぬが……。」

「建物《たてもの》がうくはずがないから、船《ふね》の一部《いちぶ》だと思《おも》うけど。調《しら》べたら、おもしろいかもしれない。おっ、あそこに小舟《こぶね》がうち捨《す》ててある、ちょっと借《か》りよう。」

砂浜《すなはま》にうちあげられていた、ぼろぼろの小舟《こぶね》を海《うみ》へとおしだすと、佐助《さすけ》はためらう由利《ゆり》を強引《ごういん》に乗《の》せ、櫓《ろ》をこいだ。

「……猿飛《さるとび》は海《うみ》など知《し》らないのに、と心配《しんぱい》したが、山育《やまそだ》ちにしては、こぐのがうまいな。」

「信州《しんしゅう》の千曲川《ちくまがわ》で、多少《たしょう》は小舟《こぶね》のあつかいをおぼえたんだ。信州《しんしゅう》には諏訪湖《すわこ》って大《おお》きな湖《みずうみ》だってある……ほら、やっぱり船《ふね》だ。船《ふね》の上《うえ》に、櫓《やぐら》がある。」

まだまだ遠《とお》いが、大《おお》きそうな船《ふね》だということはわかった。風《かぜ》はなぎ、帆《ほ》も上《あ》げていないのに進《すす》んでゆくので、おおぜいの人《ひと》が櫂《かい》をこいで進《すす》む船《ふね》らしい。

「もっと近《ちか》づいてみよう。船《ふね》なのに、船縁《ふなべり》に城《しろ》のへいみたいな、*はざまがたくさんある。」

けれど、そう言《い》った佐助《さすけ》のつまさきやかかとが、冷《つめ》たくなってきた。由利《ゆり》があわてる。

「やっ、猿飛《さるとび》、海水《かいすい》が入《はい》ってきている。舟《ふね》の底《そこ》にすきまがあるのだ。」

「えーっ、何《なに》かでふさがなきゃ……って、何《なに》もないし。これでどうだろう。」

てぬぐいをすきまにおしこんだけれど布《ぬの》は水《みず》を通《とお》す。紙《かみ》をつっこんでもだめだ。水《みず》はどんどん増《ふ》えて、足首《あしくび》の上《うえ》まできた。

「わわわ、水《みず》をくみださないと、しずんでしまう！」

けれど、水《みず》をくむような道具《どうぐ》は何《なに》もない。ふたりは必死《ひっし》になって、手《て》で海水《かいすい》をすくっては捨《す》て

＊はざま　矢《や》や鉄砲《てっぽう》を撃《う》つために開《あ》けた、小《ちい》さな三角《さんかく》や四角《しかく》の穴《あな》。

た。だが、増《ふ》えてくる水《みず》のほうが多《おお》く、じわじわと水位《すいい》があがる。

「ど、どうしよう、由利《ゆり》。」

「浜《はま》へもどるしかない。」

「そうだな、あわてているうちに、さっきの大《おお》きな船《ふね》、見失《みうしな》っちまったし。」

けれど、あわてたせいで、どうやら櫓《ろ》もほうりだしたらしく、見《み》あたらない。日《ひ》が高《たか》くなるにつれ、風《かぜ》が出《で》てきて、波《なみ》がうねりだした。

浜《はま》からもずいぶんはなれてしまった。とても泳《およ》げる距離《きょり》ではない。

「うわあっ、おれが手《て》でこぐから、由利《ゆり》は水《みず》をくみだせ。」

「お、おおう。」

ふたりがじたばたしている間《あいだ》にも、小舟《こぶね》は波《なみ》にもまれだす。波《なみ》の山《やま》の上《うえ》から、波《なみ》の谷《たに》の底《そこ》へと、まっさかさまに落《お》ち、また、持《も》ちあげられ、落《お》とされる。

「も、もう、だめだ。」

「なげくな、由利《ゆり》！　忍術《にんじゅつ》で鳥《とり》の群《む》れをよぶから。」

「イルカの群《む》れとか大《おお》きな海亀《うみがめ》とかに、小舟《こぶね》を運《はこ》んでもらうのは？」

「無理《むり》だよ、おれ、山《やま》のなかで忍術《にんじゅつ》教《おそ》わったから、そういう生《い》き物《もの》を知《し》らない。」

ともかく呪文《じゅもん》をとなえると、海鳥《うみどり》たちが、わっと群《むら》がってきた。ぎゃあぎゃあとやかましく鳴《な》きさわいで、頭上《ずじょう》をぐるぐると飛《と》びまわる。

「それで、こいつらの足《あし》になわを結《むす》べば、ひっぱってもらえ……ああーっ、なわがない！」

佐助《さすけ》は、しまった、と頭《あたま》をかかえた。海水《かいすい》もひざまでたまっているが、それよりも波《なみ》しぶきで、とっくに全身《ぜんしん》びしょぬれだ。

「本当《ほんとう》にもう、だめだ……。」

ふたりが、がっくりしたとき。

「おいっ、しっかりしろ。まだ生《い》きてるじゃねぇか。だったらあきらめんじゃねぇよっ。」

威勢《いせい》のいい声《こえ》とともに、佐助《さすけ》たちの小舟《こぶね》よりも、ひと回《まわ》り大《おお》きくて、がんじょうそうな小舟《こぶね》が波《なみ》の間《あいだ》からあらわれた。

小舟《こぶね》のへさきには、たくましく、日焼《ひや》けして浅黒《あさぐろ》いはだの、二十五、六歳《さい》に見《み》える男《おとこ》が乗《の》っていた。五人《にん》ほどが小舟《こぶね》を櫂《かい》でこいでいる。

「今《いま》、助《たす》けるぜ。」

佐助《さすけ》と由利《ゆり》は、若《わか》い男《おとこ》に助《たす》けられて、大《おお》きな帆《ほ》かけ船《ぶね》に乗《の》りうつった。

「助《たす》かった……本当《ほんとう》にありがとうございました。命《いのち》の恩人《おんじん》です。」

船《ふね》の甲板《かんぱん》で、ふたりが平伏《ひれふ》してお礼《れい》を言《い》うと、おおぜいの仲間《なかま》をしたがえたその男《おとこ》は苦笑《くしょう》した。

「おめぇら、海育《うみそだ》ちの者《もの》じゃねぇな？」

「はい……って、なんでわかるんです？」

「浜《はま》に捨《す》ててある、穴《あな》のあいた小舟《こぶね》と、使《つか》える小舟《こぶね》の区別《くべつ》もつかねぇんだからよ。」

「たしかに……。」

男《おとこ》は大笑《おおわら》いした。

「まあ、カモメを集《あつ》めて目印《めじるし》にして、助《たす》けを求《もと》めるって考《かんが》えが気《き》に入《い》った。ここは海賊船《かいぞくせん》、オレはこの海賊《かいぞく》たちの頭領《とうりょう》で、根津甚八《ねづじんぱち》ってんだ。おめぇらは？」

「海賊《かいぞく》ぅ!?」

おどろいたが、相手《あいて》は命《いのち》の恩人《おんじん》なので、佐助《さすけ》たちは正直《しょうじき》に答《こた》えた。

「信州小県《しんしゅうちいさがた》の上田城《うえだじょう》の城主《じょうしゅ》・真田《さなだ》家《け》に仕《つか》える、猿飛佐助《さるとびさすけ》です。」

「それがしは、おなじく由利鎌之助《ゆりかまのすけ》である。」

すると、根津《ねづ》と名《な》のった頭《かしら》の顔色《かおいろ》が変《か》わった。

「こんなところで……あの山国《やまぐに》の者《もの》に会《あ》うとは……。」

「信州小県《しんしゅうちいさがた》を知《し》ってるんですか？」

根津《ねづ》は顔《かお》をしかめ、そっぽをむいて答《こた》えた。

「……いちおうは、故郷《こきょう》ってやつだ。」

「えっ、海賊《かいぞく》なのに？」

「海《うみ》のない信州《しんしゅう》が故郷《こきょう》?? なぜ海賊《かいぞく》になった？」

由利《ゆり》と佐助《さすけ》が同時《どうじ》に聞《き》くと、根津《ねづ》はだまりこんでしまい、答《こた》えない。佐助《さすけ》は、かまわず続《つづ》けた。

「おれ、真田《さなだ》の郷《さと》の奥《おく》にある、鳥居峠《とりいとうげ》のふもとの村《むら》で生《う》まれ育《そだ》ったんだ。父親《ちちおや》の名《な》は鷲塚佐《わしづかさ》太夫《だゆう》。猿飛《さるとび》って名字《みょうじ》は、真田幸村《さなだゆきむら》さまが名《な》づけてくれた。根津《ねづ》どのは、どこの村《むら》で生《う》まれたんだ？」

根津《ねづ》がうつむいたので、後《うし》ろでひかえていた海賊《かいぞく》たちがいらついたように、佐助《さすけ》にどなった。

「やいやい、お頭《かしら》がご気分《きぶん》を悪《わる》くしたじゃねえか。」

「そのやかましい口《くち》をとじろ。さもないと、海《うみ》へほうりこんで、サメのえさにするぞ。」

「サメ？　サメって何《なに》？」

佐助《さすけ》がきょとんとしたので、海賊《かいぞく》たちはバカにされたと思《おも》ったようだ。

「ふざけんなっ。」

前《まえ》に出《で》ようとした数人《すうにん》を、「待《ま》て。」と根津《ねづ》が制《せい》した。

「……なつかしくて、言葉《ことば》が出《で》なかっただけだ。鳥居峠《とりいとうげ》か……登《のぼ》ったことがある、幼《おさな》いころ、父《ちち》親《おや》といっしょにな。上州《じょうしゅう》が見《み》えた。白《しろ》くけむりをたなびかせる*浅間山《あさまやま》も。」

根津《ねづ》は佐助《さすけ》と由利《ゆり》にむきなおった。

「いいよ、語《かた》ってやろうじゃねぇか。どうしてオレが、海賊《かいぞく》になったか。

オレの父親《ちちおや》は、真田昌幸《さなだまさゆき》さまに仕《つか》える絵師《えし》だった。敵《てき》の城《しろ》のある場所《ばしょ》を絵図《えず》に描《か》いたり、人《ひと》の顔《かお》を描《か》いたり、薬草《やくそう》の*図譜《ずふ》を描《か》いたり、そんな仕事《しごと》をしていた。

父親《ちちおや》はひとり息子《むすこ》のオレに、絵師《えし》を継《つ》がせたかった。けど、オレは、武士《ぶし》になりたかったんだ、どうしてもよ。

それで十年前《ねんまえ》、あとを継《つ》ぐ継《つ》がないで、盛大《せいだい》な親子《おやこ》げんかをして、オレは父親《ちちおや》の利《き》きうでを傷《きず》つけてしまい、いたたまれなくて家《いえ》を飛《と》びだした。

遠《とお》くへ行《い》こうとさまよい歩《ある》いているうちに、海辺《うみべ》にたどりついて、腹《はら》ぺこでぶったおれている

*浅間山《あさまやま》　長野県《ながのけん》と群馬県《ぐんまけん》の境《さかい》にある火山《かざん》。　*図譜《ずふ》　図鑑《ずかん》。

ところを、海賊《かいぞく》の先代《せんだい》のお頭《かしら》に拾《ひろ》われた。一宿一飯《いっしゅくいっぱん》の礼《れい》に船《ふね》で働《はたら》いて……というか、目《め》が覚《さ》めたら沖《おき》に出《で》た海賊船《かいぞくせん》の上《うえ》で、陸《おか》に帰《かえ》るに帰《かえ》れず、見習《みなら》いとして働《はたら》くしかなかったんだ。

まあ、武士《ぶし》になりたくてなりたくて、武術《ぶじゅつ》のけいこはこっそりしていたからな。刀《かたな》をふるう腕《うで》にはそこそこ自信《じしん》があり、ちょいとあばれて名《な》が知《し》られ、今《いま》じゃ引退《いんたい》した頭《かしら》のあとを実力《じつりょく》で継《つ》いだってわけよ。

でもよ、まさか……十年《ねん》ぶりに聞《き》いた故郷《こきょう》の名《な》で、こんなにも……胸《むね》が痛《いた》くなるなんて、思《おも》ってもみなかったぜ。」

根津《ねづ》は苦笑《にがわら》いし、佐助《さすけ》と由利《ゆり》を支《ささ》えて立《た》たせた。

「これも何《なに》かの縁《えん》だ。せまい船《ふね》だが、好《す》きなだけ、ゆっくりしていきな。」

そこへ、帆柱《ほばしら》の上《うえ》にある横木《よこぎ》に登《のぼ》って、見張《みは》りをしていた海賊《かいぞく》のひとりが、声《こえ》をかけてきた。

「お頭《かしら》、またやつらが来《き》た！」

「しつこい連中《れんちゅう》だな。」と根津《ねづ》は舌《した》うちする。ふりかえり、海賊《かいぞく》たちに命《めい》じた。

「帆《ほ》を上《あ》げろ。見《み》つからないうちに、全速前進《ぜんそくぜんしん》でにげるぞ。」

とたんに海賊《かいぞく》たちがいそがしく動《うご》きはじめた。むしろのように竹《たけ》を細《こま》かくあんだ帆《ほ》を上《あ》げると、急《きゅう》に船《ふね》が波《なみ》を切《き》って進《すす》みだす。

「うわあ、すっごーい。」
*ともの船縁《ふなべり》につかまって、波《なみ》が分《わ》けられているのを見《み》ていた佐助《さすけ》は、遠《とお》くにあの建物《たてもの》みたいな船《ふね》を見《み》つけた。しだいに距離《きょり》がはなれてゆく。

「また、あの船《ふね》だ。あれはなんだろう。」

「安宅舟《あたけぶね》だ。あの船《ふね》に、オレたちはしつこく追《お》われてんのさ。」

そばに来《き》ていた根津《ねづ》が教《おし》えてくれる。

「あたけぶね？」

「軍船《ぐんせん》ってやつだ。戦専用《いくさせんよう》の大型《おおがた》の船《ふね》で、とてもじょうぶにできている。*水軍《すいぐん》を持《も》つ武将《ぶしょう》たちが、オレたち海賊《かいぞく》をつかまえて、おどして味方《みかた》にしようってな、うろつきまわってんだ。」

「……武士《ぶし》になりたかったんじゃなかったっけ？」

根津《ねづ》は笑《わら》った。

「おどされてなるのは、ごめんだ。そりゃ海賊《かいぞく》は、ほめられたことはしてないやつも多《おお》いけど

*とも　船《ふね》の後《うし》ろ側《がわ》。　*水軍《すいぐん》　いわゆる海軍《かいぐん》。

よ、味方《みかた》にならなきゃ、つかまえて死刑《しけい》っていきなり言《い》われてもな。……まあ、心《こころ》からすげえって思《おも》える人《ひと》なら、なってもいいけどよ、そんな武将《ぶしょう》は知《し》らねぇな。」

けれど佐助《さすけ》は、根津《ねづ》の話《はなし》をちゃんと聞《き》いていなかった。

（戦専用《いくさせんよう》の船《ふね》！　そんなもの、信州《しんしゅう》じゃきっとみんな、知《し》らないぞ。どんな船《ふね》か調《しら》べたいなあ……。）

やがて安宅舟《あたけぶね》は見《み》えなくなり、佐助《さすけ》たちの乗《の》った海賊船《かいぞくせん》は島《しま》かげにかくれて、入《い》り江《え》にいかりを下《お》ろした。

うらぎり者《もの》たち

夜中《よなか》、人《ひと》がこそこそ話《はな》しあっている気配《けはい》に、佐助《さすけ》は目《め》を覚《さ》ました。

そっと船室《せんしつ》を出《で》て、甲板《かんぱん》の荷物《にもつ》のかげからかげへとすばやく移《うつ》り、帆柱《ほばしら》にのぼって耳《みみ》をすませる。星明《ほしあ》かりだけで、空《そら》に月《つき》はない。

会話《かいわ》は船尾近《せんびちか》くの見張《みは》り台《だい》の上《うえ》から聞《き》こえてきた。ふつうの人《ひと》なら聞《き》こえないが、佐助《さすけ》は忍術《にんじゅつ》使《つか》いだ。指《ゆび》を組《く》んで印《いん》を結《むす》び、精神《せいしん》を集中《しゅうちゅう》させると、ある程度《ていど》はなれた会話《かいわ》も聞《き》きとることができる。

それは、昼間《ひるま》、佐助《さすけ》にどなった数人《すうにん》の海賊《かいぞく》だった。

「そろそろ、合図《あいず》があるころだ。」

「こっちの居場所《いばしょ》は、明《あ》かりで伝《つた》えたからな。」

「いいかげん、武士《ぶし》にならなきゃ、海賊《かいぞく》なんて『悪《わる》いやつら』『おたずね者《もの》』で、ぐずぐずしてたら死刑《しけい》になっちまう。」

「お頭《かしら》もガンコすぎるんだ。武士《ぶし》になりたきゃ、なればいいのに、意地《いじ》を張《は》りやがって。」

(何《なん》の話《はなし》だ?)

佐助《さすけ》が首《くび》をかしげたとき、船《ふね》の後方《こうほう》のかなたの暗《くら》やみで、ちかちかっ、ちかちかっ、と小《ちい》さな光《ひかり》が点滅《てんめつ》した。

「合図《あいず》だ、こっちも返事《へんじ》しろ。」

暗《くら》い見張《みは》り台《だい》の上《うえ》で、海賊《かいぞく》が提灯《ちょうちん》に火《ひ》を入《い》れ、大《おお》きくふる。そしてすぐ、火《ひ》を消《け》した。

「行《い》くぞ。準備《じゅんび》はいいな。」

数人《すうにん》は手《て》さぐりで見張《みは》り台《だい》をおり、船縁《ふなべり》からなわを伝《つた》って、すべりおりていった。

佐助《さすけ》もそっと後《あと》をつけた。

なわの下《した》には、小舟《こぶね》がいくつかうかんでいて、小《ちい》さなかがり火《び》が点《とも》されていた。すでに、おおぜいの海賊《かいぞく》が乗《の》っている。海賊船《かいぞくせん》に残《のこ》っているほうが少《すく》なそうだ。

(どこかの船《ふね》をおそうのか？　……大《おお》きな船《ふね》が近《ちか》づく波音《なみおと》が、聞《き》こえる気《き》がする。)

佐助《さすけ》はまた、印《いん》を結《むす》んで、さっきの光《ひかり》のほうに目《め》をこらした。ふつうの人《ひと》には見《み》えない暗《くら》やみに、何《なに》かが見《み》えた。

(あの船《ふね》だ！　安宅舟《あたけぶね》！　だれかに手引《てび》きさせて、軍船《ぐんせん》をおそうのか。ちょうどいい、中《なか》のようすが見《み》られるぞ。)

佐助《さすけ》はわくわくして、こっそりなわを伝《つた》うと、小舟《こぶね》のいちばん後《うし》ろへおりた。むしろをかぶって口《くち》のなかで呪文《じゅもん》をとなえ、気配《けはい》を消《け》して荷物《にもつ》のふりをする。

ほどなく、小舟《こぶね》は海賊船《かいぞくせん》をはなれて、波間《なみま》にこぎだした。

やがて、大《おお》きな軍船《ぐんせん》のかげが近《ちか》づき、小舟《こぶね》になわが投《な》げられる。海賊《かいぞく》たちは軍船《ぐんせん》に乗《の》りうつった。佐助《さすけ》もいちばん後《うし》ろから、そっとなわを伝《つた》ってついてゆく。

軍船《ぐんせん》の甲板《かんぱん》、櫓《やぐら》の前《まえ》に、よろいをつけた武将《ぶしょう》が待《ま》っていた。武装《ぶそう》した武士《ぶし》たちもいる。海賊《かいぞく》たちは武将《ぶしょう》の前《まえ》で平伏《ひれふ》した。佐助《さすけ》はすばやく、櫓《やぐら》の屋根《やね》の上《うえ》に伏《ふ》せて身《み》をかくし、ようすを見《み》る。

「ご苦労《くろう》。」と、武将《ぶしょう》は、にやりとした。

「海賊船《かいぞくせん》の図面《ずめん》は？」

「へい、こちらに。」

海賊《かいぞく》のひとりがさしだす。続《つづ》けて、海賊《かいぞく》たちは身《み》につけたり、小舟《こぶね》にのせてきた武器《ぶき》を、さしだした。開《ひら》いた口《くち》から、黄金《こがね》のつぶがのぞいているふくろも、いくつかある。

「これで、おいらたちを、武士《ぶし》にしてくれるんで？」

「もう、死刑《しけい》にならないんだな？」

(え……？　この船《ふね》をおそうんじゃなくて……根津《ねづ》どのをうらぎる!?)

佐助《さすけ》が目《め》をみはっていると、武将《ぶしょう》は高笑《たかわら》いした。

「そうとも。しかし、おまえたちを信用《しんよう》するためには、まだ最後《さいご》の試練《しれん》がある。」

海賊《かいぞく》たちがざわつくと、武将《ぶしょう》は刀《かたな》をぬいて、海賊《かいぞく》たちの頭上《ずじょう》を、ぶんっと横《よこ》にないだ。

「海賊《かいぞく》の頭領《とうりょう》、根津甚八《ねづじんぱち》の首《くび》をとってこい。とってきたやつだけは、わが家来《けらい》としてみとめる。ほかは役立《やくた》たずか、根津《ねづ》に未練《みれん》のあるやつだ。そいつらは不要《ふよう》、死刑《しけい》だ。」

「そんなっ。」

「話《はなし》がちがうっ!!」

そう言《い》う海賊《かいぞく》たちを、刀《かたな》をかまえた武士《ぶし》たちが取《と》りかこむ。

しかし、半分《はんぶん》くらいの海賊《かいぞく》は、

「おう、上等《じょうとう》じゃねぇか。」

「やってやる。」

「あいつ、どこかの山《やま》から出《で》てきたくせに、おれたち島育《しまそだ》ちをさしおいて、先代《せんだい》に気《き》に入《い》られやがって。」

と、勇《いさ》ましく立《た》ちあがった。

（まずい、根津《ねづ》どのに知《し》らせないと。）

佐助《さすけ》は急《いそ》いでふところから小《ちい》さな紙《かみ》と筆《ふで》を出《だ》し、手紙《てがみ》を書《か》いた。呪文《じゅもん》をとなえて、船《ふね》のネズミたちをありったけよぶ。そのうち、いちばん大《おお》きな一匹《ぴき》の首《くび》に手紙《てがみ》をしばりつけると、「たのんだぞ。」と放《はな》った。

大《おお》きなネズミは、立《た》ちあがった海賊《かいぞく》たちのなかに走《はし》っていった。

残《のこ》ったネズミたちには、ふくらませた紙風船《かみふうせん》に封《ふう》をして、布《ぬの》でつつんだものを、いくつか運《はこ》ばせる。数匹《すうひき》ずつ隊列《たいれつ》を組《く》み、背中《せなか》にそっと紙風船《かみふうせん》をのせたネズミたちが、船《ふね》の櫓《やぐら》や船室《せんしつ》へと消《き》えていった。

それから佐助《さすけ》は、むしろをかぶって気配《けはい》を消《け》す呪文《じゅもん》をとなえると、おびえている海賊《かいぞく》たちのなかへと、音《おと》もなく飛《と》びおりて、荷物《にもつ》になりすます。海賊《かいぞく》のひとりの手《て》をつかむと呪文《じゅもん》であやつり、口《くち》をぱくぱくさせる。それにあわせて、声《こえ》まねでしゃべった。

『ふん、こんなこと、とっくにお頭《かしら》はお見通《みとお》しだ。これは、うらぎり者《もの》をさがす、お頭《かしら》の作戦《さくせん》だったんだよ。』

「何《なに》っ。」と武将《ぶしょう》がとまどった。

『そして、この安宅舟《あたけぶね》に乗《の》った海賊《かいぞく》は、目《め》の前《まえ》にいるのが全員《ぜんいん》じゃない。お頭《かしら》の命《めい》を受《う》けた何人《なんにん》かは、この船《ふね》にもぐりこんで、よく燃《も》える爆薬《ばくやく》をしかけた。しかけた場所《ばしょ》を教《おし》えてほしかったら、うらぎり者以外《ものいがい》は、もとの小舟《こぶね》に乗《の》せて、この船《ふね》から放《はな》つんだ。』

武士《ぶし》たちがざわめいた。

「早《はや》く、早《はや》く爆薬《ばくやく》をさがすんだ。しかけたやつはどいつだっ。」

その場《ば》からすばやく消《き》えた佐助《さすけ》が、船縁《ふなべり》で呪文《じゅもん》をとなえたので、魚《さかな》が集《あつ》まり、船《ふね》のまわりで群《む》れ、ざわざわと海面《かいめん》を波立《なみだ》たせる。それに気《き》がついた武士《ぶし》たちは、海賊《かいぞく》が泳《およ》いでにげたと思《おも》いこんだ。

「あいつらを追《お》えっ。つかまえて、爆薬《ばくやく》の場所《ばしょ》をはかせろ。」

武将《ぶしょう》の指示《しじ》で、海賊《かいぞく》たちをほったらかし、武士《ぶし》たちは軍船《ぐんせん》に乗《の》せていた小《ち》さな物見舟《ものみぶね》をおろして、暗《くら》いなか、魚《さかな》の群《む》れを追《お》いかけてゆく。

一方《いっぽう》、うらぎった海賊《かいぞく》たちは、大《おお》きなネズミ一匹《ぴき》を乗《の》せたことに気《き》がつかないまま、小舟《こぶね》三そうで海賊船《かいぞくせん》へもどっていった。


爆薬《ばくやく》をさがして、軍船《ぐんせん》に残《のこ》った武士《ぶし》たちがうろうろするなか、佐助《さすけ》は櫓《やぐら》の下《した》の船室《せんしつ》にある、武《ぶ》将《しょう》の部屋《へや》の天井《てんじょう》にはりついてかくれた。

武将《ぶしょう》が何人《なんにん》か、腹《はら》を立《た》てたりいらいらしながら、話《はな》しあっている。

「だから、海賊《かいぞく》など味方《みかた》にしようとせず、さっさと全員《ぜんいん》つかまえて、死刑《しけい》にしてしまえばよかったのだ。」

「そうとも、そなたがそんな考《かんが》えを持《も》ちだすから。」

「しかし、やつらの船《ふね》をあやつる腕前《うでまえ》や、武勇《ぶゆう》は、手《て》に入《い》れたいのだ。その考《かんが》えにみな、賛成《さんせい》したではないか。そなたも、そなたも、そなたもだぞ。」

言《い》い返《かえ》した武将《ぶしょう》に、ほかの全員《ぜんいん》がだまる。

「よいか、これほど長《なが》く戦《いくさ》が続《つづ》いた世《よ》の中《なか》、腕《うで》の立《た》つ武士《ぶし》の数《かず》もへってしまい、どこでも山賊《さんぞく》や海賊《かいぞく》を味方《みかた》に入《い》れている。当《あ》たり前《まえ》のことだ。

それをなぜ、提案《ていあん》したわしが悪《わる》いことになるのだ。」

その武将《ぶしょう》は、いばったようすで説明《せつめい》した。

「たとえば、播州《ばんしゅう》と*備州《びしゅう》の境《さかい》の山《やま》では、たちの悪《わる》い山賊《さんぞく》をたおした、ほかの山賊一味《さんぞくいちみ》を武士《ぶし》にとりたてたと聞《き》く。たしか、たちの悪《わる》いのが由利鎌之助《ゆりかまのすけ》の一味《いちみ》で、取《と》り立《た》てられたのが雲風《くもかぜ》なんとかの一味《いちみ》だとか――。」

(えっ……ちょっと待《ま》て、それって、由利《ゆり》の手下《てした》のことか? 山賊《さんぞく》はやめたはずだ。どういうことだ!?)

佐助《さすけ》がおどろいていると、「あったぞ!」と、武士《ぶし》たちが布包《ぬのづつ》みを、海水《かいすい》の入《はい》った桶《おけ》に入《い》れて、船室《せんしつ》に持《も》ってきた。

「こっちもあった。」

「これで全部《ぜんぶ》のはずだ。」

武将《ぶしょう》たちが言《い》い争《あらそ》いをやめ、こわごわと、集《あつ》まったたくさんの桶《おけ》をのぞいて、命《めい》じる。

「ぬらせば、火薬《かやく》は爆発《ばくはつ》しない。」

*備州《びしゅう》　備前国《びぜんのくに》。備中国《びっちゅうのくに》。備後国《びんごのくに》。現在《げんざい》の岡山県《おかやまけん》と広島県《ひろしまけん》の一部《いちぶ》。

「全部海《ぜんぶうみ》に捨《す》てろ！」

佐助《さすけ》は、にやりとした。

（そろそろだな。）

桶《おけ》から、しゅううううと、おかしな音《おと》がしてきた。白《しろ》っぽいもや、が立《た》ちこめる。

「んん？」

紙風船《かみふうせん》の内側《うちがわ》には、ぬれると溶《と》けだす、いやなにおいの薬《くすり》がぬってあるのだ。紙《かみ》がぬれてやぶけ、薬《くすり》がもやになって、もれだす。

「ぐっ、なんだこのにおい！」

「目《め》にしみる……っ。」

「息《いき》ができぬっ。」

武将《ぶしょう》や武士《ぶし》たちは、たまらず、船室《せんしつ》の外《そと》へにげだす。佐助《さすけ》も追《お》いかけた。そこへ、船縁《ふなべり》を飛《と》びこえて、ひらり、と安宅舟《あたけぶね》に乗《の》りこんできた者《もの》がいた。短銃《たんじゅう》と槍《やり》を手《て》にして、すきのないかまえを取《と》る。

「海賊頭領《かいぞくとうりょう》、根津甚八《ねづじんぱち》！　よくも、うちの手下《てした》どもを、だましてくれたなっ。」

後《うし》ろからは、うらぎらなかった海賊《かいぞく》たちが、武器《ぶき》を手《て》に続《つづ》いてきた。由利《ゆり》もだ。鎖鎌《くさりがま》をかまえる。

「由利鎌之助《ゆりかまのすけ》、信州真田家《しんしゅうさなだけ》に縁《えん》ある根津《ねづ》どのを、助太刀《すけだち》いたす！」

「やっちまえっ。」

根津《ねづ》の命令《めいれい》に、海賊《かいぞく》たちがわあっとときの声《こえ》をあげた。

「お頭《かしら》！」

「ゆるしてくださいっ。」

甲板《かんぱん》でおびえているうらぎり者《もの》の海賊《かいぞく》たちが、土下座《どげざ》で平《ひら》あやまりする。爆薬《ばくやく》さがしのおかげで、ほうっておかれたので、幸《さいわ》いだれもまだ海《うみ》にほうりこまれてはいなかった。

「反省《はんせい》したなら、ちゃんと仕事《しごと》しなっ。」

「へいっ。」

彼《かれ》らもまた、立《た》ちあがると明《あ》かりを点《とも》し、あたりの荷物《にもつ》をかたっぱしから開《あ》け、刀《かたな》を見《み》つけてうばいとった。武士《ぶし》たちは、くさいにおいにやられて、へろへろだ。すぐにつかまって、船室《せんしつ》にとじこめられた。

物見舟《ものみぶね》で出《で》ていった武士《ぶし》たちはもどらない。根津《ねづ》たちの楽勝《らくしょう》かと思《おも》いきや、さすがは軍船《ぐんせん》、高《たか》い建物《たてもの》——櫓《やぐら》から甲板《かんぱん》めがけて、矢《や》だの鉄砲《てっぽう》の弾《たま》だのが降《ふ》ってきた。甲板《かんぱん》にもどり、小舟《こぶね》に移《うつ》ろうとした海賊《かいぞく》たちの足《あし》を止《と》める。

「兵《へい》が伏《ふ》せられていたかっ。」

「明《あ》かりを消《け》せ、ねらわれる！」

「櫓《やぐら》だ、櫓《やぐら》をおそえ。」

根津《ねづ》の指示《しじ》で、海賊《かいぞく》たちが、武士《ぶし》たちと戦《たたか》いつつ、櫓《やぐら》のなかへおしかける。

佐助《さすけ》も、根津《ねづ》のそばについた。

「猿飛《さるとび》、助《たす》かった。うすうす、こんなことがおきるんじゃねぇかとは……オレのせいだ。」

「反省《はんせい》なんて、あとでいいよ。さあ、海賊《かいぞく》が自由《じゆう》でいるため、戦《たたか》うんなら、手伝《てつだ》うぜ！」

佐助《さすけ》の笑顔《えがお》に、根津《ねづ》も「たのむ！」とうなずいた。


それから、佐助《さすけ》と根津《ねづ》、海賊《かいぞく》たちのおおあばれが始《はじ》まった。

佐助《さすけ》がにげまわりながら、船《ふね》のあちこちに点《とも》す小《ちい》さな明《あ》かりをたよりにして、根津《ねづ》の短銃《たんじゅう》が火《ひ》をふき、武士《ぶし》たちの足《あし》もとで弾《たま》がはじける。槍《やり》の穂先《ほさき》もかすめ、武士《ぶし》たちをおどらせる。

甲板《かんぱん》では、由利《ゆり》が鎖鎌《くさりがま》の分銅《ふんどう》で、帆柱《ほばしら》の横木《よこぎ》から攻撃《こうげき》しようとする弓矢《ゆみや》の武士《ぶし》を、たたきおとす。

海賊《かいぞく》たちも櫓《やぐら》のなかで、かたっぱしから武器《ぶき》をうばいとり、武士《ぶし》たちをなぐりたおした。たち

まち、海賊《かいぞく》たちが船《ふね》を乗《の》っ取《と》ってしまう。

しばりあげられた武将《ぶしょう》たちは、根津《ねづ》をにらんで口《くち》ぐちに言《い》った。

「おまえが味方《みかた》の武士《ぶし》なら、よかったのに。」

「ゆるしてやると言《い》ったら、味方《みかた》になるか？」

根津《ねづ》は笑《わら》った。

「へっ、すなおに『おゆるしを。』って命《いのち》ごいすりゃいいのに、まだウソをついて、オレをだまそうとするのかよ。おめぇら、二度《にど》と、海賊《かいぞく》には関《かか》わるなっ。」

そして根津《ねづ》は、これもしばりあげてつれてきた、うらぎり者《もの》の海賊《かいぞく》たちをふりむいた。

「……そんなにオレが気《き》に入《い》らねぇなら、あの海賊船《かいぞくせん》、くれてやるよ。」

てっきり海《うみ》へほうりこまれると思《おも》っていたうらぎり者《もの》たちは、えっ、と言《い》ったきり、言葉《ことば》が出《で》ない。

「こうなったのも、オレが、武士《ぶし》になりたいのに、むりやりじぶんをだまして、海賊《かいぞく》をやってたからだ。その心根《こころね》を見透《みす》かされちまってたんだな。」

「お頭《かしら》は……どうするんで？」

味方《みかた》の海賊《かいぞく》に聞《き》かれ、根津《ねづ》は小《ちい》さく笑《わら》った。

「ウソをつかない武将《ぶしょう》をさがして、一《いち》から武士《ぶし》の道《みち》をさがすさ。みんな、達者《たっしゃ》でな。」

「だったらさ、根津《ねづ》どの。とりあえず、おれたちといっしょに行《い》かないか？　旅《たび》をして、各地《かくち》の武将《ぶしょう》のことを、調《しら》べてるんだ。」

佐助《さすけ》が言《い》い、「それがいい。」と、由利《ゆり》も賛成《さんせい》すると、根津《ねづ》はすこし考《かんが》えてうなずいた。

「そうだな。ネズミの手紙《てがみ》で知《し》らせてもらって、借《か》りができたから、それが返《かえ》せるまでは、いっしょに行《い》くとするか。」


海賊船《かいぞくせん》を下《お》りた湊《みなと》で、佐助《さすけ》と由利《ゆり》と根津《ねづ》の三人《にん》が、「さて、これからどこへ行《い》こう。」という相談《そうだん》になったとき、ふと思《おも》いだしたことを佐助《さすけ》がつぶやいた。

「そういえば、播州《ばんしゅう》と備州《びしゅう》の境《さかい》で、山賊《さんぞく》がつかまったって話《はなし》を、聞《き》いたんだけど……。」

根津《ねづ》が、ああ、と説明《せつめい》した。

「こないだ、食《く》いものを買《か》うんで立《た》ちよった湊《みなと》で、そんなうわさを聞《き》いたぞ。雲風群東次《くもかぜぐんとうじ》という山賊《さんぞく》の首領《しゅりょう》が、なんとか鎌《かま》だか、鎌《かま》なんとかだかの一味《いちみ》によって別《べつ》の山《やま》へと追《お》いやられたのを、根《ね》に持《も》っていた。

その首領《しゅりょう》の鎌《かま》なんとかがいなくなり、一味《いちみ》が解散《かいさん》したと聞《き》いて、雲風《くもかぜ》のひきいる山賊《さんぞく》たちは、元《もと》の山《やま》で悪行《あくぎょう》のかぎりをつくし、町《まち》の人《ひと》からも金《かね》をぬすんで、足《あし》を洗《あら》ったほうの鎌《かま》なんとかの手《て》下《した》に罪《つみ》をなすりつけた。

だから手下《てした》百人《にん》は＊岡山《おかやま》の城《しろ》の牢屋《ろうや》に全員《ぜんいん》つかまってしまって、このままでは死刑《しけい》になるかもしれないって話《はなし》だろ？」

「そっ、そっ、それは!!」

由利《ゆり》の顔《かお》が真《ま》っ赤《か》になり、いきなり根津《ねづ》のむなぐらをつかむ。

「それがしの子分《こぶん》だ！　雲風《くもかぜ》め、卑怯者《ひきょうもの》だとは、前《まえ》から思《おも》っていたがっ。ゆるせんっ、ぜったいにゆるせん!!」

「わ、わかった、手《て》を離《はな》せって。」

「よせよ、由利《ゆり》、根津《ねづ》どのに当《あ》たっても、しかたないぞ。」

佐助《さすけ》がわって入《はい》り、由利《ゆり》はやっと手《て》を離《はな》す。でも怒《いか》りは収《おさ》まらない。

「助《たす》けにいかなければ。子分《こぶん》どもが死刑《しけい》になってしまう。」

根津《ねづ》が、じっと由利《ゆり》を見《み》つめ、ふっと笑顔《えがお》になった。

「そうか……鎌《かま》なんとか……は、由利鎌之助《ゆりかまのすけ》か。おめぇも手下《てした》を持《も》ってたのかよ。」

由利《ゆり》がうなずく。

「由利《ゆり》、気持《きも》ちはわかるぜ。なら、オレの知《し》りあいの船《ふね》に乗《の》せてもらおう。回船《かいせん》といって、湊《みなと》から湊《みなと》へ荷物《にもつ》を運《はこ》ぶ船《ふね》で、オレの船《ふね》がときどき護衛《ごえい》をしてたんだ。」

「海賊《かいぞく》って、悪《わる》いことばかりしてたんじゃないんだ？」

佐助《さすけ》が言《い》うと、根津《ねづ》はにんまりした。

「海賊《かいぞく》にも、いろいろあるんだぜ。その回船《かいせん》、今《いま》ならちょうど近《ちか》くにいて、西《にし》へむかうはずだ。」

＊岡山《おかやま》　現在《げんざい》の岡山県岡山市《おかやまけんおかやまし》。

七

岡山《おかやま》の城《しろ》でおおあばれ

仲間《なかま》との再会《さいかい》

元海賊《もとかいぞく》の根津甚八《ねづじんぱち》とともに、猿飛佐助《さるとびさすけ》と由利鎌之助《ゆりかまのすけ》は船《ふね》で西《にし》をめざした。

備州岡山近《びしゅうおかやまちか》くの湊《みなと》に、伝書《でんしょ》バトで知《し》らせを受《う》けた霧隠才蔵《きりがくれさいぞう》と三好清海入道《みよしせいかいにゅうどう》・伊三入道《いさにゅうどう》の兄弟《きょうだい》が待《ま》っているはずだった。

ところが、湊《みなと》に上陸《じょうりく》してみても、ちっとも見《み》あたらない。

「おかしいなあ……。」

そう言《い》う佐助《さすけ》にはかまわず、由利《ゆり》はずんずんと城下町《じょうかまち》をめざして行《い》こうとする。

「おい、ちょっと待《ま》てよ、由利《ゆり》。」

「止《と》めるな、猿飛《さるとび》。それがし、ひとりでも手下《てした》どもを救《すく》いだす。」

「無茶《むちゃ》だって。ああ、もう、行《い》っちゃった。」

「しかたねぇなぁ。猿飛《さるとび》、オレたちも行《い》くしかねぇだろ。」

根津《ねづ》と佐助《さすけ》は、由利《ゆり》とともに街道《かいどう》を歩《ある》いていった。

湊町《みなとまち》の外《はず》れに出《で》ると、むこうから、いかにもあやしい三人組《にんぐみ》がやってくる。大《おお》きな荷物《にもつ》を背負《せお》い、＊深編《ふかあ》み笠《がさ》で顔《かお》をかくした、背《せ》の高《たか》い三人《にん》だ。見《み》たことのない着物《きもの》……というかずいぶんとはでで、道化《どうけ》のような見《み》なりだが、まるですきがない。

三人組《にんぐみ》は、佐助《さすけ》たち三人《にん》の横《よこ》を通《とお》りすぎようとした。

「……待《ま》て！」

気《き》づいた佐助《さすけ》はよびとめた。

「才蔵《さいぞう》、清海《せいかい》、伊三《いさ》、何《なに》やってんだ？」

佐助《さすけ》が、三人《にん》のうちでいちばん細身《ほそみ》のひとりの、そでをつかんだとたん。

「やってしまえ！」

「合点《がってん》だっ。」

＊深編《ふかあ》み笠《がさ》

大声《おおごえ》をあげて、三人組《にんぐみ》は佐助《さすけ》たちにつかみかかってきた。

「ちょっと！　いきなりなんだよっ、才蔵《さいぞう》やめろっ。」

「おおっ、もしや三好兄《みよしあに》どのではないか？」

「えっ、こいつらって猿飛《さるとび》たちの仲間《なかま》!?」

由利《ゆり》と根津《ねづ》も、三人組《にんぐみ》が仲間《なかま》と気《き》づく。しかし三人組《にんぐみ》は、ねじふせる腕《うで》の力《ちから》をゆるめようとしない。

「ええっ、なんで、わあああああっ。」

六人《にん》ははげしく取《と》っ組《く》みあいながら、道《みち》ばたの土手《どて》の下《した》へと転《ころ》げ落《お》ちた。そこは河原《かわら》だ。ヨシの茂《しげ》みのなかへ、がさがさっとつっこむ。

「やめろーっ。」

細身《ほそみ》の男《おとこ》に馬乗《うまの》りになられた佐助《さすけ》がさけんだ。すると、男《おとこ》がささやいた。

「佐助《さすけ》、静《しず》かにしろ。これにはわけがある。」

「その声《こえ》、やっぱり才蔵《さいぞう》じゃないかっ。反撃《はんげき》しなくてよかった。手《て》をゆるめてくれよ。」

細身《ほそみ》の男《おとこ》——才蔵《さいぞう》がつかんでいた佐助《さすけ》のえりを放《はな》し、体《からだ》の上《うえ》からどく。となりでは、由利《ゆり》と根《ね》津《づ》も、大男《おおおとこ》ふたりに腕《うで》をおさえこまれたまま、すわりこんでいた。

「とにかく、説明《せつめい》してくれってば。」

佐助《さすけ》が言《い》うと、才蔵《さいぞう》たちは笠《かさ》を取《と》った。やはり、残《のこ》りの大男《おおおとこ》ふたりは三好兄弟《みよしきょうだい》だ。才蔵《さいぞう》が小声《こごえ》で説明《せつめい》した。

「オレたちは、雲風群東次《くもかぜぐんとうじ》の一味《いちみ》に化《ば》けてるんだ。」

「ああ、なーるほど。」

「三好兄弟《みよしきょうだい》にオレは、播州《ばんしゅう》＊姫路《ひめじ》の城下《じょうか》で追《お》いついた。それから岡山《おかやま》をめざしていたら、山《やま》のなかで山賊《さんぞく》に出《で》くわしたのだ。それで逆《ぎゃく》にたたきのめして、山《やま》の奥《おく》の大木《たいぼく》にしばりつけた。

ところが、こいつらが……。」

才蔵《さいぞう》は三好兄弟《みよしきょうだい》をにらんだ。

「佐助《さすけ》たちと合流《ごうりゅう》して、由利《ゆり》の手下《てした》を助《たす》けに行《い》くと、ぺらぺらしゃべりやがった。それをかくれて聞《き》いていた山賊《さんぞく》の仲間《なかま》がいて、親分《おやぶん》の群東次《ぐんとうじ》に知《し》らせに走《はし》った。

親分《おやぶん》のいどころがわかるだろうと、オレはそいつの後《あと》をつけた。そうしたらどうだ、群東次《ぐんとうじ》というやつとその一味《いちみ》は、由利《ゆり》の手下《てした》をつかまえたごほうびに、今《いま》や山賊《さんぞく》どころか、表《おもて》むきはあや

＊姫路《ひめじ》　現在《げんざい》の兵庫県姫路市《ひょうごけんひめじし》。

しい連中《れんちゅう》の取《と》りしまりをして、町《まち》を守《まも》る役《やく》についている。裏《うら》ではあいかわらず、悪《わる》いことをやり放題《ほうだい》だ。

やつらには、うっかり手出《てだ》しができない。おまえたちも、オレたちも、この町《まち》ではとっくに極《ごく》悪人《あくにん》のおたずね者《もの》になっているのだ、由利《ゆり》の仲間《なかま》として。のんきにそのまま町《まち》へ入《はい》って、ひとことでも名《な》のったら、たちまちつかまってしまう。

今《いま》もどこで、やつの手下《てした》や、やつらに取《と》りいろうとするけちな連中《れんちゅう》が、見張《みは》っているかわからない。」

「なんということ！」

由利《ゆり》が地面《じめん》をこぶしでなぐって、くやしがった。

「それがしの手下《てした》たちを、わなにはめただけでなく、そのように卑怯《ひきょう》なふるまいを。何《なに》もかも、それがしがこの土地《とち》をはなれたから……。」

「由利《ゆり》、さそったおれたちも、悪《わる》かったかもしれない。」

「そうだな……。」

うなだれた佐助《さすけ》と清海《せいかい》に、根津《ねづ》がぶっきらぼうに言《い》う。

「じゃあ、そのままでもよかったってのか？　山賊《さんぞく》のままで。

オレは、ずるずる海賊《かいぞく》を続《つづ》けていた過去《かこ》のじぶんには、もどりたくはねぇぞ。新《あたら》しい道《みち》を選《えら》んだ、その後《あと》がまずくなるようなら、よりよく変《か》えるだけだ。

過去《かこ》の選択《せんたく》がまちがっていたことにならないよう、ずっと『直《なお》しつづける』必要《ひつよう》が、人生《じんせい》にもあるんじゃねぇか？　船《ふね》にずっと手入《てい》れを続《つづ》けないと、いつか穴《あな》ができて海水《かいすい》がもれ、沖《おき》で沈没《ちんぼつ》しちまうように。」

「……人生《じんせい》って意外《いがい》と大変《たいへん》なんだな。はあ……。」

盛大《せいだい》に佐助《さすけ》がため息《いき》をつくと、みんながぷっとふきだした。

「今《いま》ごろわかったのか。」

「ともかく。」と、才蔵《さいぞう》が荷物《にもつ》から、はでな着物《きもの》と笠《かさ》を三人分《にんぶん》取《と》りだした。

「佐助《さすけ》たちの分《ぶん》もうばっておいたから、これで変装《へんそう》しろ。このかっこうなら、町《まち》の人《ひと》びとはおびえて、オレたちのそばにはよってこない。やつら、相当《そうとう》いばりちらしているようだ。……いいか、町《まち》でうっかり人助《ひとだす》けなどするな。正体《しょうたい》がばれる。つらいが、がまんしろ。」

「ところで、そいつが、手紙《てがみ》にあった海賊《かいぞく》の頭《かしら》か？」

清海《せいかい》が聞《き》くので、根津《ねづ》があいさつした。

「根津甚八《ねづじんぱち》だ。いちおう生《う》まれは信州小県《しんしゅうちいさがた》。よろしくたのむ。」

しかし、町《まち》に入《はい》ったら、橋《はし》のたもとの*高札場《こうさつば》に、「三日後《みっかご》に、由利鎌之助一味《ゆりかまのすけいちみ》の手下《てした》百人《にん》の死《し》刑《けい》を執行《しっこう》する。」というおふれが出《で》ていた。

由利《ゆり》が真《ま》っ赤《か》になって、今《いま》にも怒《いか》りを爆発《ばくはつ》させそうにじだんだをふんだ。

「まずいっ。」と、由利《ゆり》の口《くち》と手《て》とをみんなでおさえて、大《おお》あわてで近《ちか》くの宿《やど》に引《ひ》きずりこむ。群東次一味《ぐんとうじいちみ》のふりをした才蔵《さいぞう》が、こわい目《め》つきでにらんだだけで、宿《やど》の主人《しゅじん》は「どうかタダでおとまりください。」と言《い》って平伏《ひれふ》した。

部屋《へや》に入《はい》ってふすまをしめると、才蔵《さいぞう》が佐助《さすけ》と三好兄弟《みよしきょうだい》に耳打《みみう》ちした。

「いいか、由利《ゆり》が勝手《かって》に行動《こうどう》しないよう、目《め》を離《はな》すな。夜中《よなか》も交代《こうたい》で、それとなく見張《みは》ろう。」

「才蔵《さいぞう》、由利《ゆり》を信用《しんよう》してないのかよ、仲間《なかま》だろ。説得《せっとく》すればいいんじゃないかな。」

「それもそうか。」

六人《にん》はけんめいに由利《ゆり》をなだめた。由利《ゆり》はしぶしぶ承知《しょうち》したものの、口数《くちかず》がぐっとへり、どこか生返事《なまへんじ》だ。いつものように開《ひら》かれた夕食《ゆうしょく》の宴会《えんかい》にも加《くわ》わらない。

由利《ゆり》を信用《しんよう》しないわけではないが、どうも不安《ふあん》だ。由利《ゆり》の身《み》を案《あん》じて、六人《にん》は、やはり交代《こうたい》で見張《みは》ることにした。

やがて真《ま》っ暗《くら》になると、由利《ゆり》は「それがし、腹《はら》が立《た》つとひどいいびきをかく。めいわくなので、鼻《はな》に栓《せん》をしよう。」と言《い》って、荷物《にもつ》をごそごそさがし、鼻栓《はなせん》をして先《さき》にねてしまった。五人《にん》も由利《ゆり》とふとんをならべてねる。

手下《てした》たちを救《すく》いだせ

ところが、真夜中《まよなか》、佐助《さすけ》が清海《せいかい》と交代《こうたい》しようと目《め》を覚《さ》ますと、由利《ゆり》のふとんがもぬけの空《から》だった。

「しまった！　清海《せいかい》を信頼《しんらい》して、ねむっちまった！」

当《とう》の清海《せいかい》はぐうぐうと高《たか》いびきだ。あわてて清海《せいかい》をけとばす。才蔵《さいぞう》も飛《と》びおきた。

「……やられた。佐助《さすけ》、どうやらオレたちは、ぐっすりねむる薬《くすり》をかがされたらしい。」

「本当《ほんとう》だ、なんか、ほんのりあまったるい香《かお》りがする。」

才蔵《さいぞう》が*灯明皿《とうみょうざら》に明《あ》かりを点《とも》し、由利《ゆり》の荷物《にもつ》を開《あ》ける。赤《あか》く光《ひか》る炭《すみ》の入《はい》った、小《ちい》さな香炉《こうろ》が出《で》てきた。

*高札場《こうさつば》　人《ひと》びとに知《し》らせるため、新《あたら》しく決《き》まったことを書《か》いた板《いた》をかけておく場所《ばしょ》。
*灯明皿《とうみょうざら》　皿《さら》の中《なか》に油《あぶら》を入《い》れ、芯《しん》をさし、そこに火《ひ》をつけて明《あ》かりとした。

「ねむる前《まえ》からしかけていたんだな。夜中《よなか》に薬《くすり》のけむりが流《なが》れだすように。じぶんはかがないよう、鼻栓《はなせん》をしていたのか。」

佐助《さすけ》と才蔵《さいぞう》の会話《かいわ》に、おきあがった根津《ねづ》が、由利《ゆり》のふとんに手《て》を入《い》れた。三好兄弟《みよしきょうだい》もおきあがって目《め》をこすっている。

「まだほんのわずか温《あたた》かい。そんなに時間《じかん》はたってねぇと思《おも》うぜ。」

根津《ねづ》の言葉《ことば》に、才蔵《さいぞう》がうなずいた。

「追《お》いかけよう。行《ゆ》き先《さき》はどうせ、城《しろ》の牢屋《ろうや》に決《き》まってる。」

「よしっ。」と佐助《さすけ》がまどから飛《と》びだすと、才蔵《さいぞう》がついてくる。屋根《やね》から屋根《やね》へ、ふたりで争《あらそ》うように飛《と》んで……「あっ、しまった。あとの三人《にん》がついてきてないぞ。おれたち、速《はや》すぎちまったみたいだ。」

「どうも、あの薬《くすり》のせいで、まだ頭《あたま》がぼんやりしているらしい。うっかり屋根《やね》の上《うえ》を飛《と》んでしまった。三好兄弟《みよしきょうだい》たちは地上《ちじょう》しか走《はし》れないというのに。」

佐助《さすけ》と才蔵《さいぞう》は、暗《くら》い夜空《よぞら》の下《した》で顔《かお》を見《み》あわせた。

「……めんどうだなあ。」

「行《ゆ》き先《さき》はわかっているから、そのうち来《く》るだろう。」

「先《さき》に行《い》っちまえ。」

けっきょく、ふたりは先《さき》に城《しろ》へとしのびこんだ。

しかし、石垣《いしがき》を登《のぼ》り、へいを乗《の》りこえ、屋根《やね》を伝《つた》い、城《しろ》の本丸前《ほんまるまえ》の中庭《なかにわ》までたどりついてみると、どうだ。

こいつが雲風群東次《くもかぜぐんとうじ》だな、と一目《ひとめ》でわかる人相《にんそう》の悪《わる》い男《おとこ》が、かがり火《び》の下《した》で待《ま》ちかまえていた。一味《いちみ》を百数十人《ひゃくすうじゅうにん》引《ひ》きつれている。しばらくようすを見《み》ていると、

「親分《おやぶん》、飛《と》んで火《ひ》に入《い》る夏《なつ》の虫《むし》でさぁ。」

と、群東次一味《ぐんとうじいちみ》らしい、はでな着物《きもの》で、がらの悪《わる》そうな連中《れんちゅう》が、馬《うま》の背《せ》に清海《せいかい》、伊三《いさ》、根津《ねづ》をしばりつけて、馬《うま》をつらねて走《はし》りこんできた。

「あっしらに金《かね》をはらわねえ酒屋《さかや》のだんなが、にげてかくれてるって宿《やど》を、夜中《よなか》におそったら、こいつらがよ、だんなをかばいだてしやがって。」

「仲間《なかま》でもねぇのにこんなかっこうでよ、それでだんなと宿《やど》の主《あるじ》を人質《ひとじち》にして、手《て》も足《あし》も出《で》なくしたってわけさ。」

宿《やど》の主人《しゅじん》と、身《み》なりのよい商人風《しょうにんふう》の男《おとこ》も、馬《うま》の背《せ》にしばられている。

庭《にわ》の外《はず》れの松《まつ》の木《き》の上《うえ》で、

「宿《やど》を出《で》ようとしたところへ、鉢《はち》あわせしたのか。」

「まずいことになったな、由利《ゆり》どころじゃないぞ。」

と、佐助《さすけ》と才蔵《さいぞう》はふたたび顔《かお》を見《み》あわせた。

清海《せいかい》は棍棒《こんぼう》ごとぐるぐる巻《ま》きにされたまま、わめいている。

「やいやい、悪人《あくにん》ども、おれたちは由利鎌之助《ゆりかまのすけ》の親友《しんゆう》で、信州上田《しんしゅううえだ》の上田城主《うえだじょうしゅ》・真田家《さなだけ》の勇士《ゆうし》・三好清海入道《みよしせいかいにゅうどう》だ！　真田家《さなだけ》の勇士《ゆうし》の名《な》は、天下《てんか》にとどろいているはず、おそろしくなったかっ、どうだっ、こんなぐるぐる巻《ま》きでも、おれがその気《き》になれば一息《ひといき》でちぎれるぞ！」

「おうっ、兄上《あにうえ》かっこいい！　やってみせてやれっ。」

伊三《いさ》が調子《ちょうし》よく言《い》うと、清海《せいかい》は「いいや、まだまだ、こんな雑魚《ざこ》どもに見《み》せるのは、もったいないわいっ。」などと、えらそうにもったいぶる。

佐助《さすけ》はため息《いき》をついた。

「ようするに、ほどけないんだな。ほどけたら、とっくにほどいているし。」

「だから、あれほど、人助《ひとだす》けなどするなと言《い》ったのに……まあ、三好兄弟《みよしきょうだい》ではしかたないか。しかも大声《おおごえ》で、名前《なまえ》も身元《みもと》もばらして。」

才蔵《さいぞう》も苦笑《にがわら》いする。

「あいつらは忍術使《にんじゅつつか》いじゃない、真田家大好《さなだけだいす》きな武士《ぶし》だからな。」

「とりあえず、助《たす》けるとするか。佐助《さすけ》、忍術合戦《にんじゅつがっせん》といこう。」

「よし、負《ま》けないぞ。」

佐助《さすけ》と才蔵《さいぞう》はうなずきあう。機《き》を見計《みはか》らっていた根津《ねづ》がこちらに気《き》がつき、目《め》で合図《あいず》を送《おく》ってきた。よく見《み》ると、根津《ねづ》はかくしもっていた懐剣《かいけん》で、すでになわを切《き》り、しばられているふりだけだ。

「さすが、根津《ねづ》どの……。」

「要領《ようりょう》よく、敵《てき》のど真《ま》ん中《なか》へ入《はい》るとは、じぶんの足《あし》でしのびこんできたオレたちが、まぬけだったか。」

才蔵《さいぞう》がにやりとし、根津《ねづ》にうなずいてから、呪文《じゅもん》をとなえた。とたんにどこからともなく、地《じ》ひびきが聞《き》こえてきた。

ん？　と群東次一味《ぐんとうじいちみ》がきょろきょろすると、いったんしめたはずの門《もん》のとびらを、どーんっとぶちこわし、ふつうの体《からだ》の三倍《ばい》はある大《おお》イノシシが突進《とっしん》してきた。その後《うし》ろから、ふつうのイノシシの群《む》れが数十頭《すうじっとう》、続《つづ》けてつっこんでくる。

「わあっ、どこからあらわれた!?」

にげるひまもなく、大《おお》イノシシは馬《うま》に体当《たいあ》たりし、はげしくつき飛《と》ばす。一味《いちみ》の男《おとこ》たちもみんな、イノシシにつき飛《と》ばされて、悲鳴《ひめい》をあげた。

そのすきに、根津《ねづ》がひらりと馬《うま》から飛《と》びおりて、たおれた馬《うま》といっしょになってじたばたしていた清海《せいかい》と伊三《いさ》、宿《やど》の主人《しゅじん》たちのなわを切《き》る。根《ね》津《づ》はすばやく、主人《しゅじん》たちをかばって建物《たてもの》のかげにかくした。

「伊賀流忍術秘技《いがりゅうにんじゅつひぎ》、猪突猛進《ちょとつもうしん》。」

松《まつ》の木《き》の上《うえ》から動《うご》かないまま、そう言《い》って才蔵《さいぞう》がまた呪文《じゅもん》をとなえると、ざざあっとイノシシは引《ひ》きかえしてゆく。

「イノシシにケガをさせるのはかわいそうだからな。佐助《さすけ》、時間《じかん》をかせいでくれ。宿《やど》の主人《しゅじん》たちを城《しろ》の外《そと》へにがしてくる。」

才蔵《さいぞう》が言《い》い残《のこ》して、飛《と》びだしていった。

「よぉし、今度《こんど》はおれだ。岡山《おかやま》ときたら、桃太郎《ももたろう》の鬼退治《おにたいじ》だな。」

佐助《さすけ》が呪文《じゅもん》をとなえると、猿《さる》の群《む》れがへいを飛《と》びこえてやってきた。犬《いぬ》の群《む》れもイノシシが開《あ》けたとびらの穴《あな》から、わんわんわんっとほえながらかけこんでくる。

猿《さる》は男《おとこ》たちの顔《かお》をひっかきまわり、犬《いぬ》は手足《てあし》にかみついた。

「ぎゃーっ、痛《いた》い痛《いた》い痛《いた》いっ。」

男《おとこ》たちはあわてて、こしから刀《かたな》をぬくが、斬《き》りつける前《まえ》に猿《さる》も犬《いぬ》もさあっと引《ひ》きあげ、味方《みかた》どうしで刃《やいば》をぶつけあっただけだった。

「おのれっ、何《なに》やつ！」

「だから、由利鎌之助《ゆりかまのすけ》の仲間《なかま》だって！」

と、棍棒《こんぼう》を、どすん、と地面《じめん》にたたきつけていばる清海《せいかい》のすぐ後《うし》ろに、飛《と》びおりざま、佐助《さすけ》はこつん、と頭《あたま》をひとつたたいてやった。才蔵《さいぞう》も飛《と》びおりてくる。

「いいから、由利《ゆり》をさがすぞ。」

けれど、このさわぎを、敵《てき》がおそってきたとかんちがいした城《しろ》の中《なか》の武士《ぶし》たちが、おおぜい集《あつ》まってきた。

「まずい、ここで武士《ぶし》と本格的《ほんかくてき》に戦《たたか》ったら、武士《ぶし》どうしの戦《たたか》いを禁《きん》ずる太閤殿下《たいこうでんか》の決《き》まりにさからうことになるかもしれない。」

「本当《ほんとう》だな。」

才蔵《さいぞう》と、近《ちか》よってきた根津《ねづ》が言《い》いあったそのとき、武士《ぶし》にまぎれていた三人《にん》ほどが、佐助《さすけ》たち五人《にん》に、すばやく竹《たけ》かごをわたした。

「んん？　卵《たまご》？」

「かたじけない、夜食《やしょく》か。腹《はら》が空《す》いてたんだ。」

「バカ、食《く》うな！」

食《た》べようとした清海《せいかい》の手《て》をつかんだのは、布《ぬの》ふくめんで顔《かお》をかくした穴山小助《あなやまこすけ》だった。ふくめんを取《と》る。あとのふたりも、素顔《すがお》をあらわした。

「穴山《あなやま》どの！」

「望月《もちづき》どのと、海野《うんの》どのも!?」

佐助《さすけ》と三好兄弟《みよしきょうだい》がおどろくと、才蔵《さいぞう》がほっとした顔《かお》になった。

「佐助《さすけ》からの知《し》らせを受《う》けて、術《じゅつ》をしかけた伝書《でんしょ》バトを飛《と》ばしたのだ。先輩《せんぱい》がた、来《き》てくださってありがとうございます。」

「猿飛《さるとび》が見《み》つけた、根津一族出身《ねづいちぞくしゅっしん》という男《おとこ》に、ぜひ会《あ》ってみたくてな。」

「城《しろ》のようすをうかがっていたら、夜中《よなか》になって大騒動《おおそうどう》らしいひびきが聞《き》こえてくる。それ、始《はじ》まったぞ、と由利《ゆり》の助太刀《すけだち》にかけつけたわけだ。」

「話《はなし》はあとだ！」

海野六郎《うんのろくろう》が穴山《あなやま》と望月六郎《もちづきろくろう》にどなる。そして、穴山《あなやま》たちに気《き》づいて、

「あやしいやつが増《ふ》えた！」

「大男《おおおとこ》どもがにげるぞ！」

とおそってくる武士《ぶし》たちや群東次一味《ぐんとうじいちみ》に、海野《うんの》は卵《たまご》を投《な》げつけた。

ばしっと、敵《てき》のおでこに当《あ》たってくだけた卵《たまご》からは、どろっとした黄身《きみ》や白身《しろみ》ではなく、赤《あか》っぽい土《つち》けむりがふきだした。

「ぎゃあああっ。」

「目《め》が、目《め》が、目《め》がぁっ。」

「ひいっ、目《め》が痛《いた》いーっ、前《まえ》が見《み》えないーっ。」

悲鳴《ひめい》をあげる武士《ぶし》たちへ、穴山《あなやま》と望月《もちづき》も、せっせと卵《たまご》を投《な》げる。もうもうと、赤《あか》っぽい土《つち》けむりが立《た》ちこめる。

「げほげほっ、からいっ、げほげほげほっ。」

「は、は、はっくしょんっ、はくしょん、はくしょぉーんっ。」

目《め》を痛《いた》がるだけでなく、武士《ぶし》たちや男《おとこ》たちは、くしゃみやせきをしはじめた。もう、だれかを追《お》いかけるどころではない。

どういうことだ、と根津《ねづ》が、卵《たまご》のからの底《そこ》にはられた白《しろ》い紙《かみ》をそっとはがし、開《あ》けられていた穴《あな》のなかをのぞいてから、においをかぐ。

「へぇ、卵《たまご》のからに小《ちい》さな穴《あな》を開《あ》けて中身《なかみ》をぬき、かわかしてから、トウガラシの粉《こな》とかわいた土《つち》をまぜたものを、つめたのか。これなら、やられても、よく目《め》を洗《あら》ってうがいをすればなおるから、傷《きず》つけることはなさそうだな。」

感心《かんしん》する根津《ねづ》に、

「以前《いぜん》、猿飛《さるとび》に作《つく》りかたを習《なら》ったんだ。もちろん、中身《なかみ》は卵焼《たまごや》きにして、おいしく食《く》った。」

「三日三晩《みっかみばん》と次《つぎ》の朝《あさ》の、しめて十食分《しょくぶん》、おかずが卵焼《たまごや》きだったがな。」

と、穴山《あなやま》と望月《もちづき》が笑《わら》う。

「どんどん投《な》げろ、投《な》げながら牢屋《ろうや》へむかうぞ。」

海野《うんの》が指示《しじ》し、「よしっ。」とみんなで卵《たまご》を投《な》げつけながら、奥《おく》へ奥《おく》へとにげた。

牢屋《ろうや》は城《しろ》の奥《おく》の、石垣《いしがき》をくりぬいたところだった。せまい牢屋《ろうや》に、由利《ゆり》の手下《てした》たちがぎゅうぎゅうづめにおしこめられている。

そこに、格子《こうし》のとびらをこわそうと、力《ちから》まかせにとびらをひっぱる由利《ゆり》がいた。

「おう、由利《ゆり》、手伝《てつだ》う。やるぞ、伊三《いさ》。」

「もちろん、兄上《あにうえ》。」

清海《せいかい》と伊三《いさ》が加《くわ》わり、三人《にん》がかりでとびらをひっぱる。ひっぱりながら、清海《せいかい》が由利《ゆり》にたずねた。

「よくここまで、一味《いちみ》につかまらずに来《き》たな、由利《ゆり》。」

「城《しろ》の中庭《なかにわ》まではもぐりこんだが、そこに群東次一味《ぐんとうじいちみ》がいた。ぶんなぐってやろうと思《おも》ったが、何《なに》やら外《そと》から地《じ》ひびきがしてきて、いやな予感《よかん》がした。なので、いち早《はや》く奥《おく》へとにげたら、牢屋《ろうや》にたどりついた。」

「はっはっは、それはよかった。あそこにいたら、猪突猛進《ちょとつもうしん》にまきこまれていたぞ。」

そろそろ本気《ほんき》を出《だ》すぞ、と三人《にん》が力《ちから》をあわせると、めきめきめきめきっと音《おと》を立《た》てて牢屋《ろうや》のとびらをとりつけていた柱《はしら》が折《お》れた。

とびらを後《うし》ろへ投《な》げ飛《と》ばし、手下《てした》たちをにがす。

「由利《ゆり》の親分《おやぶん》！」

「さすが親分《おやぶん》、おいらたちを見捨《みす》てなかった。」

「あたりまえだ。」


由利《ゆり》が手下《てした》百人《にん》をまとめたのを見《み》て、海野《うんの》が指示《しじ》を出《だ》した。

「みんな、城《しろ》の裏口《うらぐち》へにげろ。穴山《あなやま》、しんがりはまかせた。」

しんがりというのは、にげる味方《みかた》をいちばん後《うし》ろで守《まも》る役目《やくめ》で、敵《てき》が攻撃《こうげき》してくるのを、少《すく》ない人数《にんずう》でふせがないとならない。強《つよ》い者《もの》でなければ、味方《みかた》を守《まも》ることができない、むずかしい役《やく》目《め》だ。

「承知《しょうち》！　といっても、じぶんひとりだと大変《たいへん》だ。だれか手伝《てつだ》ってくれ。」

「オレが行《い》くぜ。おまえら、なかなかおもしろいじゃねぇか。」

根津《ねづ》が名《な》のりをあげた。

「お、新顔《しんがお》どの、勇《いさ》ましいな。じゃ、こいつを投《な》げつけてくれ。」

初《はじ》めからにげる道《みち》すじは考《かんが》えてあったようだ。穴山《あなやま》は、近《ちか》くの石垣《いしがき》の下《した》に生《は》えた草《くさ》のなかから、かくしてあった卵《たまご》入《い》りのかごをふたつさがしだし、ひとつを根津《ねづ》にわたした。

「またトウガラシの目《め》つぶしかい？」

「いいや、敵《てき》もおなじ手《て》は食《く》わないだろうよ。今度《こんど》はひと味《あじ》ちがう卵《たまご》だ。」

にげるみんなの後《うし》ろで、立《た》ちどまった穴山《あなやま》と根津《ねづ》だ。すぐに、城《しろ》の武士《ぶし》たちがおおぜい追《お》いかけてきた。たいまつを持《も》って明《あ》かりを確保《かくほ》する者《もの》と、城《しろ》の中庭《なかにわ》にあった竹《たけ》の植《う》えこみで切《き》ってきたらしい、青々《あおあお》とした葉《は》のついた竹《たけ》を持《も》っている者《もの》とがいる。

「おやおや、季節外《きせつはず》れの七夕《たなばた》かよ。」

「やはり。あれでトウガラシ入《い》りの卵《たまご》をたたきおとす気《き》だ。」

そう言《い》いあいながら、穴山《あなやま》と根津《ねづ》は、石垣《いしがき》の角《かど》に身《み》をかくす。

「もうすこし引《ひ》きつけて……よし、今《いま》だ、投《な》げろ！」

穴山《あなやま》の合図《あいず》で、ふたりはありったけの卵《たまご》を投《な》げつける。そら来《き》た、と武士《ぶし》たちは卵《たまご》を、ばんばん竹《たけ》の葉《は》で地面《じめん》にたたきおとした。

ところが、割《わ》れた卵《たまご》からでてきて竹《たけ》の葉《は》にからみついたのは、どろっとした、わずかに黄色《きいろ》っぽい液体《えきたい》だった。

「ん？　白身《しろみ》？」

「今度《こんど》は本物《ほんもの》の卵《たまご》か？」

たいまつの火《ひ》を近《ちか》づけたとたん、竹《たけ》の葉《は》がぱあっと燃《も》えあがった。

「油《あぶら》だ！」

「あちちちちっ。」

武士《ぶし》たちが思《おも》わず、火《ひ》のついた竹《たけ》をほうり投《な》げる。

すると——どっかぁぁぁぁぁんっ!!　地面《じめん》が爆発《ばくはつ》し、ものすごいけむりがあがった。武士《ぶし》たちのすがたが、根津《ねづ》からはまったく見《み》えなくなるほどだ。

「うひゃあ、はでにやるなあ。あれはなんて名前《なまえ》のしかけだい？」

根津《ねづ》が聞《き》くと、穴山《あなやま》は、にやりとした。

「あらかじめ望月《もちづき》が地面《じめん》にうめて、しかけておいた爆薬《ばくやく》『地雷火《じらいか》』だ。うまく引火《いんか》したな。」

「それで、油《あぶら》をつめた卵《たまご》を使《つか》ったのか。」

「今《いま》のは『こけおどし』用《よう》で、けむりがはでに出《で》るだけだが、『地雷火《じらいか》』の種類《しゅるい》はいろいろあり、建物《たてもの》ひとつ、粉《こな》みじんにふきとばせるものもある。」

根津《ねづ》はますます、わくわくした顔《かお》つきになった。

「そいつはすげぇ。*石火矢《いしびや》でも、でかい弾《たま》をぶちこんでこわすだけで、爆発《ばくはつ》はしないってのに。」

「そこが、天才発明家《てんさいはつめいか》・望月《もちづき》のすごさだ。」

「いやあ、おそれいった！」

「けむりが消《き》えないうちに、にげるぞ。」

穴山《あなやま》と根津《ねづ》は全速力《ぜんそくりょく》で走《はし》り、みんなに追《お》いつく。


しかし、たどりついた裏門《うらもん》のとびらが、かたくとざされていた。

*かんぬきがはめてあり、さらにかんぬきが外《はず》せないよう、はめた金具《かなぐ》が鎖《くさり》でがんじがらめになっていて、そのうえ鎖《くさり》には錠前《じょうまえ》がとりつけられていた。

そこで全員《ぜんいん》、足止《あしど》めだ。

「ぜったいに開《あ》けられないようになっている、どうしよう、兄上《あにうえ》。」

「また体当《たいあ》たりするか？」

伊三《いさ》と由利《ゆり》が清海《せいかい》に聞《き》くと、みんなをひきいてきた海野《うんの》が、三好兄弟《みよしきょうだい》の肩《かた》を後《うし》ろから両手《りょうて》でつかんで止《と》めた。

「これ以上《いじょう》、はでにこわしたら、城《しろ》の者《もの》たちにうらまれてしまう。みな、頭《あたま》を下《さ》げろ！　望月《もちづき》、とびらを照《て》らせ！」

海野《うんの》が片手《かたて》を上《あ》げて合図《あいず》すると、望月《もちづき》がまぶしく光《ひか》る何《なに》かを投《な》げつけた。ぱっとあたりが照《て》らされたとき、鉄砲《てっぽう》の発射音《はっしゃおん》が、背後《はいご》の高《たか》いところから一発《いっぱつ》だけ聞《き》こえた。

がちーんっ、とするどい音《おと》がして、かんぬきにかかっていた錠《じょう》のかぎ穴《あな》が、みごとに撃《う》ちぬかれている。錠《じょう》が、がしゃり、と地面《じめん》に落《お》ちた。

「いいぞいいぞ、筧《かけい》。」

「……どうも……。」

はしゃぐ望月《もちづき》のそばに、へいの上《うえ》からなわを下《お》ろしておりてきたのは、鉄砲《てっぽう》を肩《かた》にかついだ筧《かけい》十蔵《じゅうぞう》だった。ずっと待《ま》っていたようだ。

＊石火矢《いしびや》　大砲《たいほう》。　＊かんぬき　とびらが開《あ》かないようにする太《ふと》い横棒《よこぼう》。

「今《いま》のはなんだ、望月《もちづき》どの。」

佐助《さすけ》はおもしろくなって、望月《もちづき》にたずねた。

「新発明《しんはつめい》の光玉《ひかりだま》だ。爆発《ばくはつ》のいきおいよりも、光《ひかり》を増《ま》す火薬《かやく》を工夫《くふう》してみた。いきおいはないから、何《なに》もこわせないが、夜中《よなか》の合図《あいず》や、いっしゅんの目《め》くらましの明《あ》かりなどに使《つか》える。もうすこし長持《ながも》ちする光《ひかり》にしたいんだが。」

「望月《もちづき》どのの爆薬玉《ばくやくだま》の新発明《しんはつめい》は、いつもすごいなあ。」

「それよりも、あのいっしゅんだけで、小《ちい》さな錠《じょう》に当《あ》てた、筧《かけい》どのの鉄砲《てっぽう》の腕前《うでまえ》のほうが、すごいと思《おも》うが。」

才蔵《さいぞう》が言《い》うと、追《お》いついた根津《ねづ》もうなずいた。

「こいつぁおどろいた。真田《さなだ》の勇士《ゆうし》ってのは、忍術使《にんじゅつつか》いと力《ちから》まかせだけかと思《おも》えば。」

「新顔《しんがお》か。あいさつはあと、ともかくにげよう。」

海野《うんの》の言《い》うとおりだ、と由利《ゆり》の手下《てした》百人《にん》と、真田家《さなだけ》の勇士《ゆうし》たち、根津《ねづ》は、城《しろ》の外《そと》へとにげだした。

翌日《よくじつ》。海野《うんの》があらためて、城《しろ》をたずねた。群東次一味《ぐんとうじいちみ》の悪事《あくじ》を書《か》いた、若殿《わかとの》さま真田幸村《さなだゆきむら》からの手紙《てがみ》を用意《ようい》してある。

というのも、この時代《じだい》、手紙《てがみ》は殿《との》さま自身《じしん》ではなく、補佐役《ほさやく》が書《か》いていて、殿《との》さまは署名《しょめい》と*花押《かおう》だけを最後《さいご》に記《しる》していた。

海野《うんの》は信頼《しんらい》されていて、幸村《ゆきむら》の署名《しょめい》と花押《かおう》だけが入《はい》った白紙《はくし》の手紙《てがみ》を、何通《なんつう》もあずかっていた。その場《ば》で手紙《てがみ》を作《つく》って、うまく使《つか》うことがゆるされていたのだ。

群東次一味《ぐんとうじいちみ》だが、なんと、武士《ぶし》たちがトウガラシで目《め》をやられている間《あいだ》に、気《き》が変《か》わり、先《さき》に目《め》を洗《あら》って、城《しろ》の財宝《ざいほう》をぬすんでにげてしまっていた。

どうやら、城《しろ》からもらっていた給料《きゅうりょう》の金額《きんがく》に不満《ふまん》があったようだ。そんな内容《ないよう》の置《お》き手紙《てがみ》が残《のこ》っていた。

城主《じょうしゅ》の浮田氏《うきたし》は、海野《うんの》の持《も》ってきた手紙《てがみ》を読《よ》んで、うーむ、とうなった。

*花押《かおう》　サイン。

「さすがの勇士《ゆうし》、本当《ほんとう》に真田家《さなだけ》のかたがたであったか。城《しろ》の損害《そんがい》もとびらがいくつかだけ、だれも傷《きず》ついてはいない。ここまでうまく城《しろ》をせめられるとは、こちらの落《お》ち度《ど》。悪人《あくにん》の群東次《ぐんとうじ》にだまされたのもまた、われらの落《お》ち度《ど》。真田家《さなだけ》の勇士《ゆうし》のかたがたが、城《しろ》にしのびこんだことは、当《とう》然《ぜん》ながらゆるそう。」

こうして、真田家《さなだけ》の勇士《ゆうし》の名《な》は、世《よ》の中《なか》に広《ひろ》く知《し》られたのだった。

根津《ねづ》は、海野《うんの》と望月《もちづき》という、親《おや》の代《だい》から真田家《さなだけ》に仕《つか》えているふたりと話《はな》し、共通《きょうつう》の知《し》りあいがいたことなどで、たしかに身元《みもと》がみとめられた。

やがて、みんなと親《した》しくなった根津《ねづ》は、ひとりで故郷《こきょう》にもどって、老《お》いた父《ちち》と話《はな》しあい、海野《うんの》からの推薦状《すいせんじょう》を幸村《ゆきむら》にさしだして、勇士《ゆうし》に加《くわ》わった。

希望《きぼう》どおり、真田家《さなだけ》に仕《つか》える武士《ぶし》になったのだ。

八 二度《ど》戦《たたか》った大坂《おおさか》の陣《じん》

天下《てんか》分《わ》け目《め》の戦《いくさ》

岡山《おかやま》の城《しろ》のできごとの後《あと》、ふたたびばらばらになって各地《かくち》へ散《ち》った勇士《ゆうし》たちも、秋《あき》がすぎ、冬《ふゆ》の寒《さむ》さがきびしくなると、それぞれ上田《うえだ》の城《しろ》にもどって、調《しら》べたことを報告《ほうこく》した。

その冬《ふゆ》、根津甚八《ねづじんぱち》が真田《さなだ》家《け》の勇士《ゆうし》に加《くわ》わったころのことだ。

晴《は》れて月《つき》のない晩《ばん》に、真田幸村《さなだゆきむら》は城《しろ》の物見台《ものみだい》に登《のぼ》り、星空《ほしぞら》をながめた。星《ほし》を見《み》て占《うらな》いをするためだ。降《ふ》るような星《ほし》が全天《ぜんてん》にきらめいていたが、そのなかに、見《み》たことのない大《おお》きな星《ほし》があらわれていて、尾《お》を引《ひ》きながら西《にし》のかなたへ落《お》ちようとしていた。

「ほうき星《ぼし》……よくないことがおきる前《まえ》ぶれだ。」

幸村《ゆきむら》はこのことを父《ちち》の大殿《おおとの》さま昌幸《まさゆき》に報告《ほうこく》した。

「うむ。太閤殿下《たいこうでんか》がこの世《よ》から戦《いくさ》をなくそうとしたのに、また、近《ちか》いうちに大《おお》きな戦《たたか》いがおきるということだろう。」

昌幸《まさゆき》と幸村《ゆきむら》は、うなずきあった。

年《とし》が明《あ》けて春《はる》が近《ちか》づくと、幸村《ゆきむら》はまた、佐助《さすけ》と才蔵《さいぞう》に、西国《さいごく》をさぐる旅《たび》に出《で》るように命《めい》じた。さぐるのが仕事《しごと》の忍術使《にんじゅつつか》いふたりのほかは、真田家《さなだけ》と上田《うえだ》の城《しろ》を守《まも》るために、城《しろ》に残《のこ》ったのだ。

そして半年《はんとし》あまり、秋《あき》も深《ふか》まったころ……佐助《さすけ》と才蔵《さいぞう》は、九州《きゅうしゅう》へわたろうと、*長州《ちょうしゅう》にいた。

このあたりは毛利家《もうりけ》の領地《りょうち》だ。江州《ごうしゅう》との境《さかい》に近《ちか》い*濃州《のうしゅう》の関ケ原《せきがはら》とかいうあたりで、徳川家康《とくがわいえやす》を大将《たいしょう》とする東軍《とうぐん》と、太閤《たいこう》・豊臣秀吉殿下《とよとみひでよしでんか》の家来《けらい》・石田三成《いしだみつなり》を大将《たいしょう》とする西軍《せいぐん》で、日《ひ》の本《もと》をまっぷたつにする、「天下分《てんかわ》け目《め》の戦《いくさ》」があったことは、毛利家《もうりけ》をさぐることですべて知《し》っていた。

湊近《みなとちか》くの宿《やど》にとまり、翌日《よくじつ》の朝《あさ》、船《ふね》に乗《の》ろうとしていたとき、宿《やど》に佐助《さすけ》と才蔵《さいぞう》をたずねてきた者《もの》がいた。

「ひさしぶりだな。馬《うま》を走《はし》らせ、根津《ねづ》に紹介《しょうかい》してもらった足《あし》の速《はや》い船《ふね》も使《つか》って、ようやく追《お》いついた。」

「穴山《あなやま》どの！」

「上田《うえだ》の城《しろ》は、この戦《いくさ》でどうなったのでしょうか。」

佐助《さすけ》と才蔵《さいぞう》が聞《き》くと、穴山小助《あなやまこすけ》は残念《ざんねん》そうに首《くび》をふった。

「……勝《か》ったけれど、負《ま》けた。」

「え？　大殿《おおとの》さまや、若殿《わかとの》さまは、ご無事《ぶじ》なのですか？」

穴山《あなやま》がうなずく。

「おふたりと、奥方《おくがた》さま、勇士《ゆうし》たちは無事《ぶじ》……いや、おまえたちが気《き》になるのは、楓《かえで》どのとお春《はる》どのだな。ふたりも無事《ぶじ》で、達者《たっしゃ》にしている。安心《あんしん》しろ。」

「よかった。」

佐助《さすけ》と才蔵《さいぞう》は、ほっとした。穴山《あなやま》が話《はなし》を続《つづ》ける。

「大殿《おおとの》さまの弟君《おとうとぎみ》・隠岐守信尹《おきのかみのぶただ》さまと、若殿《わかとの》さまの兄上《あにうえ》・信幸《のぶゆき》さまを徳川軍《とくがわぐん》につけ、大殿《おおとの》さまと若殿《わかとの》さまは豊臣方《とよとみがた》に味方《みかた》して、われら勇士《ゆうし》とともに上田《うえだ》の城《しろ》にこもった。真田家《さなだけ》は、東軍西軍《とうぐんせいぐん》どちらが勝《か》っても、だれかが生《い》きのび、家名《かめい》が残《のこ》るように……それは、親兄弟《おやきょうだい》が敵《てき》どうしにな

＊長州《ちょうしゅう》　長門国《ながとのくに》。現在《げんざい》の山口県西部《やまぐちけんせいぶ》。
＊濃州《のうしゅう》　美濃国《みののくに》。現在《げんざい》の岐阜県南部《ぎふけんなんぶ》。

る、悲《かな》しい決断《けつだん》だった。」

佐助《さすけ》と才蔵《さいぞう》は、くちびるをかみしめて、話《はなし》を聞《き》いていた。

「上田《うえだ》の城《しろ》の前《まえ》を、徳川家康公《とくがわいえやすこう》の跡取《あとと》り息子《むすこ》・秀忠公《ひでただこう》の軍《ぐん》が通《とお》って、天下分《てんかわ》け目《め》の戦《いくさ》へむかおうとしていた。われらは全力《ぜんりょく》で、そのじゃまをしてやったのだ。まずは望月《もちづき》が道《みち》に地雷火《じらいか》をしかけ、どかーんっと大爆発《だいばくはつ》。

城《しろ》の櫓《やぐら》からは、これも望月《もちづき》の新発明《しんはつめい》、爆裂竹《ばくれつちく》だ。竹筒《たけづつ》に火薬《かやく》とトウガラシの粉《こな》をつめて、導火《どうか》線《せん》に火《ひ》をつけ、しゅるしゅるしゅーっと火薬《かやく》の炎《ほのお》で空《そら》を飛《と》ばし、敵《てき》の頭上《ずじょう》で大爆発《だいばくはつ》、くしゃみとせきが止《と》まらない。おこって城《しろ》の石垣《いしがき》をのぼってきた兵《へい》には、ぐつぐつと煮《に》えたぎった油《あぶら》やおかゆをぶっかけてやった。」

穴山《あなやま》はゆかいそうになる。

「足止《あしど》めしてやったおかげで、連中《れんちゅう》は関ヶ原《せきがはら》の戦《いくさ》に遅刻《ちこく》し、秀忠公《ひでただこう》は『この役立《やくた》たずめ。』と家《いえ》康公《やすこう》からめちゃくちゃおこられたらしい。

だが、かんじんの関ヶ原《せきがはら》の戦《いくさ》で、豊臣方《とよとみがた》の西軍《せいぐん》は負《ま》けてしまい、西軍《せいぐん》を助《たす》けた大殿《おおとの》さまと若殿《わかとの》さまは、首《くび》を切《き》られそうになった。

それで信幸《のぶゆき》さまと、信幸《のぶゆき》さまの奥方《おくがた》の父上《ちちうえ》で、徳川《とくがわ》の武将《ぶしょう》・本多忠勝《ほんだただかつ》さまが、家康公《いえやすこう》に『命《いのち》だ

け は助《たす》けてください。』とたのみこんでくださった。命《いのち》は助《たす》かったが、上田《うえだ》の城《しろ》を出《で》て、紀州《きしゅう》の山《やま》のなかにとじこめられることになったのだ。」

「ということは、もう上田《うえだ》に帰《かえ》れない？」

「オレたちは、どうすれば……。」

「紀州《きしゅう》の九度山村《くどやまむら》というところに、大殿《おおとの》さまと若殿《わかとの》さま、そのご家族《かぞく》、われら勇士《ゆうし》はくらすことになった。楓《かえで》どのやお春《はる》どのも、奥方《おくがた》さまのお世話係《せわがかり》として、いっしょだ。なので今《いま》からいっしょに、紀州《きしゅう》へもどってほしい。」


そして紀州九度山村《きしゅうくどやまむら》で、真田昌幸《さなだまさゆき》・幸村《ゆきむら》の親子《おやこ》とその家族《かぞく》は、わずかな家来《けらい》とともにくらした。奥方《おくがた》さまの考《かんが》えで、「真田《さなだ》ひも」という、じょうぶできれいなひもをみんなであみ、勇士《ゆうし》たちが旅《たび》の商人《しょうにん》に化《ば》けて、交代《こうたい》でそのひもを売《う》り歩《ある》きながら、日《ひ》の本諸州《もとしょしゅう》のようすをさぐりつづけたのだった。

冬《ふゆ》の陣《じん》――一度目《どめ》の戦《たたか》い

関ヶ原《せきがはら》の戦《いくさ》から、十四年《ねん》……。

佐助《さすけ》と楓《かえで》、才蔵《さいぞう》とお春《はる》は結婚《けっこん》していた。大殿《おおとの》さま・昌幸《まさゆき》は、とうとう上田《うえだ》に帰《かえ》れないまま、九度山村《くどやまむら》で三年前《ねんまえ》に亡《な》くなっていた。

その代《か》わり、真田家《さなだけ》には若者《わかもの》が育《そだ》っていた。関ヶ原《せきがはら》の戦《いくさ》のとき、若殿《わかとの》さまと奥方《おくがた》さまの間《あいだ》に生《う》まれたばかりだった、若君《わかぎみ》・大助《だいすけ》さまだ。十五歳《さい》になった。

太閤殿下《たいこうでんか》の息子《むすこ》で、幼《おさな》かった秀頼君《ひでよりぎみ》も、りっぱな青年《せいねん》に育《そだ》っていた。秀頼君《ひでよりぎみ》がくらす大坂城《おおさかじょう》には、太閤殿下《たいこうでんか》が残《のこ》した金銀《きんぎん》が山《やま》のようにあり、いくらでもごほうびが出《だ》せるらしい。

一方家康《いっぽういえやす》はもう七十歳《さい》をすぎている。なので、家康《いえやす》は心配《しんぱい》でたまらなかった。

じぶんが死《し》んだら、正直《しょうじき》なんとなくたよりない息子《むすこ》の秀忠《ひでただ》よりも、りっぱになった秀頼君《ひでよりぎみ》に、武将《ぶしょう》たちはついていくのではないか。そうしたら、せっかく天下《てんか》を取《と》って、だれよりもえらい将軍《しょうぐん》になったのに、すべてはむだになってしまう。

家康《いえやす》は秀頼君《ひでよりぎみ》と大坂城《おおさかじょう》をほろぼそうと決《き》めた。秀頼君《ひでよりぎみ》とその母上《ははうえ》の淀《よど》の方《かた》にいろいろと無理難題《むりなんだい》を押《お》しつけ、わざとことわられるようにして、「言《い》うことを聞《き》かないから。」と戦《いくさ》をしかけることにした。

それは、もうすぐ冬《ふゆ》が来《く》るころだった。

九度山村《くどやまむら》にいた幸村《ゆきむら》のところにも、大坂城《おおさかじょう》から助《たす》けを求《もと》める手紙《てがみ》がこっそりとどいた。もちろん、豊臣方《とよとみがた》を守《まも》るのが使命《しめい》だと幸村《ゆきむら》は考《かんが》えていた。

幸村《ゆきむら》はまず、女性《じょせい》たちを、根津《ねづ》の手配《てはい》した船《ふね》に乗《の》せ、海《うみ》へ脱出《だっしゅつ》させた。根津《ねづ》のかつての海賊仲間《かいぞくなかま》たちが、協力《きょうりょく》してくれた。

行《ゆ》き先《さき》は、おなじく関ヶ原《せきがはら》の西軍《せいぐん》で戦《たたか》って、徳川《とくがわ》が大《だい》きらいという*薩州《さっしゅう》*加護島《かごしま》の島津家《しまづけ》だ。

そして、息子《むすこ》の大助《だいすけ》と、十人《にん》の勇士《ゆうし》たちをつれて、大坂城《おおさかじょう》へむかった。

こうして始《はじ》まった真冬《まふゆ》の戦《いくさ》が、大坂冬《おおさかふゆ》の陣《じん》だ。

＊薩州《さっしゅう》　薩摩国《さつまのくに》。現在《げんざい》の鹿児島県西部《かごしまけんせいぶ》。

＊加護島《かごしま》　現在《げんざい》の鹿児島市《かごしまし》。

家康《いえやす》がもっともおそれていたのは、真田幸村《さなだゆきむら》だった。真田家《さなだけ》は過去《かこ》に二度《ど》も、徳川《とくがわ》の大軍《たいぐん》を、わずかな人数《にんずう》でさんざんな目《め》にあわせたのだ。

家康《いえやす》はこんな手紙《てがみ》を、昌幸《まさゆき》の弟《おとうと》・信尹《のぶただ》に持《も》たせて、幸村《ゆきむら》のこもっている大坂城《おおさかじょう》に送《おく》りこんできた。

『降参《こうさん》するか、秀頼《ひでより》をうらぎるなら、故郷《こきょう》の信州《しんしゅう》を丸《まる》ごと、領地《りょうち》としてあたえよう。』

それを読《よ》んだ幸村《ゆきむら》はこう答《こた》えた。

「叔父上《おじうえ》、*大御所《おおごしょ》どのにはこうお伝《つた》えください。この日《ひ》の本《もと》すべてをくださったら、降参《こうさん》しましょう、と。もしいただけましたら、ただちにそれを秀頼《ひでより》さまにお返《かえ》しし、じぶんは切腹《せっぷく》して、この首《くび》を大御所《おおごしょ》どのにお礼《れい》としてさしあげます。」

降参《こうさん》する気《き》はまったくなく、幸村《ゆきむら》は死《し》ぬ覚悟《かくご》だった。

「……そう言《い》うと思《おも》った。幸村《ゆきむら》、この世《よ》での別《わか》れになるな。」

「叔父上《おじうえ》、どうかお元気《げんき》で。兄上《あにうえ》によろしくお伝《つた》えください。」

幸村《ゆきむら》が、どうしても敵《てき》として立《た》ちはだかると知《し》った家康《いえやす》は、まずは幸村《ゆきむら》の暗殺《あんさつ》をくわだてた。

真夜中《まよなか》、忍術《にんじゅつ》の心得《こころえ》がある半蔵《はんぞう》という刺客《しかく》を、大坂城《おおさかじょう》の外《そと》に作《つく》ったばかりの、真田丸《さなだまる》というとりでに送《おく》りこんでくる。真田丸《さなだまる》は、大坂城《おおさかじょう》を防衛《ぼうえい》するとき、弱点《じゃくてん》となる場所《ばしょ》を守《まも》るよう、きずかれたとりでだ。

しかし佐助《さすけ》が幸村《ゆきむら》の命令《めいれい》によって、部屋《へや》の天井《てんじょう》にはりついて待《ま》ちぶせし、真《ま》っ暗《くら》ななか、半蔵《はんぞう》がもぐりこんできたところを、つかまえた。半蔵《はんぞう》があせる。

「真《ま》っ暗《くら》なのに、目《め》が見《み》える者《もの》がほかにいるとは!」

「おれは甲賀流《こうがりゅう》の忍術使《にんじゅつつか》い猿飛佐助《さるとびさすけ》だ、おぼえておきな。」

幸村《ゆきむら》は半蔵《はんぞう》を殺《ころ》さずに、ぐるぐる巻《ま》きにしばったまま、門《もん》から外《そと》へほうりだすだけにさせた。

それも作戦《さくせん》のひとつだ。

次《つぎ》に家康《いえやす》は、勘兵衛《かんべえ》という鉄砲《てっぽう》の得意《とくい》な男《おとこ》に、幸村《ゆきむら》をねらい撃《う》つように命《めい》じた。半蔵《はんぞう》が、幸村《ゆきむら》の部屋《へや》の場所《ばしょ》を知《し》っていたので、今度《こんど》はみごとに、夕《ゆう》ぐれの光《ひかり》のなかで、ずどん、と一発《ぱつ》でしとめた。

「やったぞ。」

勘兵衛《かんべえ》が喜《よろこ》んでいるそのすきに、そっとしのびよったのは佐助《さすけ》だ。こしにつけていた火《ひ》なわに

*大御所《おおごしょ》　将軍《しょうぐん》を引退《いんたい》した家康《いえやす》の呼《よ》び名《な》。

水《みず》をかける。これでもう、鉄砲《てっぽう》は使《つか》えない。

喜《よろこ》んだ勘兵衛《かんべえ》が徳川《とくがわ》の陣《じん》にもどろうとすると、ばったりたおれたはずの幸村《ゆきむら》がゆっくり立《た》ちあがった。死《し》んだふり作戦《さくせん》だったのだ。

「筧《かけい》、返《かえ》り撃《う》ちにせよ。」

命《めい》じられ、かくれていた屋根《やね》の上《うえ》から、筧《かけい》が鉄砲《てっぽう》を放《はな》つ。弾《たま》はみごとに、勘兵衛《かんべえ》の足《あし》を撃《う》ちぬいた。けれど勘兵衛《かんべえ》も負《ま》けてはいない。撃《う》ち返《かえ》そうとするが、火《ひ》なわがしめって使《つか》えない。

「しまった。ほかに火《ひ》なわはないか。」

そこへ、頭上《ずじょう》の木《き》の枝《えだ》にかくれている佐助《さすけ》がなわを落《お》として、呪文《じゅもん》をとなえた。

勘兵衛《かんべえ》がなわに気《き》がついて拾《ひろ》おうとしたとたん、なわがくねくねと動《うご》きだし、へびに変《か》わって、勘兵衛《かんべえ》の腕《うで》にからみつく。うでから首《くび》へとはいのぼる。

「うわあああっ、毒《どく》へびだっ。」

もちろんこれは、佐助《さすけ》の忍術《にんじゅつ》が見《み》せたまぼろし。気《き》づけば勘兵衛《かんべえ》は、へびだと思《おも》っていたなわで、しばりあげられていた。

こうして、何人《なんにん》もの刺客《しかく》をことごとくやっつけたものの、幸村《ゆきむら》はけっして殺《ころ》さなかった。みんな、徳川《とくがわ》の陣《じん》へ送《おく》りかえす。

それがよけいに家康《いえやす》をいらだたせた。失敗《しっぱい》した者《もの》たちの罰《ばつ》をどうするかで、そのたびにもめることになるからだ。刺客《しかく》を部下《ぶか》にしている武将《ぶしょう》がかばい、ほかの武将《ぶしょう》は殺《ころ》してしまえと言《い》う。武《ぶ》将《しょう》たちの仲《なか》が悪《わる》くなる。

部下《ぶか》たちの間《あいだ》では、「暗殺《あんさつ》に成功《せいこう》したら、たくさんのごほうびがもらえる。」とうわさが立《た》ち、じぶんのほうがきっとうまくやれる、と思《おも》う者《もの》は、ほかの者《もの》とは仲《なか》よくやる気《き》がなくなってゆく。

徳川《とくがわ》の陣《じん》が混乱《こんらん》してきたところで、幸村《ゆきむら》は、今度《こんど》は逆《ぎゃく》に、こちらから家康《いえやす》の命《いのち》をねらいに行《い》かせた。

大将《たいしょう》を殺《ころ》してしまえば、戦《いくさ》はおしまい。ほかのおおぜいは死《し》なずにすむのだ。

由利《ゆり》と海野《うんの》に、豊臣《とよとみ》の味方《みかた》についたわずかな兵《へい》のうちの三百人《にん》ずつをひきいて、別々《べつべつ》の方向《ほうこう》からせめるふりをさせ、家康《いえやす》を守《まも》る武将《ぶしょう》たちが気《き》をとられたすきに、佐助《さすけ》と望月《もちづき》が暗殺《あんさつ》を実行《じっこう》、という作戦《さくせん》だ。

由利《ゆり》には根津《ねづ》と筧《かけい》、海野《うんの》には三好兄弟《みよしきょうだい》がつき、才蔵《さいぞう》と穴山《あなやま》が、敵《てき》の急《きゅう》な反撃《はんげき》から幸村《ゆきむら》と大助《だいすけ》を守《まも》る。

徳川軍《とくがわぐん》の武将《ぶしょう》の旗《はた》を立《た》てて味方《みかた》のふりをして、家康《いえやす》のいる＊陣幕《じんまく》のすぐそばまで近《ちか》づくと、にせの旗《はた》を捨《す》て、由利《ゆり》たちはかくしていた真田《さなだ》の六文銭《ろくもんせん》の旗《はた》をかかげた。勇《いさ》ましく正面《しょうめん》からつっこむ。

「にげるな、徳川《とくがわ》どの！　にげるのは卑怯者《ひきょうもの》である！」

根津《ねづ》の短銃《たんじゅう》と、筧《かけい》の鉄砲《てっぽう》で、ばんばん撃《う》ちこんでくる。卑怯《ひきょう》ものと言《い》われても、家康《いえやす》はにげようとした。

しかしそちらからは、三好兄弟《みよしきょうだい》がせまってくる。

家康《いえやす》と数人《すうにん》の護衛《ごえい》の家来《けらい》は、走《はし》ってにげ、そこにあったお堂《どう》に立《た》てこもった。

先回《さきまわ》りして、お堂《どう》の床下《ゆかした》にもぐりこんでいた望月《もちづき》と佐助《さすけ》は、地雷火《じらいか》をしかけた。建物《たてもの》ごとふっとばす、強力《きょうりょく》なものだ。

そっとぬけだしたふたりが、導火線《どうかせん》に火《ひ》を放《はな》つ……が。

「だめだ、がまんできないっ！」

「大御所《おおごしょ》さま、敵《てき》の弾《たま》に当《あ》たりますぞ！」

「しかし、がまんできぬのだーっ。」

なんと年《とし》を取《と》って、おしっこが近《ちか》くなっていた家康《いえやす》は、がまんできずにお堂《どう》を出《で》てきてしまった。道《みち》ばたの草《くさ》むらで用《よう》を足《た》そうとしたとたん、どっかーん！　と爆発《ばくはつ》がおきる。

家康《いえやす》と、家康《いえやす》を追《お》いかけてきて守《まも》ろうとした家来《けらい》は、はでにふっとばされたものの、溝《みぞ》に落《お》っこちただけで、命《いのち》は無事《ぶじ》だったのだ。

そこへ、家康《いえやす》を守《まも》ろうとする武将《ぶしょう》たちが、何万人《なんまんにん》と部下《ぶか》をひきいてかけつけてきたので、やむなく真田軍《さなだぐん》はにげたのだった。

家康暗殺《いえやすあんさつ》に失敗《しっぱい》したその夜《よる》。

幸村《ゆきむら》は穴山《あなやま》をひそかによびだし、ある作戦《さくせん》について相談《そうだん》する——。

武器庫《ぶきこ》で鉄砲《てっぽう》や武器《ぶき》の手入《てい》れをしている筧《かけい》と根津《ねづ》のところへ、穴山《あなやま》がやってきたのは、深夜《しんや》のことだった。

「今《いま》、海野《うんの》と話《はな》してきたんだが、海野《うんの》が差《さ》し入《い》れを持《も》っていってやれと。」

穴山《あなやま》は酒《さけ》の入《はい》ったとっくりと、干物《ひもの》のつつみをだした。ふたりに酒《さけ》をすすめる。

「寒《さむ》いなあ。なあ、筧《かけい》、岡山《おかやま》の城《しろ》に行《い》く前《まえ》に、四国《しこく》の＊土州《どしゅう》で、おまえの親《おや》のかたき討《う》ちをした

＊陣幕《じんまく》　大将《たいしょう》の居場所《いばしょ》をかこむ幕《まく》。
＊土州《どしゅう》　土佐国《とさのくに》。現在《げんざい》の高知県《こうちけん》。

ときも、春《はる》にしては寒《さむ》かった。」

「……あのときは、助《たす》けられた……。」

「へえ、どんな話《はなし》だい？」と根津《ねづ》が穴山《あなやま》に聞《き》く。

「あのころ、根津《ねづ》が猿飛《さるとび》と由利《ゆり》に会《あ》ったように、われらはたいてい、ふたりか三人《にん》で組《くみ》になり、殿《との》の命令《めいれい》で諸州《しょしゅう》を旅《たび》していた。

筧《かけい》とふたりで組《く》んでいたのだが、そこで筧《かけい》がずっとさがしていたお絹《きぬ》という悪女《あくじょ》を見《み》つけたのだ。お絹《きぬ》は筧《かけい》の母親《ははおや》亡《な》き後《あと》、父親《ちちおや》のさびしさにつけこんで、金《かね》をだましとったうえに殺《ころ》してしまったのだそうだ。その後《ご》お絹《きぬ》は、その地《ち》のとある有力《ゆうりょく》な武士《ぶし》の後妻《ごさい》におさまっていた。

その武士《ぶし》はお絹《きぬ》にそそのかされて、戦《いくさ》の食料《しょくりょう》に使《つか》うといって、領地《りょうち》の農民《のうみん》たちの田畑《たはた》から、たくさんの作物《さくもつ》をうばいとり、農民《のうみん》たちは食《た》べものがなくなってこまっていた。

しかも、戦《いくさ》にそなえた食料《しょくりょう》のはずが、お絹《きぬ》がこっそり売《う》り飛《と》ばして、その金《かね》でぜいたくな着物《きもの》を買《か》っていたのだ。

農民《のうみん》たちが、お絹《きぬ》を追《お》いだすために戦《たたか》おうと相談《そうだん》しているのを、われらは知《し》り、それを助《たす》けてかたき討《う》ちもはたした、というわけだ。」

「そいつはゆかいだな。さすがは穴山《あなやま》と筧《かけい》の武勇伝《ぶゆうでん》だ。」

根津《ねづ》は笑《わら》う。そこへ、望月《もちづき》が図面《ずめん》をひらひらさせながら、入《はい》ってきた。

「おい、新《あたら》しい爆発《ばくはつ》のしかけを考《かんが》えたぞ。今度《こんど》は大《おお》がかりだ。」

図面《ずめん》を広《ひろ》げるが、絵《え》がヘタで、何《なに》がかいてあるかわからない。

「……犬《いぬ》？　……。」

寛《かけい》がつぶやいて首《くび》をかしげる。

「あいかわらず、ずばりと失礼《しつれい》なやつだな。馬《うま》だ、馬《うま》。」

「……望月《もちづき》、何年《なんねん》たっても、絵《え》がうまくならない……。」

「いいだろ、じぶんではわかってるんだから。」

と、望月《もちづき》は、はりきって説明《せつめい》を始《はじ》めた。

「これは、本物《ほんもの》の馬《うま》じゃない。木《き》の骨組《ほねぐ》みにわらを巻《ま》いて、馬《うま》の形《かたち》にしたものに、爆薬《ばくやく》をたくさんしこむ。本物《ほんもの》じゃないことがばれないよう、馬《うま》には金色《きんいろ》に光《ひか》るよろいを着《き》せる。こいつの足《あし》の下《した》には小《ちい》さな車輪《しゃりん》をつけておいて、火薬《かやく》のいきおいで進《すす》ませるんだ。

なんとこれは、無人《むじん》の武器《ぶき》なんだ！　味方《みかた》の命《いのち》が守《まも》れる。」

望月《もちづき》は図面《ずめん》をかざし、楽《たの》しそうだ。

「敵《てき》は、金《きん》のよろいの馬《うま》が何十頭《なんじっとう》も突進《とっしん》してくるので、おそれてにげまどう。しかし、軍《ぐん》が大《おお》きいほど、にげるのがむずかしい。後《うし》ろからどんどん兵《へい》が来《く》るからな。

金《きん》のよろいは、魚《さかな》のうろこみたいな三角形《さんかくけい》の部品《ぶひん》をつなぎあわせて作《つく》る。爆発《ばくはつ》すると、するどくとがった三角形《さんかくけい》の部品《ぶひん》が飛《と》びちり、敵《てき》にささるようにしておくのだ。そして、混乱《こんらん》して動《うご》けない敵《てき》につっこんで、爆発《ばくはつ》。」

どかーんと両手《りょうて》を広《ひろ》げてうれしそうな望月《もちづき》に、根津《ねづ》がたずねた。

「で、水《みず》をぶっかけられたらどうするんだ？　爆裂竹《ばくれつちく》は空《そら》を飛《と》ぶから、水《みず》がかけられなかったが、地上《ちじょう》を走《はし》るんなら、勇気《ゆうき》のあるやつが水《みず》をかけ、火《ひ》を消《け》すかもしれねぇ。完全《かんぜん》に無人《むじん》の武《ぶ》器《き》ってわけには、いかねぇぞ。この金《きん》ぴか馬《うま》にも、護衛《ごえい》は必要《ひつよう》だぜ。」

「……爆発《ばくはつ》に、まきこまれる、かも……。」

「だよなあ、筧《かけい》。」

根津《ねづ》が文句《もんく》を言《い》うので、望月《もちづき》は口《くち》をとがらせた。

「金《きん》ぴか馬《うま》ではなくて、火龍軍《かりようぐん》だ。武器《ぶき》の名前《なまえ》はかっこよく、強《つよ》そうなものにしないとな。すごいいきおいで進《すす》むはずだから、一度《いちど》にたくさん走《はし》らせれば、全部消《ぜんぶけ》すのは無理《むり》だろう。これを、急《いそ》いで百台《だい》ほど作《つく》らせようと思《おも》う。城内《じょうない》のみんなに手伝《てつだ》ってもらうから、図面《ずめん》をいくつも書《か》き写《うつ》さないと。それで……。」

望月《もちづき》は根津《ねづ》をちらっとうかがった。

「どうせ、そんなことだろうと思《おも》ったぜ。」

「根津《ねづ》は絵《え》や図面《ずめん》を描《か》くのが、本当《ほんとう》にうまい。」

望月《もちづき》が根津《ねづ》をつつくと、根津《ねづ》もつつき返《かえ》す。

「望月《もちづき》はしゃべりで、人《ひと》をのせるのがうまい。……けっきょく、武士《ぶし》になっても、その仕事《しごと》をやるはめになったなあ。オレよりうまいやつが、真田家《さなだけ》の家来《けらい》にいねぇんだからさ。」

そう言《い》いながらも、根津《ねづ》もうれしそうだった。意外《いがい》と手先《てさき》が器用《きよう》な筧《かけい》を加《くわ》えて、図面《ずめん》を描《か》きはじめる三人《にん》を、穴山《あなやま》はおだやかなひとみで、静《しず》かに見守《みまも》っていた。


翌日《よくじつ》。真田丸最後《さなだまるさいご》の攻防《こうぼう》になった。

徳川軍《とくがわぐん》が全力《ぜんりょく》で、真田丸《さなだまる》に総攻撃《そうこうげき》をしかけてくる。三好兄弟《みよしきょうだい》、由利《ゆり》、根津《ねづ》は、武将《ぶしょう》たちとならび、兵《へい》をひきいて大将《たいしょう》となって戦《たたか》っていた。

そこへ、真《ま》っ赤《か》なすがたの武将《ぶしょう》が、門《もん》を開《ひら》いてあらわれた。鹿《しか》の角《つの》と六文銭《ろくもんせん》がついた赤《あか》いかぶと、そして赤《あか》いよろい、赤《あか》い十文字槍《じゅうもんじやり》をかまえ、たった一騎《いっき》で敵《てき》のど真《ま》ん中《なか》をつきぬけてゆく。

「あれは！　殿《との》さま!!」

「続《つづ》けっ。」

三好兄弟《みよしきょうだい》と由利《ゆり》が続《つづ》こうとしたのを、「待《ま》てっ。」と止《と》めたのは、馬《うま》でかけつけてきた海野《うんの》だった。

「影武者《かげむしゃ》だ。殿《との》と若君《わかぎみ》は佐助《さすけ》や才蔵《さいぞう》とともに大坂城《おおさかじょう》へ入《はい》り、秀頼《ひでより》さまを守《まも》っている。」

「影武者《かげむしゃ》って……だれだろう、兄上《あにうえ》。」

伊三《いさ》がつぶやくと、清海《せいかい》はくちびるをかんだ。

「おれたち勇士《ゆうし》のなかのだれかに、ちがいない。あそこまで、みごとに敵《てき》をけちらせるのは……ほかにいない。」

徳川軍《とくがわぐん》はみな、真田幸村《さなだゆきむら》と思《おも》いこんだ影武者《かげむしゃ》を追《お》いかける。首《くび》を取《と》れば、ごほうびに家康《いえやす》から広《ひろ》い領地《りょうち》がもらえ、殿《との》さまになれるかもしれない。

影武者《かげむしゃ》は家康《いえやす》のいる本陣《ほんじん》めがけ、まっすぐにつっこんでゆく。

家康《いえやす》を守《まも》ろうと、さらに兵《へい》が集《あつ》まってくる。

兵《へい》が集《あつ》まったそこへ——盛大《せいだい》に、大坂城内《おおさかじょうない》から、爆裂竹《ばくれつちく》が撃《う》ちこまれたのだった。兵《へい》を失《うしな》い、ぎりぎりで爆発《ばくはつ》をのがれた家康《いえやす》はにげだすしかなかった。

勝利《しょうり》を報告《ほうこく》するため、大坂城《おおさかじょう》のなかの幸村《ゆきむら》のもとに集《あつ》まった勇士《ゆうし》たちは、九人《にん》だった。十人《にん》のはずなのに、ひとり足《た》りない。

それは……穴山小助《あなやまこすけ》だった。

影武者《かげむしゃ》・穴山《あなやま》は、二度《にど》と帰《かえ》ってはこなかった。ただ、こわれた赤《あか》いよろいとかぶとだけが、あとで佐助《さすけ》によって見《み》つけられたのだった。

夏《なつ》の陣《じん》——二度目《どめ》の戦《たたか》い

これで戦《いくさ》が終《お》わったわけではなかった。

家康《いえやす》はおこり、真田丸《さなだまる》をこわして、大坂城《おおさかじょう》の外《そと》をかこんでいる堀《ほり》をすべてうめてしまった。その結果《けっか》、城《しろ》はぐんと攻《せ》めやすくなった。

大坂冬《おおさかふゆ》の陣《じん》から五か月《げつ》ほどたったころ、大坂城《おおさかじょう》で二度目《どめ》の、初夏《しょか》の戦《たたか》いが始《はじ》まった。大坂夏《おおさかなつ》の陣《じん》だ。家康《いえやす》の怒《いか》りをおそれて、豊臣方《とよとみがた》につく武将《ぶしょう》は少《すく》なく、大軍《たいぐん》を相手《あいて》にまともに戦《たたか》える数《かず》ではない。

ここで、幸村《ゆきむら》と勇士《ゆうし》たちの作戦《さくせん》がくりひろげられる。

最初《さいしょ》に放《はな》ったのは、銅連火《どうれんか》だ。佐助《さすけ》が使《つか》っていたくさい紙風船《かみふうせん》を、望月《もちづき》が爆薬《ばくやく》と合《あ》わせることを考《かんが》えたのだ。

金属《きんぞく》の玉《たま》を空中《くうちゅう》で爆発《ばくはつ》させ、気持《きも》ちが悪《わる》くなるにおいの薬《くすり》の粉《こな》をばらまく。その粉《こな》だけでもききめがあるが、さらに爆発《ばくはつ》の火《ひ》が粉《こな》に引火《いんか》すると、もっとひどいにおいのするけむりが、あたり一帯《いったい》をおおう、というものだ。

これを城《しろ》の櫓《やぐら》からばんばん撃《う》ちだし、初日《しょにち》は徳川軍《とくがわぐん》のだれも、せめてくることができなかった。鼻《はな》をつまんで口《くち》で息《いき》をしたら、気持《きも》ちが悪《わる》くなって、みんな気絶《きぜつ》してしまったのだ。

しかし二日目《ふつかめ》は風《かざ》むきが変《か》わり、風上《かざかみ》だった城《しろ》が風下《かざしも》になってしまった。これでは銅連火《どうれんか》は使《つか》えない。

秀頼君《ひでよりぎみ》を守《まも》る幸村《ゆきむら》のそばには佐助《さすけ》がつき、才蔵《さいぞう》が外《そと》で働《はたら》くことになった。もちろん、今回《こんかい》も家《いえ》康《やす》の暗殺《あんさつ》をねらう。それが才蔵《さいぞう》の役目《やくめ》だ。

才蔵《さいぞう》がかくれたのは、本陣《ほんじん》のすぐそば、家康専用《いえやすせんよう》に作《つく》られた*厠《かわや》の後《うし》ろだった。この前《まえ》は、外《そと》

*厠《かわや》　トイレ。

で用《よう》を足《た》されて失敗《しっぱい》したのだから、今度《こんど》は安心《あんしん》して用《よう》を足《た》す場所《ばしょ》をねらうことにする。くさいのをがまんして、家康《いえやす》が入《はい》るのを待《ま》つ。

やがて、家康《いえやす》が来《き》て、厠《かわや》に入《はい》った。明《あ》かり取《と》りのまどからそっとのぞいて、吹《ふ》き矢《や》で細《ほそ》い刃物《はもの》を飛《と》ばす。それが首《くび》すじにささり、家康《いえやす》は目《め》を回《まわ》して、あおむけにたおれた。

爆薬玉《ばくやくだま》の導火線《どうかせん》に火《ひ》をつけてまどからほうりこみ、大《おお》きく飛《と》びのいてふせれば、どっかーんっとおしまいのはず――だったが、なんということか、家康《いえやす》の厠《かわや》のとびらには、かぎがついていなかった。とびらに背中《せなか》をうちつけるはずが、とびらが開《あ》いて、ごろんごろんと外《そと》へ転《ころ》がっていってしまう。

「しまった、専用《せんよう》だから、かぎなんかついてないのかっ。」

才蔵《さいぞう》が飛《と》びだすと、家康《いえやす》は転《ころ》がったいきおいで、手《て》を洗《あら》う水《みず》をくむ小川《おがわ》へ落《お》ちていた。思《おも》ったよりも深《ふか》い川《かわ》らしく、頭《あたま》までしずんでしまう。

これで重《おも》たいよろいかぶとを身《み》につけていたら、ぜったいに助《たす》からないところだが、年《とし》を取《と》っている家康《いえやす》は、つかれるので、と陣羽織《じんばおり》だけだった。

水《みず》の冷《つめ》たさで家康《いえやす》は意識《いしき》を取《と》りもどしたらしい。どうにか顔《かお》から上《うえ》だけ水面《すいめん》から出《だ》し、むこう岸《ぎし》へはいあがる。

才蔵《さいぞう》は爆薬玉《ばくやくだま》に点火《てんか》して投《な》げつけた。みごと、家康《いえやす》の頭《あたま》をとらえ、爆発《ばくはつ》した――が、その炎《ほのお》は、宙《ちゅう》を舞《ま》ってきた一枚《まい》のきらきらした布《ぬの》に包《つつ》まれ、いっしゅんの光《ひかり》を放《はな》っただけで消《き》えてしまう。その布《ぬの》は、お坊《ぼう》さんが身《み》につけている袈裟《けさ》だった。

「て、天海《てんかい》！　助《たす》かったぞ。」

家康《いえやす》がふりかえってさけぶほうへ、才蔵《さいぞう》はすばやく手裏剣《しゅりけん》を放《はな》った。そこには、おそろしいまでの眼力《がんりき》を放《はな》つ、老《お》いたお坊《ぼう》さんが立《た》っていた。

お坊《ぼう》さんが印《いん》を結《むす》んで呪文《じゅもん》をとなえ、手《て》にした数珠《じゅず》をふっただけで、手裏剣《しゅりけん》が落《お》ちてしまう。

(あれが、知《し》らないことはないという、徳川軍《とくがわぐん》の知恵者《ちえしゃ》の南光坊天海僧正《なんこうぼうてんかいそうじょう》! さすがの法力《ほうりき》、オレの呪文《じゅもん》を打《う》ち消《け》すとは。)

老《お》いたお坊《ぼう》さんは、低《ひく》い声《こえ》で静《しず》かに告《つ》げる。

「星《ほし》はすでに動《うご》いておる。そなたの側《がわ》に、星《ほし》はいない。一度動《いちどうご》いた星《ほし》は、もう元《もと》へはもどせぬのだ。これを天命《てんめい》という。」

「それでもオレは、信《しん》じるもののため、あらがってみせる!」

才蔵《さいぞう》はあきらめず、次《つぎ》の爆薬玉《ばくやくだま》をかまえ、点火《てんか》しようとした。だが、家来《けらい》たちが馬《うま》でかけつけてきて、才蔵《さいぞう》を取《と》りかこんだ。刀《かたな》や槍《やり》がつきつけられる。

あわてず、才蔵《さいぞう》が呪文《じゅもん》をとなえるとカラスが飛《と》んできて、馬《うま》をおそう。そのすきに才蔵《さいぞう》は脱出《だっしゅつ》し、家康《いえやす》をさがしたが、家来《けらい》たちに守《まも》られて、馬《うま》に乗《の》って一目散《いちもくさん》ににげ、すがたが見《み》えなくなっていた。

「悪運《あくうん》の強《つよ》いタヌキ親父《おやじ》め……。」

才蔵《さいぞう》は次《つぎ》の機会《きかい》をねらう気《き》だったが、そこへハトが手紙《てがみ》を運《はこ》んできた。佐助《さすけ》からだ。

『城《しろ》からの知《し》らせによると、若君《わかぎみ》・大助《だいすけ》さまが秀忠軍《ひでただぐん》にかこまれているらしい。助《たす》けにいってほしいとの、殿《との》さまのご命令《めいれい》だ。』

才蔵《さいぞう》は真田大助《さなだだいすけ》を守《まも》るため、その場《ば》をあきらめ、根津《ねづ》が守《まも》る大助《だいすけ》のそばにつくことになった。

徳川軍《とくがわぐん》の旗《はた》をかついで味方《みかた》のふりをすると、秀忠軍《ひでただぐん》に後《うし》ろから近《ちか》より、何頭《なんとう》かの馬《うま》のしりにすばやく手裏剣《しゅりけん》を放《はな》つ。

馬《うま》たちはおどろき、勝手《かって》に走《はし》りだした。ほかの馬《うま》もつられ、走《はし》りだす。

「止《と》まれ！」

「何《なに》がおこったんだ!?」

才蔵《さいぞう》は後《うし》ろからさけんだ。

「背後《はいご》から敵《てき》がおそってくるぞっ、右手《みぎて》へ！」

残《のこ》っていた武将《ぶしょう》たちも、それを聞《き》いて走《はし》りだす。その先《さき》には、大助《だいすけ》たちが敵《てき》を誘導《ゆうどう》しようとしていた場所《ばしょ》があった。

とつぜん、敵《てき》の先頭《せんとう》の一団《いちだん》のすがたが消《き》える。

「落《お》とし穴《あな》だ、止《と》まれっ、止《と》まれーっ。」

豊臣方総出《とよとみがたそうで》で、落《お》とし穴《あな》をいくつも掘《ほ》ってあったのだ。

けれど、才蔵《さいぞう》がまた馬《うま》のしりを、投《な》げた石《いし》や手裏剣《しゅりけん》で痛《いた》くするので、馬《うま》が止《と》まらない。どんどんおしだされて、次《つぎ》から次《つぎ》へと落《お》とし穴《あな》に落《お》ちてしまう。穴《あな》の底《そこ》には、先《さき》をとがらせた竹槍《たけやり》が立《た》ててあり、落《お》ちた者《もの》たちをくし刺《ざ》しにした。

「落《お》とし穴《あな》をよけろっ。」

しかし、落《お》とし穴《あな》と落《お》とし穴《あな》の間《あいだ》には、地雷火《じらいか》がしかけられていた。ふんで一定《いってい》の重《おも》さがかかると、どっかーんっ！　と爆発《ばくはつ》するのだ。穴《あな》に落《お》ちなかった馬《うま》や兵《へい》もたおれる。

「若君《わかぎみ》、ご無事《ぶじ》でしたか。」

乗《の》り手《て》が転《ころ》がりおちた馬《うま》をうばった才蔵《さいぞう》が、大助《だいすけ》と根津《ねづ》のもとへかけつけると、ふたりはほっとしていた。

「さすがは霧隠《きりがくれ》、ひとりで落《お》とし穴《あな》まで誘導《ゆうどう》するとは。」

大助《だいすけ》が笑顔《えがお》を取《と》りもどした。

当初《とうしょ》の戦《たたか》いは、作戦《さくせん》が当《あ》たって、豊臣方有利《とよとみがたゆうり》に見《み》えた。

しかし、徳川《とくがわ》の大軍《たいぐん》は、あとからあとから兵《へい》を出《だ》してきて、きりがない。

日《ひ》がたつにつれて、人数《にんずう》の差《さ》による不利《ふり》は明《あき》らかになった。少《すく》ない人数《にんずう》で二度《ど》も徳川軍《とくがわぐん》を追《お》い返《かえ》したかつての真田《さなだ》の策《さく》でも、相手《あいて》をたおすにはいたらなかったのだ。

ましてや、今《いま》は人数《にんずう》の差《さ》がありすぎる。

だんだん、数万《すうまん》の兵《へい》による包囲網《ほういもう》をちぢめられ、大坂城《おおさかじょう》に*大筒《おおづつ》や石火矢《いしびや》の弾《たま》がとどくまでになった。水《みず》をたたえた深《ふか》い堀《ほり》が外《そと》をかこんでいれば、そこまでは近《ちか》づけなかったものを……。

城《しろ》をこわされては、もう、どうしようもない。

幸村《ゆきむら》以外《いがい》の武将《ぶしょう》たち——幸村《ゆきむら》をふくめて五人衆《ごにんしゅう》とよばれていたのだが、ここまでに全員討《ぜんいんう》ち死《じ》にした。

その晩《ばん》、勇士《ゆうし》たちは、集《あつ》まって酒《さけ》を飲《の》んだ。楽《たの》しく思《おも》い出話《でばなし》をして、笑《わら》いあった。これが最期《さいご》の別《わか》れだと、みんなわかっていた。

おなじころ、ついに幸村《ゆきむら》にむかい、淀《よど》の方《かた》が覚悟《かくご》を伝《つた》えた。

「わたくしが、命《いのち》をさしだしましょう。わたくしの遺体《いたい》を城《しろ》の天守《てんしゅ》にかかげるのです。敵《てき》がそれ

*大筒《おおづつ》　大砲《たいほう》のうち、口径《こうけい》が四十ミリまでの大《おお》きさのもの。

に気《き》を取《と》られているすきに、秀頼《ひでより》を加護島《かごしま》へにがしなさい。真田《さなだ》、そなたが秀頼《ひでより》を、最後《さいご》まで守《まも》るのです。」

「お方《かた》さま、それでは、ご自害《じがい》のときを、かせぎましょう。」

幸村《ゆきむら》はこの戦《いくさ》が始《はじ》まるとき、勇士《ゆうし》たちの何人《なんにん》かに、秘密《ひみつ》の手紙《てがみ》をわたしていた。仲間《なかま》にも伝《つた》えてはならない、最後《さいご》の作戦《さくせん》だった。

翌朝《よくあさ》の夜明《よあ》けとともに、爆裂竹《ばくれつちく》を撃《う》ちあげる。それを合図《あいず》に、戦場《せんじょう》の四方《しほう》で、ふいに六文銭《ろくもんせん》ののぼりが立《た》った。かくし持《も》っていた幸村《ゆきむら》の赤《あか》いよろいかぶとを、影武者《かげむしゃ》たちが身《み》につけたのだ。

「われこそは、真田幸村《さなだゆきむら》！　大御所《おおごしょ》どのの首《くび》をいただく!!」

本陣《ほんじん》めがけて四方《しほう》から、そうさけぶ赤《あか》いよろいかぶとの武者《むしゃ》と、わずかな数《かず》の志願兵《しがんへい》が突進《とっしん》してくる。

「どれが本物《ほんもの》だっ。」

「どれでもかまわんっ、つまりは、全部《ぜんぶ》たおせばよいっ。」

徳川軍《とくがわぐん》は影武者《かげむしゃ》たちを、いっせいにおそった――。

四方《しほう》の影武者《かげむしゃ》は、望月六郎《もちづきろくろう》、由利鎌之助《ゆりかまのすけ》、三好清海入道《みよしせいかいにゅうどう》、三好伊三入道《みよしいさにゅうどう》だった。

そして彼《かれ》らは、はなばなしく散《ち》った。

大坂城《おおさかじょう》に、四人全員《にんぜんいん》が影武者《かげむしゃ》だったと気《き》がついた徳川軍《とくがわぐん》が、おしよせてくる。城《しろ》の表門《おもてもん》のすぐ上《うえ》にある櫓《やぐら》にはまだ、真田《さなだ》の六文銭《ろくもんせん》がいくつも立《た》って、ひとつが大《おお》きくふられていたからだ。まだ生《い》きている真田《さなだ》の兵《へい》がいる、というあかしに。

淀《よど》の方《かた》をさらし者《もの》にするにはしのびなく、埋葬《まいそう》して城《しろ》に残《のこ》っていたのは、大助《だいすけ》と根津《ねづ》、才蔵《さいぞう》だった。大助《だいすけ》が旗《はた》をふっている。

佐助《さすけ》と海野《うんの》、筧《かけい》が幸村《ゆきむら》とともに秀頼君《ひでよりぎみ》を守《まも》って、海岸《かいがん》まで脱出《だっしゅつ》したと、佐助《さすけ》から才蔵《さいぞう》に伝書《でんしょ》バトの運《はこ》ぶ手紙《てがみ》が来《く》る。難波《なにわ》の海《うみ》の沖《おき》には、島津家《しまづけ》の軍船《ぐんせん》がむかえに来《き》ていたそうだ。

「よかった。秀頼《ひでより》さまはご無事《ぶじ》だ。」

そう言《い》って小《ちい》さく笑《わら》う大助《だいすけ》に、才蔵《さいぞう》は切《せつ》なくなった。まだ十六歳《さい》なのだ。

家族《かぞく》はすべて加護島《かごしま》へのがれ、大助《だいすけ》だけが、生《い》きのこれるかわからない場所《ばしょ》に、まだ取《と》り残《のこ》されている。

しかも、直《じか》に秀頼君《ひでよりぎみ》を守《まも》るには、じぶんは力不足《ちからぶそく》なので、それよりも城《しろ》に残《のこ》ってしんがりをつとめる、とゆずらなかったのも、大助《だいすけ》だった。

幸村《ゆきむら》は才蔵《さいぞう》と根津《ねづ》に残《のこ》るよう命《めい》じた。しんがりはむずかしい役目《やくめ》だから、というのは大助《だいすけ》に聞《き》かせる表《おもて》むきの理由《りゆう》で、こっそり大助《だいすけ》を守《まも》るためだった。

才蔵《さいぞう》は大助《だいすけ》をはげました。

「本当《ほんとう》に、ここで死《し》ぬわけではないですよ、若君《わかぎみ》。ぎりぎりまで敵《てき》を引《ひ》きつけておいて、最後《さいご》の作戦《さくせん》で、一矢報《いっしむく》いるため。」

すると、根津《ねづ》が才蔵《さいぞう》の肩《かた》をたたいた。

「霧隠《きりがくれ》、大助《だいすけ》さまをつれて、加護島《かごしま》へにげろ。」

「えっ、根津《ねづ》どのもいっしょでは？」

最後《さいご》の作戦《さくせん》、それはあの火龍軍《かりょうぐん》だった。

望月《もちづき》が「百台作《だいつく》る。」と言《い》ってはいたが、金色《きんいろ》のよろいをつくる金銀《きんぎん》はもう、じつは城《しろ》にはそれほど残《のこ》ってはいなかった。太閤殿下《たいこうでんか》の集《あつ》めた財産《ざいさん》は、とうに使《つか》いはたされていた。

できたのは十五台《だい》。これを城内《じょうない》にかくしておいたのだ。

「大坂城《おおさかじょう》には金銀《きんぎん》が、たくさんかくされてる、ってうわさが徳川軍《とくがわぐん》には広《ひろ》まってたよな。なので、このにせ馬《うま》の金色《きんいろ》のきらめきを遠目《とおめ》に見《み》せれば、うわさは本当《ほんとう》だったって、飛《と》びついてくるだろう。」

才蔵《さいぞう》は、根津《ねづ》の覚悟《かくご》に気《き》がついた。むかしの仲間《なかま》にたのんで、根津《ねづ》が用意《ようい》しておいた船《ふね》を使《つか》い、三人《にん》でにげるはずだったのだ。けれど、根津《ねづ》は……。

「根津《ねづ》どの、火龍軍《かりゅうぐん》は無人《むじん》の武器《ぶき》だ、しっぽの導火線《どうかせん》に火《ひ》さえつければいい。城《しろ》に火矢《ひや》が放《はな》たれれば、勝手《かって》に引火《いんか》して飛《と》びだしてゆく。」

「望月《もちづき》がこの世《よ》に残《のこ》していった武器《ぶき》だ。失敗《しっぱい》したら、もうしわけねぇ。そりゃ百台《だい》あれば、むだになるのがたくさん出《で》たとしても、いくつかは無人《むじん》でも敵《てき》に当《あ》たる。だが、たった十五台《だい》だ。だれか人間《にんげん》が、ちゃんと見《み》ててやらねぇとな。」

根津《ねづ》は、どう説得《せっとく》すれば、とあせる才蔵《さいぞう》を見《み》つめてから、視線《しせん》を敵《てき》のいる遠《とお》くへとむけた。

ひょうひょうと言《い》う。

「つまり、だれかがめんどう見《み》て、うまいこと敵陣深《てきじんふか》く走《はし》らせれば、大逆転《だいぎゃくてん》で、家康《いえやす》の体《からだ》をふっとばせるかも……しれねぇだろ？　秀頼《ひでより》さまがご無事《ぶじ》なら、そうやってみるのも、むだじゃねぇ。ひとり残《のこ》る意味《いみ》もあるさ。」

「根津《ねづ》どの……。」

「なあ、霧隠《きりがくれ》、オレは真田家《さなだけ》に仕《つか》えて、楽《たの》しかったぜ。穴山《あなやま》も、望月《もちづき》も、由利《ゆり》も、三好兄弟《みよしきょうだい》もそうだろうよ。後悔《こうかい》なんか、しちゃいないさ。

いいか、これからは、戦《いくさ》のない世《よ》が来《く》る。これがきっと、最後《さいご》の戦《いくさ》だ。海野《うんの》は殿《との》さまの補佐《ほさ》役《やく》、筧《かけい》は九度山《くどやま》でもやっていたように、猟師《りょうし》集《あつ》めて鉄砲《てっぽう》の*指南役《しなんやく》で、戦《いくさ》のないこれからの世《よ》も生《い》きてゆける。

だが、戦《いくさ》で戦《たたか》うことが役目《やくめ》……いや、生《い》きる意味《いみ》だった武士《ぶし》は、もう、何《なに》をして生《い》きていけばいいのか、わからねぇんだ。オレも望《のぞ》んで武士《ぶし》になったんだよ。忍術使《にんじゅつつか》いは生《い》きるのが仕事《しごと》、だから死《し》ぬことはねぇ。大助《だいすけ》さまを守《まも》ってにげろ。若《わか》い大助《だいすけ》さまには、新《あたら》しい生《い》きかたがきっとある。」

長話《ながばなし》しちまったな、と根津《ねづ》はほほえみ、大助《だいすけ》の前《まえ》にひざをついた。

「若《わか》さま、どうか、お達者《たっしゃ》で。」

「根津《ねづ》……。」

根津《ねづ》はいきなり、なみだぐみそうになる大助《だいすけ》をかかえあげ、「ご無礼《ぶれい》を。」と、櫓《やぐら》から下《した》へ飛《と》びおりると、最後《さいご》に残《のこ》しておいた馬《うま》に乗《の》せて、そのしりをたたく。

馬《うま》が走《はし》りだした。

「行《い》け、霧隠《きりがくれ》!」

強《つよ》い声《こえ》に、才蔵《さいぞう》は覚悟《かくご》を決《き》めた。根津《ねづ》の分《ぶん》まで、望《のぞ》みを背負《せお》って生《い》きる覚悟《かくご》を。

「……さらばっ。」

じぶんも馬《うま》に飛《と》び乗《の》り、才蔵《さいぞう》は走《はし》りだした。後《うし》ろはふりむかない。

根津甚八《ねづじんぱち》は、かくしておいた幸村《ゆきむら》の赤《あか》いかぶとよろいを身《み》につけた。影武者《かげむしゃ》はもうひとり、用意《ようい》されていたのだ。

「さて、行《い》くか。はでなひとり舞台《ぶたい》をオレにご用意《ようい》くださるとは、望月《もちづき》も殿《との》さまも、粋《いき》じゃねぇか。」

十五台《だい》の、炎《ほのお》をふく火龍軍《かりょうぐん》のきらめくよろいとともに、根津《ねづ》は敵《てき》のまっただ中《なか》へ突撃《とつげき》していった。

「われこそ、まことの真田幸村《さなだゆきむら》なるぞーっ。この首取《くびと》ってみよーっ。」

加護島《かごしま》へむかう軍船《ぐんせん》の上《うえ》で、佐助《さすけ》は来《き》たほうをふりかえっていた。陸《りく》が遠《とお》ざかる。

(仲間《なかま》を残《のこ》してきてしまった。もう、会《あ》えないやつもいるんだろうな。)

清海《せいかい》、伊三《いさ》、由利《ゆり》、望月《もちづき》……とくにこの四人《にん》は、ゆうべ酒《さけ》を飲《の》んだとき、穴山《あなやま》の話《はなし》ばかりしていた。きっと穴山《あなやま》の後《あと》を追《お》って、旅立《たびだ》ったのだろう。

*指南役《しなんやく》　先生《せんせい》。

（本当《ほんとう》に楽《たの》しかったよな、日《ひ》の本中《もとじゅう》を旅《たび》して。穴山《あなやま》どののいる遠《とお》いところへの旅《たび》も、にぎやかに行《い》けるといいな。）

佐助《さすけ》の目《め》に光《ひか》るものがあった。

——同《おな》じ甲板《かんぱん》の上《うえ》で、秀頼君《ひでよりぎみ》がひどくくやみ、なげいていた。

「なぜ、わたくしはまだ生《い》きてながらえている？　母上《ははうえ》や、多《おお》くのみなの命《いのち》をうばってまで、生《い》きてしまっているのか……。」

よりそっていた幸村《ゆきむら》が、なみだをこらえていさめる。

「さしだされた他人《たにん》の命《いのち》を引《ひ》き受《う》けて生《い》きるのは、つらいことです。しかし、みな、あなたさまを、あなたさまが生《い》きている世《よ》の中《なか》を何《なに》より大切《たいせつ》に思《おも》ったからこそ、命《いのち》をかけたのです。生《い》きてほしいと望《のぞ》まれたからには、生《い》きねばなりません。引《ひ》き受《う》けた命《いのち》を、思《おも》いを、守《まも》りぬかなければなりません。罰《ばつ》のようにつらくとも、投《な》げだすことは許《ゆる》されぬ、それが、上《うえ》に立《た》つ者《もの》のつとめとぞんじます。」

重《おも》みのあるひとことひとことは、まるで幸村《ゆきむら》が自身《じしん》に言《い》い聞《き》かせているかのようだった。

新《あたら》しい世《よ》

こうして、二度《ど》にわたる大坂《おおさか》の陣《じん》で、豊臣方《とよとみがた》は完全《かんぜん》に敗《やぶ》れ去《さ》り、世《よ》は徳川《とくがわ》の天下《てんか》に決《き》まった。

軍船《ぐんせん》に乗《の》せた秀頼君《ひでよりぎみ》を守《まも》って、幸村《ゆきむら》、佐助《さすけ》、海野《うんの》、筧《かけい》が加護島《かごしま》に着《つ》き、続《つづ》けて才蔵《さいぞう》も大助《だいすけ》を連《つ》れて、やってきた。すでに島津家《しまづけ》の用意《ようい》した屋敷《やしき》で暮《く》らしていた奥方《おくがた》さまの千代姫《ちよひめ》や楓《かえで》、お春《はる》と再会《さいかい》する。

そして夏《なつ》の終《お》わり。

海《うみ》にうかぶ火山《かざん》――桜島《さくらじま》がふきあげるけむりをながめながら、佐助《さすけ》と楓《かえで》は丘《おか》の上《うえ》に立《た》っていた。入《い》り江《え》では、漁師《りょうし》たちが小舟《こぶね》をこいでいる。火山《かざん》のけむりには、なれているようで、気《き》にもとめない。静《しず》かに、もくもくと、小舟《こぶね》から網《あみ》をおろしてゆく。日々《ひび》の仕事《しごと》をくり返《かえ》している。

しばらくだまっていた佐助《さすけ》は、いつかも、こんなふうに楓《かえで》と小舟《こぶね》を見《み》たことを思《おも》いだした。

「……なんだったっけ、鎌倉《かまくら》の将軍《しょうぐん》さまの歌《うた》……今《いま》のこのときが、いつまでも変《か》わらないでほしいって歌《うた》。」

「『世《よ》の中《なか》は　常《つね》にもがもな　なぎさこぐ　あまの小舟《おぶね》の　綱手《つなで》かなしも』よ。この世《よ》の中《なか》はもう、おだやかにおさまったのね。」

おれたちは負《ま》けたのではない、ただ、勝《か》ち続《つづ》けられなかっただけで。戦《たたか》う限《かぎ》り、永遠《えいえん》に勝《か》ち続《つづ》ける者《もの》などいないのだと、佐助《さすけ》は思《おも》った。

戦《たたか》いの末《すえ》に生《い》き残《のこ》った佐助《さすけ》にも、才蔵《さいぞう》にも、みんなにも、その事実《じじつ》は折《お》れた刃《やいば》のように、胸《むね》に深《ふか》くささったままぬけなくて、ちくちくと痛《いた》む。たぶん、この命《いのち》があるかぎり、ずっと。

そして、戦《たたか》いは今《いま》、この世《よ》から消《き》えた。

「戦《いくさ》がない世《よ》が来《く》る……根津《ねづ》どのはそう言《い》ったそうだ。」

「それはどういう世《よ》の中《なか》なのかしらね。想像《そうぞう》もつかないわ。」

「おれも、わかんないけど……。」

佐助《さすけ》は楓《かえで》の肩《かた》をだきよせた。

「生《い》きてゆくしかないんだ。散《ち》っていったみんなに、そうたのまれたんだから。みんなの分《ぶん》まで、飯食《めしく》って、酒飲《さけの》んで、朝日《あさひ》と夕日《ゆうひ》をおがんで。戦《いくさ》のない世《よ》が、どんなにたいくつでも、文句《もんく》言《い》わずに、ただ、生《い》きていくんだ。」

(そうだよな、清海《せいかい》、伊三《いさ》。空《そら》の上《うえ》から見《み》ててくれよ、生《い》きていくおれたちをずっと。)

佐助《さすけ》と楓《かえで》は、空《そら》のかなたへ昇《のぼ》って消《き》える桜島《さくらじま》のけむりを、いつまでもながめていた。

あとがき

戦《いくさ》でかつやくする忍術使《にんじゅつつか》いたちの物語《ものがたり》、いかがだったでしょうか。

舞台《ぶたい》は、今《いま》から四百年《ねん》ほど昔《むかし》。徳川家康《とくがわいえやす》が江戸幕府《えどばくふ》を開《ひら》き、戦国《せんごく》の世《よ》を完全《かんぜん》に終《お》わらせたころのできごとを伝《つた》える『真田十勇士《さなだじゅうゆうし》』の物語《ものがたり》……ですが、歴史《れきし》で本当《ほんとう》におこったこととは、まったく異《こと》なっている点《てん》があります。

歴史《れきし》の本《ほん》をお読《よ》みのかたはごぞんじかと思《おも》いますが、大坂夏《おおさかなつ》の陣《じん》で真田幸村《さなだゆきむら》(信繁《のぶしげ》)は、わずかな家来《けらい》とともに何万《なんまん》という徳川《とくがわ》の軍勢《ぐんぜい》の中《なか》へつっこんでいき、あと一歩《いっぽ》、本当《ほんとう》におしいところまで家康《いえやす》を追《お》いつめながら、戦死《せんし》しています。

このようすを書《か》き残《のこ》した薩摩藩島津家《さつまはんしまづけ》の記録《きろく》では、「真田《さなだ》、日《ひ》の本一《もといち》の兵《つわもの》。古《いにしえ》よりの物語《ものがたり》にもこれなき由《よし》」とたたえられています。昔《むかし》から伝《つた》わる『平家物語《へいけものがたり》』や『太平記《たいへいき》』のような戦《いくさ》の物語《ものがたり》にも、こんなにすぐれた武将《ぶしょう》はいなかった、というのです。

大坂夏《おおさかなつ》の陣直後《じんちょくご》の京《きょう》でも、幸村《ゆきむら》が生《い》きのび、豊臣秀頼《とよとみひでより》を連《つ》れて加護島《かごしま》へ行《い》った、といううわさが流《なが》れていたといわれ、それほど大坂冬《おおさかふゆ》の陣《じん》・夏《なつ》の陣《じん》での幸村《ゆきむら》のかつやくは、人《ひと》びとの印象《いんしょう》に残《のこ》ったのでしょう。

この物語《ものがたり》は、江戸《えど》幕府《ばくふ》の支配《しはい》におさえつけられた江戸《えど》時代《じだい》の人《ひと》びとの、「こうだったらよかった」という思《おも》いから生《う》まれた空想《くうそう》の本《ほん》をもとに、何百年《なんびゃくねん》かをかけて広《ひろ》がった「フィクション」なのです。

はじめに生《う》まれた本《ほん》は『難波戦記《なんばせんき》』といい、一六七二年《ねん》のことでした。一六一五年《ねん》にあった大《おお》坂夏《さかなつ》の陣《じん》から、まだ六十年《ねん》もたっていません。親《おや》や祖父母《そふぼ》から、当時《とうじ》のことを聞《き》いたことのある人《ひと》たちもいたでしょう。ですからその本《ほん》では、真田幸村《さなだゆきむら》は歴史《れきし》どおりに亡《な》くなる展開《てんかい》になりました。

けれど、真田幸村《さなだゆきむら》にもっと強《つよ》い味方《みかた》や家来《けらい》がいたら、生《い》きのびることができたかも、という作《さく》者《しゃ》の気持《きも》ちからでしょうか、三好兄弟《みよしきょうだい》や由利鎌之助《ゆりかまのすけ》、穴山小助《あなやまこすけ》、海野六郎《うんのろくろう》や望月六郎《もちづきろくろう》のもととなる、架空《かくう》の家来《けらい》を登場《とうじょう》させたのです。モデルになった人物《じんぶつ》がいるという説《せつ》もあります。

その本《ほん》や伝説《でんせつ》を参考《さんこう》にして、江戸《えど》時代後期《じだいこうき》には真田幸村《さなだゆきむら》のことが、浄瑠璃節《じょうるりぶし》という歌《うた》のように語《かた》る芸《げい》の一演目《ひとえんもく》となり、また、『真田三代記《さなださんだいき》』という本《ほん》になりました。このころには、もう幸村《ゆきむら》の死《し》から二百年以上《ねんいじょう》たっていますから、だれも当時《とうじ》を知《し》りません。

幸村《ゆきむら》は生《い》きて豊臣秀頼《とよとみひでより》を助《たす》け、薩摩《さつま》へにげのびたことになったのです。ここに根津甚八《ねづじんぱち》と、筧十蔵《かけいじゅうぞう》のもとになる家来《けらい》が加《くわ》わりました。しかし、まだ忍術使《にんじゅつつか》いはいません。

『真田三代記《さなださんだいき》』は、徳川家《とくがわけ》にさからった者《もの》を英雄視《えいゆうし》する内容《ないよう》ですから、当然《とうぜん》、どうどうと印刷《いんさつ》・出版《しゅっぱん》することはできません。人《ひと》びとは、こっそりだれかに借《か》りては書《か》き写《うつ》して、この本《ほん》を読《よ》んだのです。

江戸幕府《えどばくふ》がたおれ、明治時代《めいじじだい》になると、この本《ほん》の内容《ないよう》も世《よ》に出《で》ることになり、読《よ》むだけでなく、「講談《こうだん》」になったのです。

「講談《こうだん》」。青《あお》い鳥文庫《とりぶんこ》を出《だ》している出版社《しゅっぱんしゃ》は、講談社《こうだんしゃ》といいます。「講談《こうだん》」とはなんでしょう。

「講談《こうだん》」は、リズミカルに語《かた》って聞《き》かせる、せりふの多《おお》い、物語《ものがたり》のようなひとり芝居《しばい》のようなものでした。目《め》で読《よ》むのではなく、耳《みみ》で聞《き》く物語《ものがたり》です。真田幸村《さなだゆきむら》だけではなく、いろいろな伝説《でんせつ》や、歴史上《れきしじょう》の人物《じんぶつ》の物語《ものがたり》があります。

貧《まず》しくて、学校《がっこう》へじゅうぶん通《かよ》えないまま、はたらきはじめる人《ひと》が多《おお》かった明治時代《めいじじだい》、すらすら《ぶんしょう》と文章を読《よ》めない人《ひと》もいて、耳《みみ》で聞《き》く物語《ものがたり》はとても人気《にんき》がありました。

落語《らくご》に似《に》ていますが、釈台《しゃくだい》という小《ちい》さな机《つくえ》を張《は》り扇《せん》という専用《せんよう》のおうぎでたたいてリズムを取《と》りながら、とんとんと速《はや》い流《なが》れで語《かた》られるものです。

明治時代《めいじじだい》の終《お》わりになって、二代目玉田玉秀斎《だいめたまだぎょくしゅうさい》という講談師《こうだんし》と再婚《さいこん》した、山田敬《やまだけい》という四十代《だい》の女性《じょせい》が、夫《おっと》の講談《こうだん》を文字《もじ》に変《か》えて本《ほん》にすることを思《おも》いつきます。すでにそういった本《ほん》はあったようで、敬《けい》もやってみたのです。

敬《けい》は、前《まえ》の夫《おっと》との間《あいだ》に生《う》まれ、もう大人《おとな》になっていた息子《むすこ》の阿鉄《おてつ》に、玉秀斎《ぎょくしゅうさい》の講談《こうだん》を書《か》き取《と》らせました。大阪《おおさか》でのことです。

しかし、リズミカルに語《かた》るべき講談《こうだん》をゆっくりゆっくり、何度《なんど》もくりかえしてしゃべってもらうのは、どうもうまくいかなかったようです。そこであらすじだけを話《はな》してもらって書《か》き取《と》り、阿鉄《おてつ》はそれを、講談《こうだん》のふんいきをイメージした小説《しょうせつ》にすることにしました。

このやりかたをふたりの弟《おとうと》や、まだ少女《しょうじょ》だっためいに伝《つた》え、ここに「講談《こうだん》」を小説《しょうせつ》に変《か》える家族作家《かぞくさっか》が生《う》まれたのです。

何人《なんにん》かでひとつのペンネームを使《つか》い、ひとつの本《ほん》を書《か》く集団《しゅうだん》を「ユニット」といいますが、この家族《かぞく》ユニットは「雪花山人《せっかさんじん》」などのペンネームを名《な》のり、大阪《おおさか》の立川文明堂《たつかわぶんめいどう》という出版社《しゅっぱんしゃ》から、本《ほん》を出《だ》しはじめました。

『立川文庫《たつかわぶんこ》』というその本《ほん》のサイズは、ポケットに入《はい》るくらい小《ちい》さく（青《あお》い鳥文庫《とりぶんこ》の三分《ぶん》の二くらいのサイズです）、持《も》ち歩《ある》いてもいたまないように表紙《ひょうし》は厚《あつ》く、ねだんは安《やす》くしました。そして、読《よ》み終《お》わった本《ほん》は、新《あたら》しい本《ほん》と、手数料《てすうりょう》だけで交換《こうかん》できるようにしたのです。漢字《かんじ》にはすべて、ふりがなをふりました。

冒険《ぼうけん》もの、戦《たたか》いの物語《ものがたり》、剣《けん》の達人《たつじん》の伝記《でんき》――セリフがとても多《おお》く、流《なが》れるようにリズミカルな文章《ぶんしょう》、わかりやすくて、読《よ》んでいてわくわくする楽《たの》しい内容《ないよう》です。

これが、少年《しょうねん》たちに大《だい》ヒットし、一大《いちだい》ブームを巻《ま》きおこしました。書店《しょてん》だけでなく、駄菓子屋《だがしや》さんやおもちゃ屋《や》さんでも手《て》に入《はい》ったようです。

家族《かぞく》で手分《てわ》けして書《か》くのですから、原稿《げんこう》ができあがるのも早《はや》い早《はや》い、原稿用紙《げんこうようし》三百枚《まい》を一週間《しゅうかん》ほどで書《か》いては、一冊《さつ》の本《ほん》にしていたそうです。

『立川文庫《たつかわぶんこ》』は、大正時代《たいしょうじだい》の終《お》わりころまでの十数年間《じゅうすうねんかん》で、二百冊近《にひゃくさっちか》くが世《よ》に出《で》たのですが、その第五編目《だいへんめ》が「真田幸村《さなだゆきむら》」を主人公《しゅじんこう》にした物語《ものがたり》でした。

この「真田幸村《さなだゆきむら》」が大人気《だいにんき》となったことから、家来《けらい》たちのシリーズができました。『真田三代記《さなださんだいき》』ではおじいさんだった三好兄弟《みよしきょうだい》が若者《わかもの》になり、江戸時代《えどじだい》の空想《くうそう》の記録《きろく》にいつのまにか名前《なまえ》の出《で》てきていた「猿飛佐助《さるとびさすけ》」など、忍術使《にんじゅつつか》いが加《くわ》わって、シリーズに登場《とうじょう》する家来《けらい》たちが読者《どくしゃ》から「真田十勇士《さなだじゅうゆうし》」と、呼《よ》ばれるようになったのです。

「真田十勇士《さなだじゅうゆうし》」というタイトルの、一冊《さつ》の本《ほん》があったわけではありません。

講談《こうだん》をもとにした『立川文庫《たつかわぶんこ》』は、大正時代《たいしょうじだい》だけでブームが過《す》ぎてしまいます。でも、おもしろかったことは確《たし》かです。

同《おな》じ時期《じき》に、講談《こうだん》を扱《あつか》った雑誌《ざっし》『講談倶楽部《こうだんくらぶ》』を刊行《かんこう》していて、「おもしろくて、ためになる」をうたっている出版社《しゅっぱんしゃ》が東京《とうきょう》にありました。それが、現在《げんざい》も「青い鳥文庫《あおいとりぶんこ》」などを出版《しゅっぱん》している講談社《こうだんしゃ》なのです。

人気《にんき》の出《で》た「真田十勇士《さなだじゅうゆうし》」には、勝手《かって》に別《べつ》のシリーズを創作《そうさく》して出版《しゅっぱん》する人《ひと》が、何人《なんにん》も現《あらわ》れました。いつのまにか、「物語《ものがたり》の中《なか》の登場人物《とうじょうじんぶつ》」「本当《ほんとう》にいたわけではない架空《かくう》の人《ひと》たち」が、本当《ほんとう》にいたかのような感覚《かんかく》で、人《ひと》びとの心《こころ》の中《なか》で生《い》きていくようになりました。

そうしていろんな物語《ものがたり》が出《で》てくる中《なか》で、じつはもともとの『立川文庫《たつかわぶんこ》』にはなかった設定《せってい》――由利鎌之助《ゆりかまのすけ》の武器《ぶき》が刀《かたな》から鎖鎌《くさりがま》になったり、根津甚八《ねづじんぱち》が海賊《かいぞく》になったり、佐助《さすけ》と才蔵《さいぞう》の性格《せいかく》が大《おお》きくちがうようになったり――があれこれ加《くわ》わって、現在《げんざい》の「真田十勇士《さなだじゅうゆうし》」となったのです。

人《ひと》びとの心《こころ》の中《なか》で、自由《じゆう》にのびのびと育《そだ》っていった「真田十勇士《さなだじゅうゆうし》」ですから、私《わたし》も『真田三代記《さなださんだいき》』や『立川文庫《たつかわぶんこ》』のエピソードを使《つか》いつつ、佐助《さすけ》たちには自由《じゆう》にかつやくしてもらいました。

いきいきと、すばらしいイラストを描《えが》いてくださった睦月《むつき》ムンク先生《せんせい》、本当《ほんとう》にありがとうございました。読者《どくしゃ》の皆《みな》さまに楽《たの》しんでいただけましたら、光栄《こうえい》です。


梅雨《つゆ》の雨《あめ》にぬれるあじさいの色《いろ》を、窓《まど》ごしにながめながら記《しる》す。

時海結以《ときうみゆい》

参考資料

『立川文庫傑作選①』より

「立川文庫第四十編　真田三勇士忍術名人　猿飛佐助」
「立川文庫第六十編　真田家豪傑　三好清海入道」
「立川文庫第百廿六編　忍術名人難波合戦　霧隠才蔵大活動」
（雪花山人 述）人物往来社 編　1967

『復刻　立川文庫傑作選　霧隠才蔵』
（立川文庫第五十五編　真田三勇士忍術名人　霧隠才蔵）
（雪花山人 述）　講談社　1974

『智謀　真田幸村』
（立川文庫第五編　智謀　真田幸村）
雪花山人 著　原書房　2015

『［新装版］真田三代記』
土橋治重 著　PHP文庫　2015

『日本合戦騒動叢書10　真田三代記』
矢代和夫 著　勉誠社　1996

『真田幸村と十勇士』
山村竜也 著　幻冬舎新書410　2016

『［決定版］真田幸村と真田一族のすべて』
小林計一郎 編　KADOKAWA　2015

＊著者紹介

時海結以《ときうみゆい》

長野県生まれ。歴史博物館にて、遺跡の発掘や歴史・民俗資料の調査研究職にたずさわったのち、作家デビュー。著書に、『源氏物語　あさきゆめみし（全5巻）』（大和和紀・原作）、『平家物語　夢を追う者』、『竹取物語　蒼き月のかぐや姫』『枕草子　清少納言のかがやいた日々』「南総里見八犬伝」シリーズ（すべて講談社青い鳥文庫）、『小説ちはやふる中学生編（全4巻）』（講談社）ほか。日本児童文学者協会、日本民話の会に所属。

＊画家紹介

睦月《むつき》ムンク

イラストレーター・漫画家。京都嵯峨芸術大学短期大学部客員准教授。さし絵の作品に、『源氏物語』（講談社青い鳥文庫／紫式部・著／高木卓・訳）、『エピソードでおぼえる！　百人一首おけいこ帖』（朝日学生新聞社／天野慶・著）ほか多数。漫画作品に『陰陽師～瀧夜叉姫～（全8巻）』（徳間書店／夢枕獏・原作）がある。

説明イラスト／MarbleKei―もはらけいこ

講談社　青い鳥文庫

真《さな》田《だ》十《じゅう》勇《ゆう》士《し》

時《とき》海《うみ》結《ゆ》以《い》

2016年 8 月15日　第 1 刷発行
2024年 7 月19日　第 3 刷発行

（定価はカバーに表示してあります。）

発行者　森田浩章

発行所　株式会社講談社
東京都文京区音羽2-12-21　郵便番号112-8001
電話　編集（03）5395-3536
販売（03）5395-3625
業務（03）5395-3615

N. D. C. 913　246p　18cm

装　丁　城所　潤（ジュン・キドコロ・デザイン）
久住和代

印　刷　TOPPANクロレ株式会社

製　本　TOPPANクロレ株式会社

本文データ制作　講談社デジタル製作

ISBN978-4-06-285578-5

ノンフィクション

ほんとうにあった 戦争《せんそう》と平和《へいわ》の話《はなし》

野上《のがみ》 暁《あきら》/監修

戦争はどうしていけないの？ 平和ってなに？ 事実だけが持つ感動がいっぱいの14の物語と3つの小さなお話を、写真とイラストたっぷりでお届けします。

わたし、がんばったよ。 急性骨髄性白血病《きゅうせいこつずいせいはっけつびょう》をのりこえた女《おんな》の子《こ》のお話《はなし》。

岩貞《いわさだ》るみこ／文　松本《まつもと》ぷりっつ／絵

急性骨髄性白血病をのりこえた美咲《みさき》ちゃんと家族。自分の病気をお友だちにもっと知ってもらいたい、と美咲ちゃんは絵本を書きました。わたし、がんばったよ。

命《いのち》をつなげ！ ドクターヘリ2 前橋赤十字病院《まえばしせきじゅうじびょういん》より

岩貞《いわさだ》るみこ／文

一秒でも早く病気の人や、けがを負った人の治療を始めるために、ドクターヘリは今日も空を飛ぶ。ひとつの命を救うために、戦い続ける人たちの感動のドラマ。

命《いのち》をつなげ！ ドクターヘリ 日本医科大学千葉北総病院《にほんいかだいがくちばほくそうびょういん》より

岩貞《いわさだ》るみこ／作

「ぜったいに、助ける！」救命救急の医師、看護師はもちろん、オペレーター、消防隊、ヘリコプターの機長や整備士も――ひとつの命を救うため、奮闘する！

新選組《しんせんぐみ》 幕府《ばくふ》を守《まも》ろうとした男《おとこ》たち

楠木誠一郎《くすのきせいいちろう》／文
山田章博《やまだあきひろ》／絵

剣に生き、剣に死す。テロが頻発する幕末の京都で、剣の技だけを頼りに、幕府のために戦い続けた「新選組」。若い命を燃やした男たちのすべてを目撃せよ！

ナイチンゲール 「看護《かんご》」はここから始《はじ》まった

村岡花子《むらおかはなこ》／文
丹地陽子《たんじようこ》／絵

クリミア戦争中、看護師チームを率い、軍の病院で活動。兵士の看護のほか、衛生状況を改善するなど、看護の基本を作ったナイチンゲール。その人生とは……。

伝記と

しっぽをなくしたイルカ
沖縄《おきなわ》美《ちゅ》ら海《うみ》水族館《すいぞくかん》フジの物語《ものがたり》

岩貞《いわさだ》るみこ／作　加藤《かとう》文雄《ふみお》／写真

イルカのフジは病気で尾びれをなくし、泳がなくなってしまった。泳ぎを取りもどさせたい！　世界初のイルカの人工尾びれをつくるプロジェクトがはじまった。

ハチ公物語《こうものがたり》待《ま》ちつづけた犬《いぬ》

岩貞《いわさだ》るみこ／作　真斗《まと》／絵
田丸瑞穂《たまるみずほ》／写真

雨の日も雪の日も、主人の帰りを駅で待つ……。日本一有名な秋田犬のハチと、やさしい飼い主のあたたかい心の交流を描く。別れのせつなさに胸をうたれます。

犬《いぬ》の車《くるま》いす物語《ものがたり》

沢田俊子《さわだとしこ》／文

飼い犬が車いすで元気になったのをきっかけに、車いすを作る仕事を始めた川西《かわにし》さんご夫妻。車いすを作ってもらった犬たちにはそれぞれのドラマがありました。

もしも病院《びょういん》に犬《いぬ》がいたら
こども病院《びょういん》ではたらく犬《いぬ》、ベイリー

岩貞《いわさだ》るみこ／作

病院にはつらいことがたくさん。だけど、ベイリーがやってきて毎日が楽しくなった！　日本ではじめて、こども病院ではたらく犬、ベイリーのお話です。

タロとジロ南極《なんきょく》で生《い》きぬいた犬《いぬ》

東《ひがし》 多江子《たえこ》／文　佐藤《さとう》やゑ子《こ》／絵
岩合光昭《いわごうみつあき》／写真

第一次南極観測越冬隊とともに南極で働き、隊員にとっても大事な仲間だったカラフト犬のタロとジロ。しかし１年後、犬たちに悲しい運命が待っていた――。

盲導犬《もうどうけん》不合格物語《ふごうかくものがたり》

沢田俊子《さわだとしこ》／文
佐藤《さとう》やゑ子《こ》／絵

不合格になるのは「ダメな犬」だからなのでしょうか？　訓練を受けても、約半数は盲導犬になれません。では"不合格犬"たちは、その後どうなるのでしょう？

大人気シリーズ!!

『それは正義《せいぎ》が許《ゆる》さない！シリーズ』

藤本《ふじもと》ひとみ／原作　住滝《すみたき》 良《りょう》／文
茶乃《ちゃの》ひなの／絵

ストーリー

七鬼家《なきけ》の次の当主・忍《しのぶ》の警護係に採用された３人の女子中学生。志願した理由は、みんな忍に恋してるから！　さらに３人には秘密が……。次々に起こる謎の事件を解決して、「忍様をお守りします！」

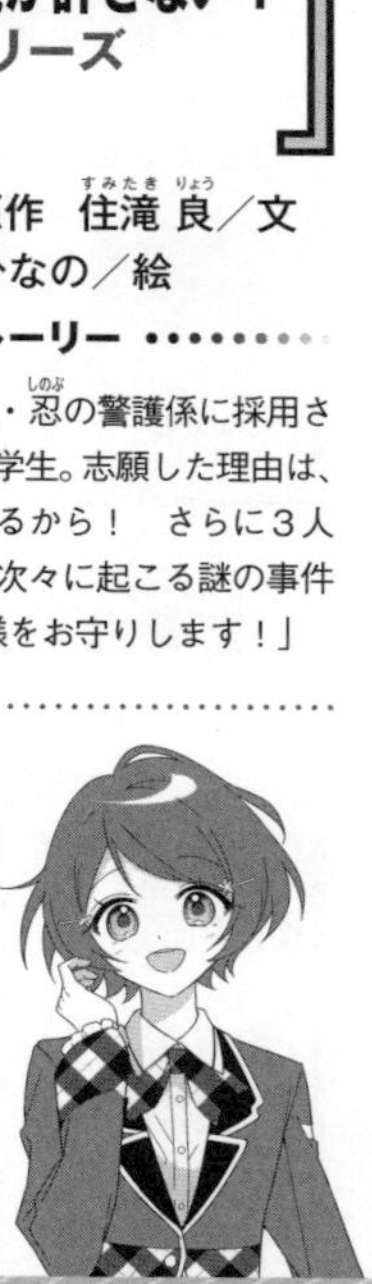

主人公
桃子《ももこ》

『人狼《じんろう》サバイバルシリーズ』

甘雪《あまゆき》こおり／作　himesuz《ひめすず》／絵

ストーリー

謎の洋館ではじまったのは「リアル人狼ゲーム」。正解するまで脱出は不可能。友を信じるのか、裏切るのか──。究極のゲームの中で、勇気と知性、そして本当の友情がためされる！

主人公
赤村《あかむら》ハヤト

『怪盗《かいとう》クイーン シリーズ』

はやみねかおる／作　K2商会《ケーツーしょうかい》／絵

ストーリー

超巨大飛行船《トルバドゥール》で世界中を飛びまわり、ねらうは「怪盗の美学」にかなうもの。そんな誇り高きクイーンの行く手に、個性ゆたかな敵がつぎつぎとあらわれる。超ド級の戦いから目がはなせない！

趣味はネコの
ノミ取りです。

主人公

クイーン

『トモダチデスゲーム シリーズ』

もえぎ 桃《もも》／作　久我山《くがやま》ぼん／絵

ストーリー

久遠永遠は、訳あってお金持ち学校に入れられた、ぼっち上等、ケンカ最強の女の子。夏休みに学校で行われた「特別授業」は、友だちの数を競いあうサバイバルゲーム!?『ぼっちは削除だ！』

こんな
ゲーム
やめろ！

主人公

久遠永遠《くどうとわ》

大人気シリーズ!!

『星《ほし》カフェ シリーズ』

倉橋燿子《くらはしようこ》／作　たま／絵

ストーリー

ココは、明るく運動神経バツグンの双子の姉・ルルとくらべられてばかり。でも、ルルの友だちの男の子との出会いをきっかけに、毎日が少しずつ変わりはじめて。内気なココの、恋と友情を描く！

新しい自分を見つけたい！

主人公

水庭湖々《みずにわここ》

『小説《しょうせつ》 ゆずのどうぶつカルテ シリーズ』

伊藤《いとう》みんご／原作・絵　辻《つじ》みゆき／文
日本《にっぽん》コロムビア／原案協力

ストーリー

小学５年生の森野柚は、お母さんが病気で入院したため、獣医をしている秋仁《あきひと》叔父さんと「青空町わんニャンどうぶつ病院」で暮らすことに。 柚の獣医見習いの日々を描く、感動ストーリー！

動物ニガテなんですけど～～～!!

主人公

森野《もりの》 柚《ゆず》

おもしろい話がいっぱい！

コロボックル物語

だれも知らない小さな国　佐藤さとる
豆つぶほどの小さないぬ　佐藤さとる
星からおちた小さな人　佐藤さとる
ふしぎな目をした男の子　佐藤さとる
小さな国のつづきの話　佐藤さとる
コロボックル童話集　佐藤さとる
小さな人のむかしの話　佐藤さとる

モモちゃんとアカネちゃんの本

ちいさいモモちゃん　松谷みよ子
モモちゃんとプー　松谷みよ子
モモちゃんとアカネちゃん　松谷みよ子
ちいさいアカネちゃん　松谷みよ子
アカネちゃんとお客さんのパパ　松谷みよ子
アカネちゃんのなみだの海　松谷みよ子

龍の子太郎　松谷みよ子
ふたりのイーダ　松谷みよ子

クレヨン王国 シリーズ

クレヨン王国の十二か月　福永令三
クレヨン王国の花ウサギ　福永令三
クレヨン王国　新十二か月の旅　福永令三
クレヨン王国　いちご村　福永令三
クレヨン王国　超特急24色ゆめ列車　福永令三
クレヨン王国　黒の銀行　福永令三
クレヨン王国のパトロール隊長　福永令三
クレヨン王国の白いなぎさ　福永令三
クレヨン王国　七つの森　福永令三
クレヨン王国　なみだ物語　福永令三
クレヨン王国　まほうの夏　福永令三

キャプテン シリーズ

キャプテンはつらいぜ　後藤竜二
キャプテン、らくにいこうぜ　後藤竜二
キャプテンがんばる　後藤竜二

ふしぎなおばあちゃん×12　柏葉幸子
りんご畑の特別列車　柏葉幸子

かくれ家は空の上　柏葉幸子
霧のむこうのふしぎな町　柏葉幸子
地下室からのふしぎな旅　柏葉幸子
天井うらのふしぎな友だち　柏葉幸子
魔女モティ(1)〜(2)　柏葉幸子
大どろぼうブラブラ氏　角野栄子
ママの黄色い子象　末吉暁子
でかでか人とちびちび人　立原えりか
ユタとふしぎな仲間たち　三浦哲郎
さすらい猫ノアの伝説(1)〜(2)　重松　清
少年H(上)(下)　妹尾河童
南の島のティオ　池澤夏樹
だいじょうぶ3組　乙武洋匡
ぼくらのサイテーの夏　笹生陽子
楽園のつくりかた　笹生陽子
リズム　森　絵都
DIVE《ダイブ》!!(1)〜(4)　森　絵都
十一月の扉　高楼方子

講談社　青い鳥文庫

ロードムービー　辻村深月
十二歳　椰月美智子
しずかな日々　椰月美智子
幕が上がる　平田オリザ／原作　喜安浩平／脚本　古閑万希子／文
旅猫リポート　有川　浩
ルドルフとイッパイアッテナ　映画ノベライズ　斉藤　洋／原作　加藤陽一／脚本　桜木日向／文

日本の名作

つるのよめさま　日本のむかし話(1)23話　松谷みよ子
舌切りすずめ　日本のむかし話(2)24話　松谷みよ子
瓜子姫とあまのじゃく　日本のむかし話(3)24話　松谷みよ子
ごんぎつね　新美南吉
源氏物語　紫　式　部
平家物語　高野正巳
耳なし芳一・雪女　小泉八雲
坊っちゃん　夏目漱石

吾輩は猫である(上)(下)　夏目漱石
くもの糸・杜子春　芥川龍之介
次郎物語(上)(下)　下村湖人

宮沢賢治童話集
1 注文の多い料理店　宮沢賢治
2 風の又三郎　宮沢賢治
3 銀河鉄道の夜　宮沢賢治
4 セロひきのゴーシュ　宮沢賢治
舞姫　森　鷗　外
走れメロス　太　宰　治
二十四の瞳　壺　井　栄
怪人二十面相　江戸川乱歩
少年探偵団　江戸川乱歩
伊豆の踊子・野菊の墓　川端康成　伊藤左千夫

ノンフィクション

ほんとうにあった話

川は生きている　富山和子
道は生きている　富山和子
森は生きている　富山和子
お米は生きている　富山和子
窓ぎわのトットちゃん　黒柳徹子

トットちゃんとトットちゃんたち　黒柳徹子
五体不満足　乙武洋匡

白旗の少女　比嘉富子
飛べ！千羽づる　手島悠介
マザー・テレサ　沖　守弘
アンネ・フランク物語　小山内美江子
サウンド・オブ・ミュージック　谷口由美子
しっぽをなくしたイルカ　岩貞るみこ
命をつなげ！ドクターヘリ　岩貞るみこ
ハチ公物語　岩貞るみこ
ゾウのいない動物園　岩貞るみこ
青い鳥文庫ができるまで　岩貞るみこ
読書介助犬オリビア　今西乃子
しあわせになった捨てねこ　今西乃子／原案　青い鳥文庫／編
はたらく地雷探知犬　大塚敦子
タロとジロ　南極で生きぬいた犬　東　多江子
盲導犬不合格物語　沢田俊子
ひまわりのかっちゃん　西川つかさ
海よりも遠く　白石康次郎／原案　和　智　正　喜
ぼくは「つばめ」のデザイナー　水戸岡鋭治
ほんとうにあった　オリンピックストーリーズ　日本オリンピック・アカデミー／監修
ほんとうにあった　戦争と平和の話　野上　暁／監修
ピアノはともだち　こうやまのりお

「講談社《こうだんしゃ》 青《あお》い鳥文庫《とりぶんこ》」刊行《かんこう》のことば

太陽《たいよう》と水《みず》と土《つち》のめぐみをうけて、葉《は》をしげらせ、花《はな》をさかせ、実《み》をむすんでいる森《もり》。小《こ》鳥《とり》や、けものや、こん虫《ちゅう》たちが、春《はる》・夏《なつ》・秋《あき》・冬《ふゆ》の生活《せいかつ》のリズムに合《あ》わせてくらしている森《もり》。森《もり》には、かぎりない自然《しぜん》の力《ちから》と、いのちのかがやきがあります。

本《ほん》の世界《せかい》も森《もり》と同《おな》じです。そこには、人間《にんげん》の理想《りそう》や知恵《ちえ》、夢《ゆめ》や楽《たの》しさがいっぱいつまっています。

本《ほん》の森《もり》をおとずれると、チルチルとミチルが「青《あお》い鳥《とり》」を追《お》い求《もと》めた旅《たび》で、さまざまな体験《たいけん》を得《え》たように、みなさんも思《おも》いがけないすばらしい世界《せかい》にめぐりあえて、心《こころ》をゆたかにするにちがいありません。

「講談社《こうだんしゃ》 青《あお》い鳥文庫《とりぶんこ》」は、七十年《ねん》の歴史《れきし》を持《も》つ講談社《こうだんしゃ》が、一人《ひとり》でも多《おお》くの人《ひと》のために、すぐれた作品《さくひん》をよりすぐり、安《やす》い定価《ていか》でおおくりする本《ほん》の森《もり》です。その一さつ一さつが、みなさんにとって、青《あお》い鳥《とり》であることをいのって出版《しゅっぱん》していきます。この森《もり》が美《うつく》しいみどりの葉《は》をしげらせ、あざやかな花《はな》を開《ひら》き、明日《あす》をになうみなさんの心《こころ》のふるさととして、大《おお》きく育《そだ》つよう、応援《おうえん》を願《ねが》っています。

昭和《しょうわ》五十五年《ねん》十一月《がつ》

講　談　社